서양 문화의 이해

배 현

서강대학교 영어영문학과를 졸업하고 동 대학원에서 현대영미소설을 전공하여 영문학 박사학위를 받았다. 현재 국립목포대학교 영어영문학과 교수로 재직하고 있으며, 버지니아대학교와 브리검영대학교 방문교수를 지냈다. 한국영어영문학회, 현대영미소설학회, 근대영미소설학회 임원과 21세기영어영문학회 편집위원장과 회장을 지냈고, 현재 목포대학교 인문대학장으로 재직 중이다. 저서로 『알기 쉬운 영미문학』(공저), 『영문학 교육과 연구의 문제들』(공저), 『담론의 질서』(공저), 『영국소설 명장면 모음집』(공저), 『영화로 읽는 영미소설 2−세상 이야기』(공저) 등이 있으며, 주요 논문으로는 「현대 소설가들의 딜레마와 존 파울즈의 응전」, 「존 파울즈의 『마법사』−픽션과 리얼리티의 유희적 세계」 등이 있다.

서양 문화의 이해

초판 발행일 2019년 2월 28일

지은이   배현
발행인   이성모
발행처   도서출판 동인
주 소   서울시 종로구 혜화로3길 5 118호
등 록   제1-1599호
TEL   (02) 765-7145 / FAX (02) 765-7165
E-mail   dongin60@chol.com
ISBN   978-89-5506-802-3
정가   16,000원

서양 문화의 이해

배 현 지음

도서출판 동인

본 저서는 2016학년도 목포대학교 교내연구과제 지원에 의하여 연구되었음.

■ 머리말

오늘날 지구상에는 수많은 인종에 속한 67억여 명의 인류가 230여 개의 국가를 이루고 살고 있다. 이 세계를 흔히 "동양"과 "서양"으로 구분하여 부른다. 우리는 동양에 속해 있고 우리가 사는 동북아시아를 서구인의 시각으로 "극동"으로 부르기도 한다. 한편 교통수단의 발달은 물리적 거리를 좁히고, 정보통신 기술의 발전은 세계를 하나로 묶는 결과를 가져왔다. 그래서 우리는 이른바 세계화 시대, 국제화 시대, 지구화 시대를 살고 있는 것이다.

"문화"는 특정한 인류 집단이 특정한 시기, 역사적 체험을 공유하면서 살았던 삶의 흔적, 유형 및 무형적인 삶의 자취를 의미한다. 오늘을 살고 있는 현대인의 사고방식과 생활 습관, 그리고 감수성은 집단적인 역사적 체험, 즉 문화가 형성한 것이다.

미국 미시간대학교 심리학과 리차드 니스벳 교수의 실험은 동양적인 사고방식과 서양적인 사고방식의 차이를 여실히 보여준다. "원숭이"와 "판다" 그리고 "바나나"를 놓고 연관성이 강한 두 개를 선택하라고 했을 때, 동양권

학생들은 주로 원숭이와 바나나를 선택했고 서양의 학생들은 압도적으로 원숭이와 판다를 선택하는 결과를 보였다. 아시아 출신 학생들이 "원숭이가 바나나를 먹는다"는 사물 사이의 관계를 중시한 반면, 미국의 학생들은 원숭이와 판다가 척추동물, 혹은 포유동물로서 유사하다는 사물의 본질에 주목하는 차이를 보였다.

이러한 차이는 어디에서 오는 것일까? 왜 우리는 이성적이고 합리적인 태도는 서양의 것으로, 감정적이고 온정적인 태도는 동양의 것으로 구분하는 것일까? 개인주의와 집단주의, 자기중심적 사고방식과 타인을 배려하는 정신, 과정과 명분을 중시하는 태도와 결과 혹은 성과를 앞세우는 자세, 이런 것들이 동양과 서양을 구분하는 기준으로 쓰인다.

문화는 서로 교류하고 영향을 주고받는다. "판도라의 상자", "아킬레스건", "트로이의 목마", "원죄와 낙원 추방", "약속의 땅"과 같은 표현들이 오늘을 사는 우리의 삶 속에 들어와 있다. 2,500년 혹은 3,000년 전에 그리스와 유대인의 전통 속에서 형성된 개념들이 "오월동주"(吳越同舟), "각주구검"(刻舟求劍), "새옹지마"(塞翁之馬)와 같은 동양 고전의 유산과 함께 현대인의 문해력(Literacy)을 가늠하는 잣대가 된 것이다.

이 책은 우리와 동시대를 살고 있는 서양인들의 의식구조와 생활 철학, 그리고 감수성의 참모습을 가늠해 보기 위한 노력의 결과이다. 외국 문학을 전공한 필자로서 방대한 서양의 역사를 세밀하게 그리는 일은 역부족이었기 때문에 역사를 간명하게 조망하고 고전주의 시대로부터 르네상스에 이르기까지 서양 문화의 본류를 정리하면서 각 시대의 문화적 특성을 오늘날의 시각으로 해석하는 작업에 치중하였다.

차 례

제1장 │ 그리스 로마 문화의 이해

    제1절 그리스 문명의 발생　11

    제2절 그리스 문명의 특징　16

    제3절 그리스 신화 1: 신들의 세계　17

        1. 우주의 생성과 신들의 계보 │ 18　　　2. 올림포스의 12신 │ 21

        3. 인간의 탄생 │ 33　　　4. 사랑의 주인공들 │ 39

    제4절 그리스 신화 2: 영웅이야기　48

        1. 영웅들의 모험담 │ 48　　　2. 저주받은 가문들 │ 59

        3. 트로이 전쟁의 영웅들 │ 66

    제5절 그리스 정치와 민주주의　77

        1. 그리스의 역사와 페르시아 전쟁 │ 77

        2. 페리클레스 시대 │ 80　　　3. 펠레폰네소스 전쟁 │ 85

    제6절 그리스 철학과 학문, 연극 전통　86

        1. 그리스 철학의 형성 │ 86　　　2. 소크라테스 │ 89

        3. 플라톤 │ 91　　　4. 아리스토텔레스 │ 94

        5. 의학과 역사학의 출현 │ 95

    제7절 비극의 탄생　97

제8절 로마: 제국의 흥망과 성쇠   101

    1. 로마 공화정 | 101   2. 제국의 탄생 | 104

    3. 제국의 분열과 패망 | 106   4. 로마 문화의 특질 | 108

제2장 | 헤브라이즘의 이해

제1절 히브리 민족과 유대 왕국   111

제2절 유대교와 유대주의   123

제3절 구약성서와 신약성서   128

    1. 구약성서 | 130   2. 신약성서 | 133

제4절 구약성서 이야기   136

    1. 천지창조와 인류의 창조 | 136

    2. 에덴동산과 원죄, 그리고 낙원추방 | 139

    3. 카인과 아벨 | 141   4. 노아의 방주 | 142

    5. 바벨의 탑 | 144   6. 소돔과 고모라 | 146

    7. 이집트로의 이주와 출애굽 | 148

제5절 예수의 생애와 가르침   154

    1. 예수의 탄생 | 154   2. 비유로 가르침 | 159

    3. 예루살렘 입성과 예수의 수난 | 165

제6절 그리스도교의 성립과 세계종교로의 도약　169

1. 그리스도교의 성립 | 169　　　　2. 초대교회의 활약 | 172

3. 세계종교로의 도약 | 177

제3장 | 유럽 중세 사회의 이해

제1절 중세의 성립과 게르만 정신　187

1. 중세의 성립 | 187　　　　2. 게르만 정신 | 192

제2절 봉건제도와 도시의 발달　194

1. 봉건제도의 성립 | 194　　　　2. 도시의 성장과 길드 조직 | 201

3. 장원의 해체 | 203

제3절 중세 교회와 십자군운동　205

1. 중세 교회와 교황 | 205

2. 십자군 원정과 교황권의 쇠퇴 | 208

제4절 중세 사회의 변화: 비잔틴제국과 절대왕정의 출현　214

1. 비잔틴제국의 성립과 몰락 | 214

2. 비잔틴 문화의 특성 | 218　　　　3. 절대왕정의 출현 | 222

제5절 중세의 학문: 대학과 수도원　227

1. 교회와 수도원 | 227　　　　2. 대학의 설립 | 229

제6절 중세의 문학과 예술　231

제4장 | 르네상스와 근대정신

제1절 르네상스의 발생과 근본정신　237

제2절 고전주의의 재발견 ― 인문주의의 발흥　239

제3절 문예부흥　241

제4절 종교개혁과 성서번역　248

제5절 민족주의와 근대의 태동　252

제6절 지구상의 발견과 근대과학　255

■ 참고문헌 | 261

제1장
그리스 로마 문화의 이해

●

■ 제1절 그리스 문명의 발생

고대로부터 현대에 이르기까지 서양 사람들의 의식 구조와 사고방식, 그리고 생활양식을 결정하고 지배해온 서양 문화는 흔히 헬레니즘과 헤브라이즘이 결합한 결과라고 말한다. 서양 문화의 한 줄기를 형성하는 헬레니즘은 고대 그리스와 로마의 역사와 문화유산을 의미한다. 이 시대를 고전주의 시대라 부르고, 이 시대의 정신과 문화·예술의 경향을 고전주의라 칭한다. 한편 그리스 문명이 태동하던 동시대에 지중해의 동쪽 팔레스타인 지역을 중심으로 유일신 사상과 선민의식을 바탕으로 조용히 시작된 유대교와, 그것에서 파생된 그리스도교의 정신적 유산을 헤브라이즘이라고 부른다.

유럽을 중심으로 발전해 온 서양 문화는 헬레니즘과 헤브라이즘이라는 두 개의 큰 물줄기에 봉건제도와 게르만정신을 특징으로 하는 중세의 문화가 더해지고, 절대왕정과 르네상스를 거쳐 시민혁명과 산업혁명을 경험한 근대를 지나 현대에 이르게 된다. 이를 도식으로 표시하면 다음과 같다.

그리스	로마	비잔틴	근대
신화, 철학 민주주의, 교육 올림픽, 비극	법률 도시건설, 건축 제국의 건설	비잔틴문화, 모자이크 이스탄불 동로마제국	근대과학 시민혁명 산업혁명

절대왕정

BC 1000 　　 AD 1 　　 AD 500 　　 AD 1000 　　 AD 1500 　　 AD 2000

유대교	그리스도교	중세	르네상스	현대
천지창조, 낙원추방 유일신, 시오니즘, 구약 메시아사상, 신약, 세계종교		봉건제도, 게르만정신 기사도정신, 십자군 대학, 수도원	문예부흥 종교개혁, 민족주의 인본주의, 도시, 상업	자본주의 제국주의 세계대전

　　그리스 문명은 기원전 2,000년경 유럽 대륙의 다뉴브강 유역에 흩어져 살던 유목 민족이 더 비옥한 땅을 찾아 남쪽으로 이동하여 에게해의 북쪽, 현재 그리스의 북동부에 정착하면서 시작되었다. 이때 부족 단위로 이주한 민족은 아카디아인, 아카에인, 도리아인, 에올리아인, 그리고 이오니아인 등이다.

　　이들이 그리스 반도에 정착하기 훨씬 전에 지중해와 에게해를 중심으로 이미 형성되었던 고급스러운 고대 문명이 존재했었다. 기원전 4,000년경에 발생하여 인류 최초의 고대 문명으로 평가되는 이집트 문명은 나일강을 중심으로 천문학과 태양력, 기하학, 상형문자, 그리고 파피루스를 인류에게 유산으로 남겼다. 기원전 3,000년 이후 티그리스강과 유프라테스강 유역에서 발생한 메소포타미아 문명은 수학과 점성술, 함무라비 법전을 남기며 수메르와 바빌로니아, 앗시리아, 그리고 페르시아에 이르는 제국을 건설했다. 이들과 인더스강 유역의 인도 문명, 그리고 황하를 중심으로 한 중국 문명을 인류의 4대 고대문명이라 칭한다.

한편 에게해를 중심으로 발전된 크레타와 미케네의 문명을 에게해 문명이라 부른다. 지중해의 섬 크레타에 미노스 왕이 건설했다는 크레타 문명은 기원전 2,000년경부터 기원전 1,500년 사이에 전성기를 구가했던 것으로 알려져 있다. 이들은 이집트 문명의 영향을 받음과 동시에 자신들의 고유하고 세련된 문화 전통을 구축해 왔다. 그리스 반도의 남부 미케네를 중심으로 형성된 미케네 문명은 기원전 1,600년경부터 두각을 나타내어 크레타의 세력을 제압하고 동부 지중해를 장악했다. 이들이 세력을 확장하는 과정에서 소아시아 쪽 일리움(Ilium) 지역을 지배하고 있던 트로이와 주도권 다툼을 벌이게 되는데, 이것이 그리스의 시인 호메로스가 서사시『일리아스』에서 그리고 있는 트로이 전쟁이다. 신화와 전설의 세계에 머물고 있었던 에게해 문명과 트로이 전쟁은 1871년 독일의 고고학자 하인리히 슈리만(Heinrich Schliemann, 1822-90)의 발굴에 의해 역사적 실체로 판명되었다.

유럽으로부터 이주하여 그리스 반도에 정착한 다양한 종족들은 지중해와 에게해의 고급스러운 고대 문명의 영향을 받으며 기원전 1,000년에 이르기까지 일정한 동질성을 가진 자신들의 고유한 문명을 형성한다. 이들은 유럽으로부터의 이주가 완료된 시기로부터 200여 년 동안 도시국가(polis)의 형태로 정착하는데, 아테네(Athens)와 스파르타(Sparta), 테살리(Thessaly), 보에티아(Boeotia), 콜린스(Corinth), 에오토리아(Aetolia), 메가라(Megara), 아르고스(Argos), 그리고 아티카(Attica) 등이 대표적인 도시국가들이다. 이들 도시국가들은 정치적, 군사적으로는 적대관계에 있었으나 문화적인 동질성을 형성하는데 이를 헬레니즘 문화(Hellenic Culture)라고 부른다.

이들 도시국가들은 이후 신화와 영웅들의 활동기(Homeric Age: BC 1200-900), 제왕들의 시기(Age of Kings: BC 900-700), 참주정치시대(Age of Tyrants: BC 700-500), 솔론(Solon)의 개혁정치를 거치고, 페르시아 전쟁에서 승리한 후 아테네 민주정치의 황금기인 페리클레스(BC 479-431) 시대를 맞이한다. 그리스 반도의 패권 다툼인 펠레폰네소스 전쟁(BC 431-404)의 결과 그리스 반도의 주도권이 스파르타로 넘어가고 이후 그리스 문명은 쇠퇴기를 거쳐 지중해를 장악한 로마의 지배하에 들어가게 된다.

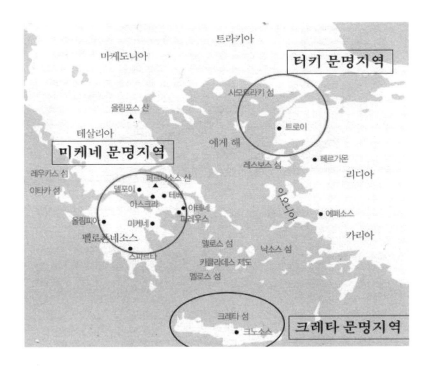

그리스 · 로마 문명의 연대기표

BC 4,000		
3,000	고대 이집트 문명 전성기	
2,500	고대 메소포타미아 문명 전성기	
2,000	**유럽으로부터 그리스 반도로 이주 시작**	
1,600	크레타 문명 개화	
1,300	앗시리아 바빌로니아 침입	
1,400	미케네 문명 개화(1600–1300)	
		BC 1200 트로이 전쟁
1,100	**도리아인의 침입 / 페니키아 발생**	
1,000	그리스 반도로의 이주 완료	
965	솔로몬 왕의 즉위	
800	**그리스 폴리스 형성**	호메로스와 헤시오도스
722	이스라엘 왕국 멸망	
700	앗시리아 오리엔트 통일	
682	아테네 귀족정치 시작	
558	페르시아 제국 건설	
525	페르시아 오리엔트 통일	
522	다리우스 1세 즉위	
497–479	페르시아 전쟁(490: 마라톤전투)	소포클레스(492–406)
479–431	**아테네의 황금기**	소크라테스(470–399)
443–429	페리클레스(495–429) 집정	플라톤(427–347)
431–404	펠레폰네소스 전쟁(스파르타의 승리)	
		아리스토텔레스(384–322)
404–146	**그리스 문명의 쇠퇴기**	
334	알렉산더 대왕(356–323)의 동방 원정	
330	페르시아 멸망	
270	로마, 이탈리아 반도 통일	
264–146	포에니 전쟁(카르타고 vs 로마: 로마의 지중해 지배)	

제2절 그리스 문명의 특징

그리스 문명이 수많은 고대 문명 가운데 오늘날 서구인의 사고방식과 의식구조, 그리고 삶과 문화에 큰 영향을 끼친 이유는 이 문명이 가진 몇 가지 특질 때문이다. 그리스 반도는 비교적 온화한 기후와 비옥한 풍토로 그리스인들에게 풍요로운 삶의 조건을 제공하였다. 이들은 개인의 권익과 자유로운 생각, 의사 표현의 자유를 존중하였고, 개인의 권리와 집단의 이익 및 질서에 대한 균형적인 사고를 강조했다. 이들은 흔히 고전주의 정신, 혹은 그리스 정신(The Greek Mind)이라 부르는 이성(reason)과 질서(order), 절제(restraint), 조화(proportion), 합리성(rationality), 균형(balance)의 가치를 존중하였다.

그리스인들은 교육을 통한 수월성의 성취, 건전한 경쟁을 통한 기량의 향상에 커다란 의미를 부여했다. 근대 올림픽으로 전통이 계승된 고대 그리스의 올림픽 제전, 인류 역사상 가장 찬란한 꽃을 피웠던 그리스의 연극 전통 등이 경연을 통해 수월성을 달성한 대표적인 예들이다. 그리스인들은 지(intelligence)와 덕(beauty), 그리고 체(strength)를 겸비한 전인적 인격체 양성(Perfection)을 교육의 목표로 삼았으며 이를 위해 논리학과 수학, 웅변술과 함께 음악과 미술, 그리고 체육 교육을 교육 과정에 포함시켰다. 오늘날 우리 학교 교육의 대강이 그리스 시대에 완성되었던 것이다.

한편 그리스인들은 삶을 예찬한 현실주의자들이었으며 죽음을 피할 수 없는 과정으로 받아들이는 운명론자들이기도 했다. 평범한 사람이든 영웅호걸이든 인간은 결국 죽음을 맞이한다는 것을 숙명으로 받아들이고 그 죽음을 극복하는 방법은 위대한 업적과 불멸의 명성(fame)을 남기는 일이라고 믿었다. 많은 사람들이 그리스 신화를 대표하는 아폴로 정신과 디오니소스 정신, 그리고 그리스 철학을 완성한 플라톤과 아리스토텔레스의 변증법적인 결합이 그리스 정신의 요체라고 말한다.

　그리스 문명은 인류에게 많은 정신적 유산을 남겼다. 그리스 신화와 비극 전통, 철학과 역사학, 의학 등의 학문, 민주정치 제도, 교육 시스템과 올림픽 제전 등이 그것들이 구현된 이후 대략 2,500년이 넘는 세월을 지나 현대에 이르기까지 살아남아서 생명을 유지하고 있을 뿐 아니라 현대인의 삶과 정신에까지 영향을 행사하고 있는 것이다.

제3절 그리스 신화 1: 신들의 세계

　신화(神話)는 '신들의 이야기'다. 신화는 또한 '인간이 지어낸 이야기'이기도 하다. 많은 민족들이 자신들의 고유한 신화를 갖고 있다. 우주의 발생과 신비로운 자연현상, 인간의 유래와 자기 민족의 근원 등에 대해 과학적인 해명을 하지 못했던 고대 인류는 신화를 통해 그 해답을 구하려 했다. 한편 인간의 힘으로 쉽게 달성할 수 없는 어떤 뛰어난 업적이나 성과를 신화라고 부르기도 한다. "월드컵 4강의 신화"와 같은 예이다. 동화와 민담, 설화, 전설, 옛날이야기, 미신 등이 신화와 유사한 이야기 구조를 갖는다.

　그리스 신화(Greek Mythology)는 그리스 문명이 인류에게 남긴 가장 위대한 유산 가운데 하나이다. 천지창조로부터 인류의 기원, 올림포스 신들, 영웅들의 모험담 등으로 구성된 그리스 신화는 모든 신화 가운데 가장 체계적이고 흥미로운 것으로 평가받는다. 위대한 서사시인 호메로스의 『일리아스』와 『오디세이아』, 호메로스와 동시대 시인이었던 헤시오도스의 『신통기』, 로마의 시인 오비디우스의 『변신이야기』, 19세기 미국의 은행가였던 토마스 불핀치의 『그리스 로마 신화』 등이 그리스 신화의 원전으로 인정받는다. 우리나라에서는 이윤기가 2000년 들어『이윤기의 그리스 로마 신화』를 '신화를 이해하는 12가지 열쇠', '사랑의 테마로 읽는 신화의 12가지 열쇠' 등의 부제를 붙여 연달아 출판하면서 그리스 로마 신화 읽기의 유행을 조성하였다. 2002년부터 발행된 가나출판사의『만화로 보는 그리스 로마 신화』는 불핀치의 저서를 원전으로 삼은 것인데 모두 20권 분량으로 완결되어 그리스 신화 독자층의 저변을 확대하는 데 크게 기여했다.

1. 우주의 생성과 신들의 계보

신화는 인간이 지어낸 이야기이기 때문에 필연적으로 당대의 가치관과 세계관, 그리고 공동체의 이익을 반영한다. 따라서 신화의 세계를 바르게 이해하기 위해서는 특정한 신화를 배태시킨 당대의 필요와 의도를 파악하는 일이 중요하다. 예를 들어 그리스인들은 "태초에 혼돈(chaos)이 있었다"고 기록하였다. 카오스는 천지가 창조되기 이전의 세계인데, 무질서와 어둠, 그리고 형태가 없는 잡탕의 덩어리를 의미하는 것으로 이해된다. 왜 그리스인들은 태초를 혼돈의 상태로 보았을까? 그 이유는 그리스인들이 질서와 빛, 일정한 형태와 형식을 소중하고 가치있는 것으로 생각했기 때문에 인류 이전의 세계를 그 가치와 반대되는 상태로 상정한 데 있다.

혼돈으로부터 밤(Night)과 죽음(Erebus)이 나오고, 밤과 죽음 사이에 사랑(Eros)이 태어나며, 에로스가 빛(Ether)과 낮(Himera), 땅(Gaia)과 하늘(Ouranos)을 낳는다. 가이아와 우라노스는 타이탄(Titan)족 여섯 남신(오케아누스, 코이오스, 크리오스, 히페리온, 이아페토스, 크로노스)과 여섯 여신(테이아, 레아, 테미스, 므네모시네, 포이베, 테티스)을 낳는다. 히페리온과 테이아의 아들인 태양신 헬리오스와 이아페토스의 아들 아틀라스, 그리고 프로메테우스와 그의 아우 에피메테우스도 타이탄족에 속한다. 어떤 신화는 가이아가 처녀 생식을 통해 우라노스 등을 낳았다고 기록하여 가이아에게 천지만물을 생성해 낸 창조주, 위대한 어머니 신의 지위를 부여하기도 한다.

크로노스는 레아와 결혼하여 자식들을 낳지만, 자신이 아버지 우라노스를 거세한 것처럼 언젠가 자식들에 의해 제거될 것을 두려워하여 낳은 자식들을 잡아먹었다고 한다. 이에 상심한 레아가 막내아들 제우스를 감추고 돌멩이를 대신 삼키게 함으로써 제우스는 구사일생하게 되는데, 그는 훗날 분별의 여신 메티스와 결혼하여 그녀의 지혜로 아버지가 삼킨 형제들을 토해내게 만든다. 하데스와 포세이돈, 헤라 등 형제들을 규합한 제우스는 타이탄족들과 10년의 전쟁 끝에 그들을 퇴치하고 주도권을 장악함으로써 올림포스 신들의 세계가 개막하게 된다.

천지창조와 신들의 탄생을 기록한 그리스 신화의 이야기는 몇 가지 시사점을 던져준다. 우선 그리스의 신들은 천지창조의 주체가 아니다. 많은 고대의 신화가 천지를 창조한 창조주의 실체를 강조하고 있는 것에 비해 그리스 신화의 천지창조 과정은 자연발생 혹은 자율 생식의 형태로 그려진다. 그리고 그 발생의 과정이 치밀하거나 체계적이지 않다. 특히 헤브라이즘의 원전인 구약성서가 기록한 천지창조의 과정과 비교해 볼 때, 빛과 어둠, 밤과 낮, 죽음과 생명, 땅과 하늘 등 이분법적인 분열과 생성의 과정이 논리적으로 구성되어 있지 않다.

그 다음으로 신들의 계보와 권력 다툼의 과정에서 모계사회로부터 부계사회로의 진화와 자식들의 반란이 부권 퇴치로 귀결되는 역사가 반복적으로 나타난다. 천지만물의 생성 과정에서 우월한 지위에 있던 가이아는 우라노스와 실제적인 결혼 관계를 유지하면서 주도권을 상실하게 된다. 우라노스의 지배 권력은 이후로도 크로노스에 의해, 그리고 그 다음 세대에 이르러 제우스에 의해 계승된다. 이는 모계 중심의 원시공동체가 차츰 부권 중심의 가부장제로 전환되었던 현상을 반영한 것으로 보인다.

주도권을 상실한 것에 분노한 가이아는 자신이 낳은 타이탄 신들 가운데 가장 어린 크로노스를 통해 우라노스를 거세한다. 막내아들에 대한 어머니의 사랑은 제우스를 살린 레아에게서 반복되어 나타나고, 아버지 우라노스를 거세한 크로노스의 반란은 타이탄족을 패퇴시키고 세상의 지배력을 장악한 제우스 일당에 의해 되풀이된다. 왜 아들들은 아버지를 몰아내는가?

〈타이탄의 몰락〉. 페테르 파울 루벤스. 벨기에 왕립 박물관

현대를 사는 우리들은 부모에 대한 자식들의 반란을 패륜(悖倫)이라고 부른다. 아버지를 때린 아들을 패륜아라고 부른다. 인간으로서 마땅히 지켜야 할 도리, 즉 윤리를 깨트리고 지키지 않은 자라는 뜻이다. 그런데 이 윤리는 오랫동안, 수천 년 동안, 사회가 우리에게 가르치고 주입하고 체득하도록

강요했던 교훈들이다. 그 윤리와 기강을 세우지 않으면 그런 일들이 일어날 개연성이 아주 높았기 때문이다. 동양의 삼강오륜(三綱五倫)이 좋은 예이다. 왕과 신하의 구분을 명확히 하여 그 관계를 거스를 수 없다고 가르친 이유는 왕을 해치고 권력을 찬탈할 기회와 가능성이 가장 높은 사람들이 바로 왕의 측근에 있는 신하들이었기 때문이다. 신하들에 의한 왕위 찬탈이 수없이 발생하고, 그것을 방지하기 위해 군신의 예를 엄격히 가르친 끝에 왕을 시해하는 일을 패륜으로 인식하는 윤리가 성립되었다.

아버지를 몰아내고 그 자리를 차지하는 행위가 패륜으로 단죄되기 이전의 단계에서, 한 가정의 주도권 다툼이 아버지와 장성한 아들 사이에서 발생할 개연성이 높다. 어려서 아버지의 구박과 학대를 받던 아들이 어느 날 완력으로 아버지를 제압할 수 있다고 깨닫게 될 때—아직 그것을 패륜으로 의식하지 못하는 상태에서—아버지를 때려눕히거나 집에서 몰아내는 일이 다반사로 일어날 수 있었던 것이다. 크로노스와 제우스의 반란은 이러한 사정을 반영하고 있다.

2. 올림포스의 12신

타이탄족들을 제압하고 권력을 장악한 제우스 일당은 타이탄들을 타르탈로스에 가두고 세상을 분할 통치하는데, 제우스는 하늘을, 포세이돈은 바다와 강을, 그리고 하데스는 지하, 즉 죽은 자들의 세계를 지배하기로 한다. 땅은 이들의 공동 관할 구역으로 정해지고 제우스는 신들의 우두머리, 우주 최고 통치자의 지위를 확보한다.

그리스인들은 지구를 평평한 원반으로 상정하고 땅과 땅 사이에 지중해와 흑해의 큰 바다가 있으며 이 세상 주변을 오케아노스강이 에워싸며 흐르고 있다고 생각했다. 지구의 북쪽에는 히페르보레오스 민족이 축복을 누리고 사는 땅이 있는데, 이곳은 노동과 질병, 죽음이 없는 곳이며 영원한 봄이 지속되는 세계였다. 지구 남쪽에는 아이티오피아족이 사는 이디오피아가 있고 서쪽은 엘리시온 평원인데, 이곳은 신들의 총애를 받았던 영웅들이 불사의 존재가 되어 사는 낙원으로 그려진다. 땅속의 세계는 빛이 없는 타르탈로스(명부)였는데, 이곳은 죽은 자들이 다섯 개의 강(고통의 강 아케론, 비탄과 통곡의 강 코키토스, 불의 강 프레게톤, 두려움과 증오, 약속의 강 스틱스, 그리고 망각과 침묵의 강 레테)을 지나가야 하는 세계였다. 태양의 신과 새벽의 여신, 그리고 달의 여신은 동쪽의 오케아노스강에서 솟아올라 창공을 가로지르는 하루의 행정을 마치고 서쪽으로 가라앉는다.

지구의 중심, 그리스 반도의 북쪽 테살리아 지역에 위치한 올림포스산은 신들의 영지였다. 반도의 중부 파르나소스산 중턱에는 인간이 신과 접촉하여 신탁을 얻는 델포이 신전이 세워져 있었다. 델포이는 "세상의 배꼽"이라는 의미인데, 아폴론을 섬기는 이 신전은 올림포스산의 제우스 신전과 함께 고대 그리스인들의 신앙 중심지였다.

올림포스산의 신들은 신들의 양식 암브로시아를 먹고 신들의 음료 넥타르를 마시며 지냈다. 그들의 식탁에선 젊음의 여신 헤베가 술을 따르고 아폴론과 뮤즈들이 악기를 연주하고 노래를 불렀다. 신들은 모여 인간사를 논하고 갈등과 분쟁을 해결하기 위해 지혜를 모으기도 했지만 주로 연회와 여흥을 즐기며 지내는 것으로 묘사되었다.

올림포스산에는 12주의 주신이 있었는데 하늘의 지배자 제우스, 바다의 통치자 포세이돈, 명부의 주인 하데스, 결혼과 출산의 여신 헤라, 태양의 신 아폴론, 달의 여신 아르테미스, 지혜의 여신 아테네, 대장장이 신 헤파이스토스, 전쟁의 신 아레스, 전령의 신 헤르메스, 사랑과 미의 여신 아프로디테가

11자리를 차지한다. 이렇게 11주에 대해서는 거의 모든 버전의 기록이 일치하지만 마지막 한 자리에 대해서는 이견을 보인다. 술의 신 디오니소스를 지명한 신화가 있는가 하면 농경의 신 데메테르, 불과 화로의 여신 헤스티아, 사후에 신으로 승격한 헤라클레스를 지목한 신화도 있다.

이견이 없는 11주 가운데 제우스와 포세이돈, 하데스 그리고 헤라는 크로노스와 레아가 낳은 형제지간이고 나머지 7주는 다음 세대에 해당한다. 헤르메스와 헤파이스토스는 제우스와 헤라가 낳았으며 아폴론과 아르테미스 쌍둥이 남매는 제우스와 레토의 자녀들이다. 아테네는 다 자란 모습으로 무장을 한 채 제우스의 머리에서 뛰어나왔다고 전해지며 보티첼리의 그림 <비너스의 탄생>에서 조개껍질 속 거품으로부터 생성되는 모습으로 그려진 아프로디테는 제우스와 디오네(에피메테우스-판도라의 딸)의 딸로도 알려져 있다. 헤르메스는 제우스와 마이아(아틀라스의 딸)의 아들이다.

한 자리를 놓고 다투는 4주 가운데 혈통으로 따지자면 데메테르와 헤스티아가 우위를 점한다. 이들은 크로노스와 레아가 낳은 제우스의 누이들이기 때문이다. 여섯 딸 중 맏이인 헤스티아는 아폴론과 포세이돈이 구혼하며 다투자 영원히 처녀로 살겠다고 맹서하여 분쟁을 가라앉혔다고 한다. 데메테르는 제우스와 관계하여 풍요신화의 주인공으로 등장하는 페르세포네를 낳았다. 수많은 일화의 주인공 풍운아 디오니소스는 제우스가 테베의 공주 세밀레 사이에서 낳은 아들인데 세밀레는 카드모스 왕과 하르모니아 여신 사이에 낳았기 때문에 혈통으로 보면 4분의 3이 신의 혈통인 셈이다. 그리스 신화 최고의 용사 헤라클레스는 제우스와 페르세우스의 후손인 알크메네 사이에서 태어났다.

그리스 신	로마 신	권한과 역할
제우스	쥬피터	신들의 제왕. 하늘의 통치자. 벼락을 운용
포세이돈	넵튠	바다와 강의 지배자. 지진을 운용
하데스	플루토	지하 세계의 제왕. 죽음(망자)의 세계 통치
헤라	주노	가정의 수호신. 결혼과 출산의 보호자
아폴론	아폴로	태양의 신. 음악과 예술, 예언, 궁술의 수호자
아르테미스	다이애나	달의 여신. 사냥과 순결, 처녀의 수호자
아테네	미네르바	지혜의 여신. 기예와 영웅들의 수호자
헤파이스토스	불칸	불의 신. 대장장이, 공구와 장비 제조자
아레스	마스	전쟁의 신. 불화와 분쟁을 유발
헤르메스	머큐리	전령의 신. 여행자, 도적, 상인, 의술의 수호자
아프로디테	비너스	사랑과 미의 여신. 정념과 순정의 수호자
데메테르	케레스	대지의 여신. 농경과 풍요, 곡물의 수호자
헤스티아	베스타	불과 화로의 여신. 가정의 수호자
디오니소스	바쿠스	술과 축제, 경작의 신
헤라클레스	허큘리스	용맹의 상징. 힘과 용기, 지혜와 사내다움

크로노스와 레아의 막내아들인 **제우스**는 하늘을 통치하고 비와 벼락을 내린다. 그는 아리기스라는 방패로 무장하고 전 세계에 퍼져있는 3천의 정령들이 그를 위해 정보를 수집한다. 신과 인간을 가리지 않고 수많은 여성들과 관계하여 헤아릴 수 없이 많은 자손들을 낳기 때문에 제우스는 바람기와 정욕의 화신인 것처럼 알려져 있으나, 이는 실은 고대의 많은 도시국가들이 자신들의 시조로 제우스의 혈통을 내세우고 싶어 만들어낸 이야기라는 측면이 있다. 실제로 제우스는 분별력 있고 자애로운 통치자였으며 정의를 수호하고 거짓과 불의를 응징하는 공평한 중재자의 면모를 지녔다.

제우스의 아내 **헤라**는 남편의 바람기에 늘 속을 끓이고 그를 감시하며 연적들을 응징하는 질투와 시기심이 많은 조강지처의 모습으로 그려진다. 그런데 이런 혐의는 실은 헤라에게 덧씌워진 부정적인 이미지일 수 있다. 실제 헤라는 자애로운 어머니였으며 결혼과 출산, 가정주부의 수호자였다. 그녀는 정숙함과 아름다움을 갖춘 격조 있는 여신으로서 아프로디테, 아테네와 함께 파리스의 심판에서 미의 타이틀을 다투고 매년 자신의 전용 카나토스 샘에서 목욕함으로써 처녀성을 회복하는 특권을 누렸다. 무지개여신 아이리스와 공작새를 거느리고 헤파이스토스와 아레스를 낳았다. 헤라와 결혼하기 전까지 제우스는 레토와 연인 관계를 유지하는데, 호메로스의 『일리아스』는 레토를 제우스의 정실부인으로 그리고 있다. 디오니소스의 어머니 세밀레와 헤라클레스를 낳은 알크메네를 응징하는 스토리에서 주역으로 등장한다.

바다의 신 **포세이돈**은 바다와 강, 작은 개울에 이르기까지 모든 물줄기를 관장한다. 길게 풀어헤친 머리칼과 부숭한 수염, 삼지창을 꼬나들고 거친 파도와 지진을 일으키는 포세이돈은 오디세우스에게 분노하여 트로이 전쟁을 마친 후 그가 10년을 방황하게 만든다. 그는 크고 작은 물을 다스리는 많은 자손들을 두었는데, 그의 아들 트라이튼은 인어공주의 아버지로 등장한다.

명부의 신 **하데스**는 죽음과 사자들의 지배자이다. 죽음을 맞이한 인간 가운데 영웅과 선인들은 엘리시온 평원에서 불사의 존재로 살아간다. 지상의 낙원으로 불리는 엘리시온은 실은 사후의 세계인 것이다. 프랑스의 유명한 샹젤리제 거리가 엘리시온 들판이라는 뜻이며, 우리나라에도 고급 리조트의 이름을 엘리시안으로 명명한 곳이 있다. 하데스는 무서운 표정을 한 가혹하고 냉정한 신이며, 자신이 다스리는 저승을 엄격하게 통제하는 강력한 지배자이다. 죽은 자들은 하데스의 나라에서 생전의 모습과 흡사한 실체 없는 망령과 같은 모습으로 살아가고 악행을 저지른 사람들은 가혹한 형벌을 받는다. 하데스의 저승 문은 케르베로스라는 괴견이 굳건하게 지키고 있어서 누구든 이곳을 방문한 사람은 예외 없이 돌아갈 수 없다는 규칙을 엄수한다. 데메테르의 딸 페르세포네를 납치하여 아내로 삼은 이야기와 죽은 아내 에우리디케를 찾아온 오르페우스 이야기, 테세우스와 헤라클레스의 모험에 주역으로 등장한다.

제우스와 레토가 낳은 쌍둥이 남매 아폴론과 아르테미스는 각각 태양과 달의 신으로 불린다. **아폴론**은 빛과 문명의 상징이며 음악과 예술, 신탁과 예언, 그리고 법률과 재판을 관장한다. 이른 아침 태양을 실은 황금마차를 타고 동쪽 하늘에 나타나 하늘을 가로질러 서쪽 하늘로 지는 행로를 매일 되풀이한다. 빼어난 외모를 갖춘 미남이었으며 뮤즈들을 거느리고 하프 연주와 노래를 일삼는 아폴론은 평생 결혼하지 않은 미혼남이었지만 연애박사이기도 했다. 월계수로 변신한 다프네와의 슬픈 사랑의 주인공이기도 하고, 히아신스로 변신한 미남 소년 히아킨토스와의 사랑으로 동성애의 시조로 불리기도 한다. 아폴론이 올림포스 신들의 전당에 등장하면 그 자리에 있던 제신들이 자리에서 일어나 아폴론이 넥타르를 한 잔 마시고 나면 자리에 앉았다는 일화는 현대에 이르러서도 재판정의 판사가 입장하는 순간 장내의 모든 사람들이 기립하는 전통으로 이어져 오고 있다.

달의 여신 **아르테미스**는 사냥의 여신이기도 하다. 활과 화살 통을 걸어맨 날렵한 사냥꾼의 모습을 한 아르테미스는 순결을 강조하며 처녀를 수호하는 여신이었다. 사랑과 연애, 결혼 등을 모두 부정하고 자기 스스로 순결을 지켰으며 시녀로 거느리는 님프들이 사랑에 빠지면 가혹하게 화살로 살해하는 냉혹한 면모를 보였다. 딱 한 번, 시인 기질을 가진 미남 청년 엔디미온과 사랑에 빠지기도 하는 아르테미스는 캐드무스의 아들 악티온의 일화에 등장한다. 악티온은 숲속에서 목욕하는 아르테미스를 훔쳐보는데, 이에 분노한 아르테미스는 악티온을 사슴으로 변신케 하고 자신의 사냥개들로 하여금 그를 잔인하게 살해하게 만든 것이다. 그리스 신화에서 별다른 활약을 하지 않은 아르테미스는 트로이 전쟁이 시작되는 순간 자신의 수사슴을 사냥한 아가멤논을 응징하기 위해 그리스에 역병을 퍼트리고 바람을 멎게 하여 그리스군의 출항을 지연시키면서 존재감을 과시한다. 신들의 중재로 아가멤논은 사랑하는 딸 이피지니아를 제물로 바치게 된다.

지혜의 여신 **아테네**는 영웅들의 수호자이며 학문과 직물, 바느질과 자수 등 기술(art and craft)을 관장하였다. 아테네시의 수호신이었고 페르세우스로부터 아킬레스에 이르기까지 그리스 신화의 모든 영웅들은 그녀의 총애를 받았다. 그녀의 방패에는 페르세우스가 퇴치한 메두사의 머리가 장식되어 있었고, 아테네는 올빼미를 사자로 썼는데, 독일의 철학자 헤겔은 "미네르바의 올빼미는 어둑어둑한 황혼에야 비로소 날개를 편다"는 표현으로 철학의 부정적인 측면을 부각시켰다. 파리스의 사과를 놓고 헤라, 아프로디테와 다툴 만큼 미모를 갖추었던 아테네는 미혼이었지만 아들을 하나 두었다. 트로이 전쟁에 출전하는 아킬레스에게 최고의 군장을 갖춰주기 위해 헤파이스토스를 찾아간 아테네가 애교스럽게 부탁을 하는데, 그 전에 아테네가 자신에게 연정을 품고 있다는 포세이돈의 거짓말에 속아 넘어간 헤파이스토스는 아테네의 애교를 호감으로 오해하고 겁탈을 시도한다. 헤파이스토스가 그 뜻을 이루지는 못했지만 아테네의 허벅지에 사정한 정액에서 태어난 아이를 신들의 판정으로 아테네가 아들로 입양하게 되었던 것이다.

불을 다스리는 대장장이 신 **헤파이스토스**는 추한 용모와 절름발이 장애를 갖고 있었다. 낳자마자 너무 못생긴 걸 발견한 헤라가 내다 버린 아이를 바다의 여신 테티스가 키웠다는 일화가 있고 부모인 제우스와 헤라가 부부 싸움을 하는데 어머니 편을 들다가 화가 난 제우스가 내던지는 바람에 다리를 절게 되었다는 이야기도 있다. 그는 20대의 대형 용광로가 놓인 작업장에서 창과 칼, 방패, 갑옷을 제작하고 농기구를 만드는 장인이었다. 천마의 발굽을 만들고 집을 설계하고 짓는 최고의 기술자였으며 그의 작업실에서는 자동력을 갖춘 물건, 현대로 말하면 모터를 장착한 기계나 로봇에 해당하는 것까지 만들었다고 한다. 앞에서 설명한 아테네와의 일화에서 망신살을 사고 그리스 신화에서 그다지 호감을 주는 인물로 그려져 있지는 않지만 헤파이스토스는 현대로 말하자면 산업자원부, 정보통신부, 공업진흥청, 한국전력과 같은 정부 부서를 관장하고, 도로와 도시건설, 자동차와 반도체 생산 등 산업과 기술 분야 전체를 주관하는 역할을 한다고 할 수 있다.

헤파이스토스의 친형제인 **아레스**는 전쟁의 신이다. 그는 전쟁을 유발하고 전쟁이 일어나면 신이 나서 양쪽 진영을 번갈아 지원하며 사상자를 양산하는 역할을 한다. 당연히 사자들의 제왕 하데스와 친하게 지낸다. 공포의 형제 데이모스와 포보스가 그의 자손이며 불화의 여신 에리스를 거느린다. 그리스 신화에서 별다른 존재감을 보이지 않는 아레스는 아프로디테와의 밀애의 주인공으로 등장한다. 최고의 아름다움을 지닌 아프로디테에게 너무 많은 신들이 구애하여 분쟁을 염려한 제우스는 그녀를 가장 못생긴 헤파이스토스와 결혼하게 만든다. 남편에게서 사랑을 충족시키지 못한 아프로디테는 사내다움의 상징인 아레스와 밀회를 즐기게 되는데, 이런 사실을 아테네로부터 귀띔으로 들은 헤파이스토스는 눈에 보이지 않는 그물을 만들어 밀회 현장을 급습한다. 이 소동은 아레스의 사과와 아프로디테가 헤라의 카나토스 샘에서 목욕하고 처녀성을 회복하는 것으로 마무리된다. 현대인들이 저지르는 불륜의 원전이 모두 그리스 신화에서 비롯되고 있음을 보여주는 사례이다.

제우스의 전령 **헤르메스**는 무척 흥미로운 신이다. 날개 달린 샌들을 신고 두 마리 뱀이 똬리를 틀고 있는 장식을 한 지팡이 케르케이온을 든 헤르메스는 상업과 여행자, 교통, 조약의 체결, 의술과 의사들의 수호신이다. 제우스는 임신한 마이아를 헤라의 감시를 피해 외딴 섬에 숨겼는데, 그 섬의 동굴에서 태어난 헤르메스는 낳자마자 동굴 바깥의 소들을 잡아먹었다고 한다. 그 소들이 하필 아폴론의 소유였는데, 화가 나서 동굴로 찾아온 아폴론은 소뼈로 만든 리라를 태연하게 연주하고 있는 헤르메스를 발견하게 되고, 이복형의 분노를 누그러뜨리기 위해 헤르메스는 리라를 아폴론에게 건넸다고 한다. 이렇게 하여 아폴론은 음악의 신이 되고 헤르메스는 도적들의 수호신이 된다. 헤르메스는 인간에게 웅변술과 수사학을 지도하기도 했다. 오늘날 많은 의과대학들이 헤르메스의 뱀이 새겨진 지팡이 케르케이온을 상징으로 사용하고 프랑스의 명품 패션 브랜드 에르메스도 그의 이름을 차용하고 있다.

미의 여신 **아프로디테**는 사랑의 수호신이다. 여성의 성적 아름다움과 사랑의 욕망, 성애와 관능미를 관장하는 여신이다. 아프로디테의 허리띠는 누구든지 유혹할 수 있는 마력을 지녔으며 그녀의 아들 에로스(퀴피드)의 화살은 누구나 사랑에 빠지게 하는 마법을 부린다. 아프로디테는 반쯤 흘러내린 옷 사이로 속살을 드러낸 채 남성의 욕망을 자극하는 매력을 발산한다. 가정과 결혼의 신성함을 주관하는 헤라나 처녀의 정숙함을 지닌 아테네나 아르테미스의 청초한 아름다움과 대비를 이룬다. 남편인 헤파이스토스와는 아이를 낳지 않았지만 불륜 상대였던 아레스와 사이에서 에로스와 하르모니아(하모니, 조화의 여신), 포보스, 데이모스, 안테로스 등 여러 명의 자식을 낳았고, 헤르메스와는 헤르마프로디토스를, 디오니소스와는 프리아포스를 낳았다. 아프로디테가 인간인 안키세스와 사이에서 낳은 아이가 로마의 시조로 알려진 아이네이아스이다. 사랑의 수호신답게 아프로디테는 비련의 주인공들을 동정하고 사랑에 냉담한 자들을 응징했다. 자신이 만든 조각 여인과 사랑에 빠진 피그말리온을 위해 조각품에게 생기를 넣어 인간이 되게 했고, 사랑에 둔감하여 여성들에게 절망을 안겨 준 오르페우스와 나르키소스를 가혹하게 응징한다. 테세우스의 아내 페드라가 전처 소생의 히폴리투스에게 구애했을 때, 그 사랑을 뿌리친 히폴리투스도 아프로디테의 저주를 받아 불행한 운명을 맞는다.

술과 축제의 신 **디오니소스**는 비극적 인물이다. 제우스가 테베의 공주 세밀레를 탐하여 매일 밤 그녀의 침실을 찾아갔는데, 이를 눈치 챈 헤라가 신분을 감추고 세밀레를 찾아가 이간질한다. 헤라의 사주를 받은 세밀레는 매일 밤 자신을 찾는 정인에게 그 모습을 보여 달라는 소원을 빌고, 미리 한 약속 때문에 번쩍 번개의 모습으로 나타난 제우스를 보고 타 죽고 만다. 이때 세밀레의 몸 안에 태아가 자라고 있었고, 그 태아를 꺼내 제우스가 자신의 허벅지 속에 넣었다가 9개월을 채워 꺼낸 아이가 디오니소스이다. 출생의 순간부터 불운을 타고난 디오니소스는 부적응자, 이탈자, 방랑자의 면모를 지닌다. 술과 포도주, 곡식의 생산, 환희와 열정, 쾌락을 관장하는데, 디오니소스와 그 일행이 축제를 벌이고 간 지역은 많은 젊은 여성들이 농락당하는 폐해가 발생하기도 했다. 디오니소스 제전에서 고대 그리스 드라마가 발생한다.

〈비너스의 탄생〉. 보티첼리. 피렌체 우피치 미술관

전령의 신 헤르메스　　　　독수리에게 간을 파 먹히는 프로메테우스

　그리스 신화는 다신론의 세계이기 때문에 올림포스의 주신들 외에도 아주 많은 위계의 하급 신들이 존재한다. 아홉 뮤즈와 숲의 님프들, 미의 3여신, 운명의 3여신, 복수의 3여신, 가축과 목동의 신 판, 신과 인간 사이에 태어난 중간자적 존재들, 많은 괴물들도 신의 속성을 가진 것으로 그려진다.

　창조 신화와 더불어 중요한 의미를 갖는 것이 풍요신화(Vegetation Myth, Myth of Fertility)이다. 인류가 공동체를 구성하고 농경에 종사하며 살기 시작한 이후 경작과 결실, 기근과 식량 부족은 공동체의 최우선 과제였다. 계절의 변화에 따라 경작과 생육이 가능한 시기가 있고, 천지가 얼어붙어 농사를 지을 수 없는 죽음의 시기가 찾아오지만 과학의 힘으로 이를 해석할 수 없었던 당대 사람들은 신화를 지어 그 현상을 설명하려 했다. 이것이 풍요신화이다.

그리스 신화에서 가장 중요한 풍요신화에는 데메테르와 페르세포네가 주인공으로 등장한다. 농업과 경작을 관장하는 대지의 여신 데메테르의 딸 페르세포네가 친구들과 꽃구경을 나갔다가 지옥의 신 하데스의 눈에 띠어 지하의 세계로 끌려갔다고 한다. 딸을 잃은 슬픔에 데메테르가 딸을 찾기 위해 헤매고 다니는 동안 경작과 수확을 돌보지 않았기 때문에 인간은 기근과 기아에 시달리고, 인간들의 제사를 받지 못한 신들이 중재하여 페르세포네를 어머니에게 돌려주도록 하데스를 압박하기에 이른다. 하데스는 페르세포네를 돌려 보내준다고 약속하며 저승의 음식을 권하고, 방심한 페르세포네가 그것을 먹게 되면서 저승의 음식을 먹은 사람들은 지상의 세계로 돌아갈 수 없다는 규칙을 위반하게 된다. 하데스의 간계가 효력을 발휘한 셈인데, 이에 난처해진 신들은 페르세포네로 하여금 일 년의 절반을 어머니 곁에서, 나머지 절반을 하데스의 아내로 살도록 중재한다. 그래서 딸이 자신의 곁에 있는 기간 동안 데메테르는 자신이 맡은 일을 충실히 하여 농사가 가능하고 추수를 할 수 있지만 딸이 자신의 곁을 떠난 시기 동안은 슬픔을 못 이겨 그 임무를 태만히 하는 바람에 농경이 불가능하게 되었다는 스토리이다.

　　그리스 신화에 등장하는 신들의 이야기에는 몇 가지 특징이 있다. 먼저 그리스의 신들은 천지창조의 주체가 아니고 전지전능한 존재들이 아니다. 신들은 인간보다 우월한 존재이며 질병과 죽음을 겪지 않고, 중혼과 혼외정사의 특권을 누린다. 그러나 그들은 인간의 운명에 간섭할 수 없다는 능력의 한계를 갖고 있기도 하다. 그리스 신들은 무척 인간적인 신들이다. 신들은 인간처럼 희로애락을 경험하고 사랑과 욕망, 시기와 질투, 원한과 복수와 같은 인간적인 사연의 주인공이 되기도 한다. 심지어 그리스 신들은 사건과 일화들을 통해서 변하는 모습을 보이기도 한다. 도덕적 성장과 각성을 경험하기도 한다.

그리스 신들은 능력(power)과 권한(authority)에 있어서 담당하는 영역이 나뉘어 있다. 하늘과 바다, 지하의 세계를 분할해서 통치하고 농경과 가사, 전쟁과 상업, 임신과 출산, 음악, 법률 등 각 분야를 나누어 관장했다. 올림포스의 주신들이 관장하는 각각의 영역은 현대 국가에서 정부조직법에 따른 주무부처를 연상케 한다. 그리스 신화가 신들에게 부여한 권한의 내용과 범위는 당대의 사회·경제적 특성을 반영하고 있다. 앞에서 헤파이스토스의 관장 업무를 현대 사회의 정부 조직과 비교했는데, 자동차, 컴퓨터, 인터넷, 로봇, 우주 개발이 존재하지 않았던 당대의 산업구조에서 중요한 생산 품목은 농장 구와 무기류였기 때문에 이를 한 신이 담당했던 것이다. 반면 임신과 출산은 중요하지만 현대 사회에서는 그것이 치명적인 과제가 아니기 때문에 출산을 담당하는 부처를 따로 두지 않는다. 그리스 신화에는 불씨를 지키는 신도 있다. 사랑과 아름다움, 지혜, 운명, 복수를 관장하는 신도 있었다.

3. 인간의 탄생

그리스 신화는 태초에 타이탄족의 일원인 프로메테우스가 진흙을 구워서 인간을 만들었다고 기록한다. '먼저 생각하는 자'라는 이름을 가진 프로메테우스는 미래를 보는 능력이 있었고, 타이탄족과 제우스 일당의 전쟁이 올림포스 신들의 승리로 끝날 것을 예견하고 동족의 편을 들지 않았기 때문에 타르탈로스에 감금되는 신세를 면할 수 있었다. 그의 동생인 에피메테우스는 '나중에 생각하는 자'라는 이름을 가졌는데, 모든 동물들에게 능력(faculty)을 부여하는 임무를 맡고 있었다. 자신의 이름처럼 장래를 내다보는 능력이 부족했던 에피메테우스는 모든 동물들에게 자신이 가진 온갖 능력을 다 부여해 버렸다. 날짐승들에게는 강한 날개와 뾰족한 부리를 주어 하늘을 날게 하고 맹수들에게는 날카로운 이빨과 사나운 발톱, 긴 다리를 주어 사냥과 포획의 능력을 부여했다. 물속에 사는 것들에게는 지느러미와 아가미를 주어 헤엄치며 살게 했다. 자신이 가진 모든 선물을 다 써버린 에피메테우스는 막상 인간이 만들어졌을 때, 인간에게 줄 선물이 하나도 남지 않게 되었던 것이다.

난처해진 프로메테우스는 신들의 전유물이었던 불을 훔쳐 인간에게 선물한다. 지상의 생명체 가운데 유일하게 불을 사용할 수 있게 된 인간은 불을 이용하여 가공과 제조의 기술을 익히게 되고 이로써 문명을 일으키는 능력을 갖게 된다. 프로메테우스는 인간에게 문명을 선물한 은인인 것이다. 불을 도둑맞은 제우스는 크게 분노하여 이를 응징하기 위해 아름다움으로 치장한 판도라라는 여성을 만들어 에피메테우스에게 보냈다. 형의 경고에도 불구하고 에피메테우스는 판도라를 아내로 맞이하는데, 절대로 열지 말라는 당부와 함께 제우스가 들려 보낸 상자를 호기심을 이기지 못해 판도라가 열어봄으로써 판도라 상자의 재앙이 시작되었다. 그 상자 안에는 시기와 질투, 불화와 분쟁, 질병과 죽음 등 온갖 재앙이 담겨 있었고, 그 상자가 열리면서 인간은 이 모든 고통과 불행의 희생물이 되었다는 것이다. 겁에 질린 판도라가 서둘러 상자를 닫았는데, 프로메테우스는 그것을 다시 열어 상자 안에 마지막으로 남아있던 희망을 세상에 내놓았다고 전해진다.

판도라(여성)는 신이 인간(남성)에게 준 선물 혹은 재앙으로 여겨진다. 여성은 남성에게 축복인가 형벌인가? 판도라 스토리는 구약성서에 등장하는 이브의 이야기와 아주 많은 차원에서 일치한다. 요컨대 여성은 호기심을 가진 존재이며 유혹에 약하고 남성에게 재앙이 되며 세상의 모든 고통과 불행, 질병과 죽음이 여성에게서 비롯되었다는 것이다. 그런데 이런 논리는 여성의 입장에서 보면 대단히 부조리한 측면이 있다. 그리스 신화든 구약성서든 그 이야기를 지어내고 기록하고 관리하는 권한을 남성들이 독점하고 있었기 때문에 세상의 온갖 고통과 불행을 여성의 탓으로 돌린 것이라는 반론이 가능하다. 여성들에게 덧씌워진 억울한 부정적인 이미지라고 할 수 있다.

하지만 이러한 논리 구조가 신화의 세계에 머물지 않고 역사 발전에 따라 소멸되지도 않은 채, 오늘날에도 수많은 대중문화 속에 살아남아 있다. 악의 무리를 퇴치하는 영웅의 활약상을 그린 할리우드 영화 속에서 여성은 늘 주인공 남성의 미션을 방해하는 장애물로 등장한다. 한 곳에 머물러 있으라는 주인공의 당부를 어기고 그 자리를 빠져나와 악당에게 사로잡히는 바람에 주인공의 손발을 묶는 연약하고 성가신 존재로 그려진다. 최근 몇몇 여성주의 대중연예인들이 이런 전통적인 여성 역할을 거부하여 주목받는다. 섹시한 용모와 관능적인 춤 솜씨를 자랑하면서도 야성적인 카리스마를 무대에 선보인 마돈나, 본드걸이라는 매력적인 배역을 거부하고 <툼 레이더> 등에서 남성들을 때려눕히는 안젤리나 졸리, 슈퍼 히어로 영화 <어벤져스>의 당당한 일원 블랙 위도우를 연기한 스칼렛 요한슨 등이 그 예이다.

한편 미래를 예견하는 능력을 지닌 프로메테우스는 제우스의 장래에 대한 비밀을 밝히지 않는다는 이유로 코카서스산의 바위에 쇠사슬로 묶인 채, 낮 동안 독수리에게 간을 쪼여 먹히고, 밤이 되면 그 간이 다시 회복되어 고통이 반복되는 형벌을 받는 신세가 되고 만다. 제우스는 자신이 언젠가 자신의 자손에 의해 권좌에서 쫓겨날 것을 알고 있었지만 그것이 언제 누구에 의해 이루어질지 알지 못하는 상황이었다. 그 비밀을 알고 있었던 프로메테우스가 그것을 발설하지 않음으로써 고초를 겪었던 것이다. 프로메테우스의 고난은 영웅 헤라클레스가 독수리를 사살함으로써 끝나게 된다.

제우스에게 저항한 프로메테우스는 흔히 압제에 맞서 싸운 불굴의 저항 정신으로 추앙받는다. 절대 권력자 혹은 불의에 당당하게 저항한 수많은 인물들이 프로메테우스의 후손들인 것이다. 유시주의 책 『거꾸로 읽는 그리스

로마 신화』에서 저자는 부패한 관료들에게 저항한 녹두장군 전봉준과, 우리 현대사에서 독재에 저항했던 시인 김남주를 프로메테우스의 후계자로 지목하고 있다.

그리스 신화에 등장하는 인간은 신에 비해 열등한 존재들이다. 인간은 신이 누리는 많은 특권을 누리지 못한다. 질병에 시달리고 죽음을 맞이한다. 신과 인간은 끊임없이 교제하고 신들은 인간의 삶에 간섭할 수 있지만 인간의 운명을 바꾸지는 못한다. 모든 인간은 주어진 수명 등의 운명을 타고나고 아무리 노력해도 그 운명의 굴레에서 벗어날 수 없다. 인간이 신의 영역을 추구하거나 신의 능력을 모독하면 가혹한 처벌을 받는다.

그리스인들은 신에게 중혼과 혼외정사의 특권을 부여했다. 왜 신들은 바람을 피워도 되는 존재였을까? 그 이유는 그리스인들이 결혼과 가정, 일부일처제를 소중하게 생각했기 때문이다. 배우자가 있는 사람들이 다른 이성에게 호감과 욕망을 갖는 것은 어쩌면 본능일지 모른다. 문제는 그것을 허용했을 때, 결혼과 가정의 안정과 행복이 너무도 쉽게 파괴될 것이었다. 그래서 그리스인들은 초월적인 존재인 신들은 혼외정사의 특권을 누릴 수 있지만 인간은 신이 아닌 제한적인 존재들이어서 인간의 분수와 본분을 지켜야 한다고 정한 것이다. 인간이 신의 흉내를 내어 바람을 피우면 가혹하게 처벌되는 것이 마땅하다고 생각했다.

그리스인들은 지나친 교만(great pride/hubris)을 경계했다. 교만을 그리스 정신의 핵심이기도 한 분별력과 절제를 위반한 엄중한 악덕으로 보았다. 그리스 신화에 등장하는 많은 인간들이 교만의 죄를 범하고 가혹한 형벌을 받는다. 길쌈 솜씨가 뛰어났던 아가씨 아라크네는 바느질의 여신 아테네를 모욕했다가 거미로 둔갑하는 벌을 받는다. 그래서 평생 거미줄을 치지만 그 거미줄은 아름답지도 튼튼하지도 않고 흉물로 여겨져서 눈에 띄는 대로 제거

되고 만다. 탄탈로스의 딸 니오베는 일곱 아들과 일곱 딸을 훌륭하게 키웠다고 자만하며 아폴론과 아르테미스 남매만 낳은 여신 레토를 모욕했다가 자녀들이 모두 비명에 횡사하고 자신은 돌로 변하는 처벌을 받는다. 자신의 아름다움을 뽐냈던 시골 처녀 프쉬케(사이키)는 미의 여신 아프로디테를 비웃었다가 여신의 분노를 사고, 아프로디테는 그녀를 응징하기 위해 아들 에로스를 보낸다.

미노스 왕의 왕궁 지하에 미궁을 설계한 장인 다이달로스의 아들 이카로스 또한 교만의 죄를 범한 비극적 인물이다. 미궁을 완공하고 그곳에 갇히게 된 다이달로스는 새의 깃털을 모아 밀랍으로 어깻죽지에 붙이고 아들과 함께 바다 위를 날아 탈출을 시도한다. 아버지는 아들에게 너무 높게 날면 햇볕에 밀랍이 녹게 되고, 너무 낮게 날면 바닷물에 깃털이 젖어 날 수 없게 된다고 주의를 주었지만 하늘을 날게 된 희열에 감격한 이카로스는 아버지가 당부한 중용의 도를 망각하고 높이 날다 추락하고 만다. 태양의 신 헬리오스의 아들 파에톤은 아버지에게 간청하여 태양 마차를 몰게 되었는데, 하늘을 날게 된 것에 우쭐해져서 아버지의 경고를 무시하고 함부로 마차를 몰다가 세상을 불바다로 만들고 제우스의 벼락을 맞고 추락하는 운명을 맞는다.

만지는 것마다 황금이 되기를 소망한 미다스 왕은 디오니소스에게 간청하여 그 소망을 이루지만 음식을 먹기 위해 집어 드는 순간 황금으로 변하는 바람에 과욕이 부른 화로 인해 패망하는 신세가 된다. 미다스는 다시 디오니소스에게 사정하여 팍톨로스 강물에 손을 씻고 형벌에서 벗어나는데, 그 바람에 강바닥 모래 속에서 금가루가 발견되는 것이다. 피그말리온은 세상의 여성들에게 환멸을 느끼고 독신주의를 고집하며 상아로 여자를 조각하여 배우자로 삼으려 했다. 그는 인간의 한계와 분수를 넘어 완벽한 아름다움을 추구한 교만의 죄를 범한 셈이 된다.

코린토스의 창시자인 시지프스는 교활하고 꾀가 많은 사람이었는데 프로메테우스의 후손이었다는 설도 있다. 그는 헤르메스의 아들 아우톨리코스가 자신의 소를 훔쳐 가자 발굽에 표시를 해두었다가 범인을 색출해 내기도 했다. 시지프스는 자신의 수명이 다했을 때, 그를 데리러 온 저승사자를 여러 차례 속이고 연명하는 죄를 저지른다. 인간의 분수를 망각한 오만의 죄를 범한 것이다. 결국 그는 지옥에 떨어져 언덕 위로 무거운 바윗덩이를 굴려 올리는 형벌을 받는데, 정상까지 올려놓은 바위가 다시 언덕 아래로 굴러 떨어져 노역을 끝없이 되풀이해야 하는 운명에 처한다. 20세기 프랑스의 실존주의 철학자 알베르 카뮈는 자신의 저서 『시지프스의 신화』에서 현대인의 실존적 상황을 시지프스의 비극에 빗대어 설명하고 있다. 노력과 노역의 결과가 아무런 결실을 맺지 못하는 현대인의 부조리한 실존적 상황이 시지프스의 형벌과 같다는 것이다. 그리스 신화에서 크게 주목받지 못했던 시지프스는 카뮈에 의해 부조리의 영웅으로 재탄생했다고 볼 수 있다.

신들을 우롱한 또 다른 인물은 탄탈로스이다. 제우스와 아틀라스의 딸 플로토의 아들인 탄탈로스는 제우스의 특별한 총애를 받아 교만한 마음이 되었다. 그는 자신의 집에 신들을 초대하고 아들인 펠롭스를 스튜로 만들어 대접하는데, 이 사실을 모른 채 맛있게 음식을 먹은 신들을 비웃었다. 그 죄의 대가로 탄탈로스는 지옥에 떨어져서 물웅덩이에 잠긴 채 먹지도 마시지도 못하는 형벌을 받는다. 머리 위에 드리워진 나뭇가지에서 과일을 따 먹으려 하면 나뭇가지가 위로 솟구치고 가슴 아래 물을 마시려고 하면 수면이 가라앉아 마시지 못하는 고통을 겪는 것이다. '안달하다'(tantalize)는 단어가 그의 이름에서 유래되었다.

4. 사랑의 주인공들

　그리스 신화에는 많은 사랑이야기가 등장한다. 인간과 인간의 사랑이야기도 있지만 신과 인간 사이의 사랑이 압도적으로 많다. 그리스 신화에 등장하는 러브스토리는 비극적인 결말을 맺는 경우가 많다. 아폴론이 에로스의 화살을 탐내어 빼앗으려 하자 에로스는 장난삼아 아폴론에게 사랑에 빠지는 황금의 살을 쏘고 아름다운 아가씨 다프네에게는 사랑에 냉담해지는 납의 살을 쏘았다. 꽃놀이를 즐기는 다프네를 발견한 아폴론은 금세 사랑에 빠지지만 납의 화살을 맞은 다프네는 미남신의 유혹을 거부하고 그를 피하기 위해 아버지인 강의 신 페네이오스에게 애원하여 월계수로 변신한다. 비극적인 종말이다. 낙심한 아폴론은 월계수 나무를 자신의 성스러운 나무로 삼고 이후 경기의 승리자들에게 월계관을 씌우는 전통이 생기게 되었다.

　아프로디테와 미남 소년 아도니스의 사랑도 슬픈 결말을 맺는다. 키프로스 왕 키니라스의 딸 스미르나는 아프로디테를 모욕했다가 여신의 분노를 사서 아버지와 동침하게 된다. 그 결과 스미르나는 아도니스를 낳고 죄책감에 시달리다가 향나무로 변신하고, 아프로디테는 아도니스를 페르세포네에게 맡겨 기르게 하고 그가 장성하자 되찾으려 했다. 페르세포네가 순순히 내주지 않아 분쟁이 벌어졌고 결국 화창한 계절에는 아프로디테가, 추운 겨울에는 페르세포네가 소유하기로 합의하였다. 그런데 아도니스와 지내게 된 아프로디테가 그를 너무도 사랑하여 다시 내어주려 하지 않았기 때문에 분개한 페르세포네는 아레스를 시켜 아도니스가 멧돼지에게 죽임을 당하게 만든다. 비극의 주인공 아도니스는 아네모네 꽃으로 다시 피어났다.

　아름다운 요정 에코는 수다쟁이 아가씨였다. 쉴 새 없이 이야기를 늘어놓는 에코는 제우스의 바람기를 단속하려고 숲을 찾아온 헤라를 붙들고 수다를 털어놓는 바람에 제우스의 행적을 놓친 헤라의 분노를 사게 된다. 헤라는 에코에게 자기 이야기는 하지 못하고 다른 사람의 말꼬리를 따라 말하게 하는 형벌을 내린다. 연못에 비친 자신의 모습에 매혹된 나르키소스는 세상의 모든 여성들의 사랑에 냉담한 태도를 취하며 '자기애'(나르시시즘)의 원조가 되었다. 나르키소스를 만난 에코는 첫눈에 사랑에 빠지고 말지만 입을 열어 사랑을 고백하려고 해도 나르키소스의 말을 따라 하기만 할 뿐 자신의 심정을 표현할 수 없었다. 이를 창피하게 여기고 낙심한 에코는 산속 깊은 곳에 숨어 메아리가 되었다. 우리가 산에 가서 "야호"를 외치면 들려오는 반향이 에코의 목소리다. 한편 사랑에 냉담한 나르키소스는 아프로디테의 저주를 받아 연못에 빠져 죽고 수선화로 다시 태어났다. 비극적인 사랑이다.

에로스와 프쉬케, 오르페우스와 에우리디케, 아르테미스와 엔디미온, 아폴론과 히아킨토스, 피라무스와 티스베의 사랑도 비극으로 끝난다. 그리스인들은 왜 사랑이야기를 비극으로 만들었을까? 왜 신화에 등장하는 많은 사랑의 주인공들은 비극적인 운명의 희생자가 되었을까? 그 이유는 그리스인들이 비극의 정서, 비애와 비장함이 갖는 장엄하고 숭고한 감정을 고상하게 생각했기 때문이다. 행복하게 시작해서 순탄하게 진행되다가 조화로운 결말을 맺는 이야기는 우리에게 감동을 주지 않는다. 고통과 슬픔은 순간적으로 우리의 마음을 아프게 하지만 그 아픔의 감정을 순화시키는 카타르시스의 효과가 비극을 통해 극대화되기 때문이다.

그리스 신화에 나오는 사랑이야기의 총아는 제우스이다. 그래서 그리스 신화 중에서 러브스토리는 제우스 바람기의 궤적이며 헤라와 그녀의 연적들 사이의 갈등의 역사이기도 하다. 레토와 세밀레, 알크메네와 유로파, 이오와 레다 등 제우스의 연인들은 신과 인간, 유부녀와 처녀, 자신의 누이 등을 망라하여 장장한 리스트를 만들어낸다.

헤라는 제우스의 정실부인이지만 일곱 번째 부인이었다. 헤라에게 연정을 품은 제우스가 그녀를 유혹하는데 제우스의 바람기를 잘 알고 있었던 헤라는 냉담하게 거절하였다. 이에 제우스는 작은 비둘기로 변신해 헤라를 찾아가고 그 가련한 모습을 가엾게 여긴 헤라가 비둘기를 품에 안음으로써 제우스는 욕망을 이루게 되었다고 한다. 이때도 헤라는 정식 결혼을 약속받고서야 비로소 사랑을 허락했다고 한다.

제우스의 첫 번째 부인은 지혜의 여신 메티스였다. 메티스는 제우스를 피하기 위해 여러 짐승의 모습으로 변신해 보지만 결국 제우스의 끈질긴 구애를 받아들이고 만다. 제우스는 그녀의 지혜를 빌어 크로노스를 퇴치할 방도를 마련한다. 이후 제우스는 법과 질서의 여신 테미스와 결합하여 계절의 여신 세 자매와 운명의 여신 세 자매를 낳는다. 또한 기억력의 여신 므네모쉬네와의 사이에서 음악을 관장하는 아홉 명의 뮤즈가 태어난다. 데메테르는 제우스를 피하기 위해 암소로 변신하지만 황소로 둔갑한 제우스가 누이를 겁탈하여 태어난 딸이 페르세포네이다. 헤라 직전의 부인 레토와는 아폴론과 아르테미스를 낳았다.

헤라와 결혼 후에도 제우스의 바람기가 사라지지는 않았다. 달의 여신 셀레네와의 사이에서 태어난 판디아스는 훗날 아테네의 왕이 되었다. 아틀라스의 딸 마이아로부터 전령의 신 헤르메스를 낳았고 카드모스의 딸 세밀레에게서 포도주의 신 디오니소스를 낳았다는 사실은 앞에서 설명한 바 있다. 제우스는 아틀라스의 다른 딸 엘렉트라에게서 하르모니아를 낳는데, 그녀는 훗날 테베의 창시자 카드모스의 아내가 된다. 또한 제우스는 아르테미스의 시녀인 요정 칼리스토를 유혹하기 위해 아르테미스의 모습으로 변신하여 찾아가고 그녀는 임신한 사실이 아르테미스에게 발각되어 죽임을 당했다고 한다. 이를 불쌍히 여긴 제우스는 칼리스토를 곰의 모습으로 변신시켜 별자리를 만들어

주었다.

아르고스의 왕 아크리시오스는 외손자의 손에 죽는다는 신탁을 피하기 위해 딸인 다나에를 지하에 가두었다. 그러나 다나에의 미모에 반한 제우스가 황금의 비로 변신하여 다나에의 처소에 찾아가 낳은 아들이 메두사를 퇴치한 페르세우스이다. 강의 신 이나코스의 딸 이오는 아름다운 아가씨였다. 이오를 탐낸 제우스는 헤라의 눈을 피하기 위해 이오를 암소로 둔갑시켰는데, 그래도 남편의 애정행각을 알아챈 헤라는 아름다운 암소를 선물로 달라고 청하고, 그 암소를 가져다가 100개의 눈을 가진 아르고스에게 감시하도록 시켰다. 제우스는 헤르메스를 시켜 목동의 피리 연주로 아르고스의 100개 눈을 차례로 감기게 하고는 이오와 사랑을 나누었다. 나중에 이 사실을 알게 된 헤라는 불충한 아르고스의 목을 베고 그 눈을 자신이 애지중지하는 공작새의 깃털 장식으로 달았다. 고초를 겪은 이오는 이집트로 건너가 제우스의 아들 에파포스를 낳는데 그 아들은 후에 이집트의 왕이 된다. 테베의 왕 암피온의 아내로 일곱 아들과 일곱 딸을 낳고 레토를 모욕했다가 비참한 최후를 맞이한 니오베는 이오의 조카이다.

에우로페(유로파)는 페니키아의 왕 아게노르의 딸이었다. 따뜻한 봄날 소풍을 나선 에우로페에게 제우스는 황소의 모습으로 다가간다. 아름다운 황소의 모습에 이끌린 에우로페는 황소를 쓰다듬기도 하고 황소 등에 올라타 보기도 하는데, 순간 황소는 에우로페를 태우고 달리기 시작했다. 눈 깜짝할 사이에 황소는 에게해를 건너 크레타섬으로 에우로페를 데려가서는 자신의 신분을 드러내고 사랑을 나누었다. 이들 사이에서 태어난 미노스는 크레타의 왕이 되었고 다른 형제들도 도시국가의 왕이 되었다. 에우로페에게서 유럽이라는 말이 유래되었으며 그녀는 테베를 건설한 카드모스 왕의 누이동생이다.

테살리아에 있는 강의 신 아소포스의 딸 아이가나를 납치하기 위해 독수리로 변신했던 제우스는 레다를 겁탈하기 위해 백조가 된다. 레다는 스파르타의 왕 틴다레우스의 아내였다. 제우스와 교접한 레다는 알을 두 개 낳았는데 그 알에서 크라이템네스트라와 헬렌이 나왔고, 이들은 각각 아테네의 왕 아가멤논과 스파르타의 왕 메넬라오스의 아내가 되었다. 트로이의 파리스가 헬렌을 유혹하여 트로이 전쟁이 발발한다. 제우스가 백조로 변신하여 레다를 겁탈하는 장면을 아일랜드의 시인 윌리엄 버틀러 예이츠가 『레다와 백조』라는 시에서 노래했는데, 이 시는 영어로 쓰인 가장 관능적인 시 가운데 하나이다. 예이츠는 이 시에서 신과 인간의 교접이 천년기(밀레니엄)를 통해 새로운 문명의 탄생을 가져왔다는 비전을 제시했는데, 제우스와 레다의 교접이 트로이 전쟁을 야기했고 그 전쟁의 결과 그리스가 승리하면서 찬란한 그리스 문명이 꽃피게 되었다는 것이다. 그 이후 천 년이 지나서 신성(성령)과 마리아의 교접이 예수 그리스도를 통해 그리스도교 문명의 탄생을 가져오는 방식으로 되풀이되었다는 것이 예이츠의 비전이다.

레다와 함께 제우스의 연애장부에 유부녀로서 이름을 올린 사람이 알크메네이다. 알크메네는 테베의 왕 암피트리온의 아내였는데, 아주 정숙한 부인이었기 때문에 제우스는 암피트리온의 모습으로 변신하고 알크메네를 찾아가 동침한다. 그들 사이에서 헤라클레스가 태어난다. 남편의 모습을 하고 아내와 동침한다는 모티브는 영국의 아더왕 전설에서도 되풀이된다. 아더의 아버지 브리튼의 왕 우써는 콘월의 영주 틴타젤과 전쟁을 벌이고 있었는데, 적장의 아내인 이그레인에게 연정을 품었다. 우써는 마법사 멀린의 도움을 받아 틴타젤의 모습으로 변모하고 틴타젤을 전장으로 유인한 후 이그레인과 동침하여 아더를 낳는다. 이때 우써와 멀린의 거래에 의해 아더는 낳자마자 멀린에게 맡겨지고, 자신의 신분을 모른 채 엑터 경에 의해 양육된다.

목욕하는 다이애나를 훔쳐보는 악티온

〈아프로디테와 아도니스〉.
루벤스.

〈이카루스의 추락〉. 루벤스

〈아폴론과 다프네〉.
지안 로렌초 베르니니

에로스와 프쉬케

천하의 바람둥이 제우스가 자신의 욕망을 채우지 못한 경우도 있었는데 바로 바다의 요정 테티스가 대표적인 예이다. 테티스는 아버지를 능가하는 아들을 낳는다는 운명을 가진 여신이었기 때문에 아들의 권력찬탈을 두려워한 제우스로서는 차마 엄두를 낼 수 없는 상대였다. 그런데 제우스뿐 아니라 어떤 신도 테티스를 아내로 맞으려 하지 않고, 결국 테티스는 프티아의 왕 펠레우스와 결혼하여 아버지보다 위대한 트로이 전쟁의 영웅 아킬레스를 낳았다.

제우스의 애정편력은 토마스 불핀치가 『제우스의 연인들』이라는 책 한 권으로 따로 쓸 만큼 방대하다. 그런데 제우스의 일화들을 포함하여 그리스 신화의 모든 사랑이야기에 되풀이되어 나타나는 일정한 패턴이 있다. 우선 사랑의 당사자 가운데 남성(주로 신)이 여성(주로 인간)을 압도하며 사랑을 강요한다. 남성의 성적 욕망이 발동하여 저돌적으로 여성을 찾아가고 여성은 늘 그 사랑을 회피하거나 저항한다. 그래서 그 사랑은 납치와 겁탈과 같은 방식을 동반하고 여성은 늘 그 결과에 순응한다. 그들 사이에 낳은 자손들은 모두 국가와 도시의 왕이 되거나 영웅으로 활약한다. 그 과정에서 사랑의 당사자들이 수많은 동물의 모습으로 변신하는 일들이 되풀이된다.

이러한 패턴의 의미는 무엇일까? 왜 그리스인들은 사랑에 빠진, 혹은 사랑을 나누는 남과 여를 이런 모습으로 그렸을까? 그리고 왜 제우스는 그 많은 사랑의 주인공이 되었을까? 그리스 신화를 이해하기 위해 제기할 수 있는 질문들이다.

남성이 사랑에 적극적이고 여성은 소극적이라는 명제는 어쩌면 남성과 여성이 타고난 본능, 생물학적 차이일지도 모른다. 그런데 얼마만큼은 신화를 만들고 기록한 사람들—주로 남성들—의 이데올로기가 작동한 결과일 수도 있다. 남성이 사랑의 주도권을 행사하기 위해 여성을 사랑에 수동적이고 소극적인 존재로 만들고, 또 이미 벌어진 사랑을 묵묵히 수용하는 것을 미덕으로 간주하도록 가르칠 필요가 있었던 것이다. 이것은 어쩌면 '헤라의 질투심', '판도라의 호기심'처럼 여성들에게 씌워진 또 하나의 굴레일 수 있다. 그 결과가 오늘에 이르기까지 사랑을 적극적으로 표현하고 우격다짐으로 강요하는 것이 '남성다움'으로 여겨지고, 여성이 사랑에 자발적이고 주도적인 모습을 보이면 그것을 '지나친 자유분방' 혹은 '문란함'으로 치부하는 인식을 가져왔다면 이는 신화가 끼친 폐해 가운데 하나로 지적되어야 할 것이다.

'변신'의 모티브는 그리스 신화의 가장 두드러진 특징 가운데 하나이다. 자신의 교만에 대한 형벌로 거미가 된 아라크네, 아폴론의 사랑을 피하기 위해 월계수로 변신한 다프네, 밀애를 나누기 위해 사랑의 대상을 여러 가지 동물로 변하게 하거나 자기 스스로 독수리, 비둘기, 황소, 백조 등으로 변신한 제우스 등 실로 그리스 신화 거의 모든 이야기에 변신의 모티브가 등장한다. 로마의 시인 오비디우스는 자신이 집대성한 그리스 신화의 제목을 『변신이야기』로 정하기도 했다. 이 변신의 모티브는 우선 신들의 이야기에 초자연적인 현상을 가미함으로써 신비로움을 더하려는 그리스인들의 생각과 삼라만상, 동물과 식물, 그리고 어떤 지형의 근본을 제시하려던 그들의 의도가 반영된 결과로 보인다.

제우스가 여기저기 출연하게 된 사연은 앞에서도 잠깐 설명했지만 당대 그리스가 크고 작은 수많은 도시국가(폴리스)의 형태로 발전하였다는 역사적 사실과 관계되어 있다. 우선 신들은 인간과 달리 초월적인 존재들이기 때문에 중혼과 혼외정사의 특권을 누릴 수 있다고 했다. 신들이 그런 특권을 누리는데 신들의 우두머리에 해당하는 제우스라면 더 많은 사랑의 주인공이 될 수 있다는 사실은 양해할 수 있다. 한편 각각의 도시국가 입장에서 보면 자신들의 국가를 건설한 시조가 평범한 인간이기보다는 신, 그것도 최고의 신

제우스라고 하는 것이 공동체의 이익에 부합하는 것이었다. 대부분의 고대국가들이 자신들의 건국신화에서 건국의 시조를 초자연적인 존재로 상정한다. 이웃에서 자란 코흘리개, 오줌싸개가 장성하여 국가를 세웠다는 스토리가 감동을 줄 수 없기 때문이다. 우리의 고대신화에 나오는 단군, 박혁거세, 김알지 등도 모두 초자연적인 존재들이다. 고대 그리스의 도시국가들이 자신들의 시조를 제우스의 아들, 손자로 내세우고 싶은 욕망 때문에 제우스가 본의 아니게 바람둥이가 되었다는 것이 제우스를 위한 변명이다.

제4절 그리스 신화 2: 영웅이야기

1. 영웅들의 모험담

　　제우스의 아들로 태어나 메두사를 퇴치한 페르세우스, "벨레로폰의 편지"라는 일화를 남긴 벨레로폰, 열두 가지 노역을 수행한 발군의 용사 헤라클레스, 황금모피(Golden Fleece)를 찾는 모험을 수행한 이아손, 그리고 미궁에 잠입하여 미노타우로스를 퇴치한 테세우스 등이 그리스 신화에 등장하는 대표적인 영웅들이다. 호메로스의 『일리아스』와 『오디세이』는 아킬레스와 헥토르, 아가멤논과 메넬라오스, 디오메데스, 오디세우스, 네스트로, 아이네이아스, 파리스, 텔레마코스 등 수많은 영웅들을 양산해냈다. 이들 영웅들의 갈등과 쟁패는 트로이 전쟁과 오디세우스의 귀향 행로를 통해 구현되어 나타난다.

(1) 페르세우스(Perseus)의 모험

　　아르고스의 왕 아크리시오스가 외손자에게 죽는다는 신탁이 두려워 딸 다나에를 지하실에 감금했고, 황금 비로 변신한 제우스가 다나에를 찾아가 페르세우스를 낳았다는 이야기를 앞에서 말했다. 원치 않은 외손자가 태어난 것을 본 아크리시오스 왕은 차마 갓난아이를 죽이지 못하고 딸 모자를 작은 상자에 실어 바다로 내보낸다. 이 모자를 세리포스의 왕 폴리덱테스가 거두었다.

당시 이 나라에는 고르곤 세 자매라는 괴물이 있어 화근이 되었는데 세 자매 중 막내인 메두사만 죽일 수 있었고 다른 두 자매는 불멸의 존재였다. 장성한 페르세우스는 은혜를 갚기 위해 메두사를 퇴치하려 하는데 이 메두사는 뱀의 형상을 한 머리칼과 멧돼지의 이빨을 갖고 있었으며 누구든 한 번 쳐다보기만 하면 돌이 되어버리는 괴물이었다. 메두사를 처치하려는 페르세우스의 든든한 후원자 아테네 여신은 자신의 방패와 헤르메스의 샌들을 빌려주며 그를 격려한다. 페르세우스는 전령의 샌들을 신고 하늘을 날며 메두사에게 접근하여 직접 바라보는 대신 아테네의 방패에 비친 메두사의 목을 벨 수 있었다. 메두사를 퇴치한 페르세우스는 잘라낸 메두사의 머리를 아테네의 방패에 장식으로 달아 돌려준다. 메두사가 살해되며 흘린 피가 땅에 스며들었다가 하늘을 나는 천마 페가소스로 환생했다고 한다.

당시 이집트는 케페우스 왕과 카시오페아 왕비가 다스리고 있었다. 왕비가 자신의 미모를 뽐내다가 바다 요정들의 분노를 사게 되었고 바다 요정들은 바다 괴물을 보내어 이집트의 해안을 침탈했다. 그 피해를 감당할 수 없었던 왕과 왕비는 아름다운 딸 안드로메다를 바다 괴물의 제물로 바쳐야만 했는데, 바닷가 해안에 결박된 채 괴물의 먹이가 되려는 안드로메다를 메두사를 퇴치하고 하늘을 날아 돌아가던 페르세우스가 발견하게 된다. 격분한 페르세우스는 바다 괴물을 죽이고 안드로메다를 구출하였고, 그녀와 결혼하여 많은 자녀를 낳았다. 훗날 페르세우스는 미케네의 왕이 된다. 카시오페아와 안드로메다는 사후에 별자리가 되었다.

(2) 벨레로폰(Bellerophon)의 모험

코린토스의 왕자 벨레로폰은 신들을 속이고 수명을 연장했다가 가혹한 형벌을 받은 시지프스의 손자이며 글라우커스 왕의 아들이었다. 말을 기르며 인육을 먹이는 바람에 신들의 분노를 사기도 했던 벨레로폰은 실수로 동료를 살해하고 아르고스의 왕 프로이토스에게 피신해 있었다. 미남 청년 벨레로폰에게 호감을 갖게 된 아르고스의 왕비 안테이아가 그를 유혹하지만 젊은 영웅은 그 사랑을 거절하였다. 이에 앙심을 품은 왕비는 남편에게 벨레로폰이 자신을 유혹하려 했다고 거짓말을 하고 이에 격분한 프로이토스 왕은 벨레로폰에게 한 장의 편지를 들려 자신의 장인 리키아의 왕 이오바테스에게 보냈다.

벨레로폰이 가져간 편지에는 "이 서신을 지참한 자를 죽이시오"라고 쓰여 있었지만, 자신의 집에 손님으로 온 영웅을 죽였다는 불명예를 피하기 위해 이오바테스 왕은 벨레로폰에게 키메라를 물리치라는 과제를 부여한다. 키메라는 사자의 머리와 산양의 몸, 용의 꼬리를 가진 괴물이었다. 어려운 미션을 수행하기 위해 벨레로폰은 아테네 신전을 찾아 지혜를 청하고 여신의 도움을 받아 날개 달린 천마 페가소스를 타고 모험에 나선다. 모험을 마친 벨레로폰은 리키아의 왕녀 필로노에를 아내로 맞이하지만, 훗날 교만해진 나머지 페가소스를 타고 천계로 오르려고 하다가 제우스의 노여움을 사 번개에 맞아 죽었다고 전해진다. 그에게서 유래한 "벨레로폰의 편지"라는 표현은 자신에게 위협이 될 어떤 일을 그 사정을 모른 채 수행하는 사람에게 적용되는 말이 되었다.

(3) 헤라클레스(Hercules)의 열두 가지 노역

헤라클레스는 그리스 신화에 나오는 모든 영웅들 가운데 가장 뛰어난 무용을 지닌 용사이다. 동양의 고전이 항우를 최고의 전사로 소개하는데, 서양고전에서는 헤라클레스가 발군의 능력을 뽐낸다. 제우스가 엠피트리온의 모습으로 변신하고 그의 아내와 동침하여 헤라클레스를 낳았다는 이야기를 앞에서 소개했다. 남편의 불륜 행각이 계속되어 새로 아이가 태어난 사실을 알게 된 헤라가 갓난아이를 살해하려고 독사 두 마리를 풀어놓는데, 헤라클레스는 태연하게 독사의 목을 졸라 죽였다는 이야기가 전해진다.

이후 헤라클레스는 테베를 위기에서 구하고 테베의 왕 크레온의 딸 메가라 공주와 결혼하여 세 아들을 낳았다. 그러다가 갑자기 광기가 발동하여 자신의 아내와 자녀들을 살해하게 되고, 그 형벌로 미케네의 왕 에우리스테우스에게 종속되어 자신에게 부여된 열두 가지의 노역을 수행해야만 했다. 그 열두 가지 노역은 ① 네메아 골짜기의 사자와 싸워 모피 가져오기 ② 늪지에 사는 머리가 9개 달린 히드라(물뱀) 퇴치하기 ③ 엘리스의 왕 아우게이아스의 3천 마리 황소의 30년 묵은 외양간 청소하기 ④ 아마존의 여왕 히폴리테의 허리띠 훔쳐 오기 ⑤ 게리오네우스의 몸뚱이가 셋인 괴물 소 떼 몰고 오기 ⑥ 아틀라스의 딸 헤스페리스의 (잠들지 않은 용이 지키는) 황금사자 훔쳐 오기 ⑦ (절대 쓰러지지 않는) 대지의 여신 가이아의 아들 안타이오스를 씨름으로 물리치기 ⑧ 황금 뿔을 가진 수사슴 데려오기 ⑨ 에리만터스의 야생 멧돼지 퇴치하기 ⑩ 살생을 일삼는 디오메데스의 살인 암말 퇴치하기 ⑪ 거대한 새 떼 몰아내기 ⑫ 명부를 지키는 괴견 케르베로스 데려오기 등이었다.

헤라클레스는 이 모든 어려운 과제들을 묵묵히 충성스럽게 수행해낸다. 그 과정에서 많은 신들과 영웅들의 도움을 받기도 하는데 아테네와 헤르메스, 아틀라스 등이 대표적인 조력자들이었다. 훗날 아름답고 정숙한 데이아네이와 결혼한 헤라클레스는 그의 아내에게 연정을 품은 켄타우로스족 네소스의 간계로 독이 발린 망토를 걸치고 죽음을 맞이하였다. 아들의 불운을 가엾게 여긴 제우스는 헤라클레스를 청춘의 여신 헤베와 결혼시켜 신의 지위로 승격시켰다고 한다.

헤라클레스의 과업 가운데 아마존의 여왕 히폴리테의 허리띠를 훔쳐 오는 일이 포함되어 있다. 많은 고대의 신화들이 여인국을 기록하고 있는데 그리스 신화에도 여러 차례 아마존족의 이야기가 등장한다. 아마존족은 코카서스 지역에 위치한 여인들로만 구성된 왕국이었는데 아레스의 후손들로 알려져 있다. 이 왕국의 여성들은 사내아이를 낳으면 죽이고, 활을 잘 쏘기 위해 오른쪽 가슴을 절개했다고 전해진다. 테세우스가 히폴리테를 납치하여 결혼했고, 트로이 전쟁에도 아마존 전사들이 트로이의 동맹군으로 참여하여 전공을 세우다가 아킬레스에게 격퇴당하는 이야기가 소개된다. 인도와 아라비아 등지에도 여인국의 전설이 전해져 내려오며, 17세기에 스페인의 탐험가들이 남미 지역을 탐험하다가 용맹스러운 여전사들로 구성된 원주민들을 만나 그 일대의 강을 아마존강이라 명명하기도 했다.

헤라클레스는 용맹함의 상징이고 완벽한 남성미와 초인적이고 가공할 체력, 그리고 활쏘기와 무술, 의술과 음악에 능통한 인물이었다. 처음 등장할 때는 다소 우직하고 정서적으로 불안하며 광기를 발동하기도 하지만 많은 모험을 수행하면서 도덕적으로 성장하고 지혜를 터득해 가는 인물로 그려져 있다.

(4) 이아손(Jason)과 아르고(Argo)호의 모험

테살리아 인근 이올코스 왕국의 왕이었던 아이손은 아들 이아손이 너무 어려서 잠정적으로 왕위를 아우 펠리아스에게 이양한다. 조카인 이아손이 장성하여 펠리아스에게 왕위 승계를 요구하지만, 권력을 놓기 싫었던 펠리아스는 이아손에게 콜키스 왕국의 보물 황금모피(Golden Fleece)를 가져오라는 조건을 제시한다. 잠들지 않는 용이 지키는 황금모피를 탈취하는 일은 아주 어려운 과제였다.

이 모험을 수행하기 위해 이아손은 당대의 솜씨 좋은 목공들을 동원하여 50인이 승선할 수 있는 아르고호를 건조하고 영웅들을 모집했다. 이때 이 모험에 동참한 영웅들이 "아르고호 원정대"이다. 그 면면을 보면 헤라클레스와 테세우스, 오르페우스, 트로이 전쟁의 맹장 네스토르, 아킬레스의 아버지 펠레우스, 아이아스의 아버지 텔레몬, 제우스의 쌍둥이 아들 카스토르와 폴리데우케스 등이 포함되어 있다.

〈황금 양털을 손에 넣는 이아손〉. 장 프랑수아 드 트루아. 런던 내셔널 갤러리

아르고호는 험한 항해를 마치고 콜키스에 도착하지만 황금모피를 탈취하는 일은 쉽지 않았다. 결국 이아손은 콜키스의 왕 아이에테스의 딸 메디아의 도움으로 황금모피를 손에 넣게 된다. 메디아는 마법을 부리는 여성이었는데 젊은 영웅 이아손에게 매혹되어 아버지를 배신하는 불효를 범한다. 모험을 완수한 이아손은 귀국하여 왕위를 되찾고 메디아와 결혼하는데, 메디아는 연로한 시아버지 아이손을 마법의 힘으로 젊음을 회복하게 만들어준다. 이때 메디아가 쓴 마법은 아이손의 피를 모두 뽑고 젊은 피를 수혈하는 방법이었다고 전해진다. 이를 본 펠리아스의 딸들이 자기 아버지에게도 청춘을 돌려달라고 부탁하자 메디아는 그들을 속여 펠리아스를 죽게 만든다. 친족살해의 죄를 짓게 된 이아손과 메디아는 코린토스로 피신하여 자녀를 낳고 10여 년 동안 행복하게 살았다. 하지만 곧 자신의 아내에게 싫증을 느낀 이아손은 아내를 배신하고 코린토스의 왕 크레온의 딸인 글라우케와 결혼하였다. 이에 분개한 메디아는 크레온과 글라우케, 그리고 자신의 자녀들을 모두 마법으로 살해하고 만다. 이후 메디아는 테세우스의 아버지와 결혼한다.

(5) 테세우스(Theseus)의 모험

앞에서 메디아가 테세우스의 아버지와 결혼했다고 했지만 테세우스는 아테네의 왕 아이게우스와 트로이젠의 왕 피테우스의 딸 아이트라 사이에서 낳은 아들이다. 아이게우스가 임신한 아내에게 칼과 신발을 남기고 떠나는 바람에 외가에서 성장한 테세우스는 아버지의 정표를 갖고 아버지를 찾아 나선다. 헤라클레스를 닮은 영웅이 되고 싶었던 테세우스는 자신의 여정에서 수많은 악당과 괴물을 물리치는데, 그중 가장 유명한 스토리가 프로크루스테스(잡아 늘이는 자)를 퇴치한 일이다. 이 괴한은 길 한가운데 침대를 놓아두고 지나는 사람들을 침대에 눕히고는 키가 큰 사람은 손발을 자르고, 작은 사람은 잡아 늘여 죽이는 악당이었다. 테세우스는 프로크루스테스를 퇴치한다. 훗날 독일의 철학자 칼 마르크스는 헤겔의 관념론을 '프로크루스테스의 침대'라고 비판했는데, 이 표현은 어떤 절대적인 기준을 정하고 모든 것에 획일적으로 적용하는 경우를 의미하는 말이 되었다.

테세우스가 신분을 감춘 채 아버지의 왕국 아테네에 도착했을 때, 아이게우스 곁에는 이아손에게 버림받은 메디아가 아내의 자리를 차지하고 있었다. 메디아는 첫눈에 테세우스가 적통을 가진 왕자임을 알아보고 이 사실을 알지 못하는 남편에게 젊은 방문객을 독살하도록 사주한다. 그런데 이를 눈치 챈 테세우스가 초대받은 식탁에서 아버지가 남긴 징표인 칼을 꺼내 고기를 자르자 아이게우스는 비로소 장성한 아들을 알아보게 되었다. 자신의 음모가 실패한 것을 알고 메디아는 고향 콜킨스로 돌아가고 만다. 이렇게 하여 테세우스는 왕자의 지위를 되찾지만 당시 아테네는 크레타에 종속되어 수난을 겪고 있었다. 그중 가장 고통스러운 일은 크레타 왕국의 괴물 미노타우로스의 제물로 매년 일곱 명의 소년과 일곱 명의 소녀를 공물로 바치는 일이었다.

앞에서 황소로 변신한 제우스가 에우로페를 태우고 크레타섬으로 피신하여 미노스와 그의 형제들을 낳았다는 스토리를 설명했다. 훗날 에우로페는 크레타의 왕 아스테리오스의 왕비가 되고, 왕이 죽자 의붓아들로 자란 미노스가 왕위를 계승한다. 크레타의 왕이 아들 셋 딸린 여성을 아내로 맞이하고 그 아들 중 하나가 왕이 되었다는 이야기인데, 그것은 제우스의 아들이었기 때문에 불가능한 것은 아니었다. 크레타의 왕이 된 미노스는 태양의 신 헬리오스의 딸 파시파에와 결혼하게 된다. 이 결혼을 축하하기 위해 바다의 신 포세이돈은 황소를 결혼 선물로 보냈다. 이럴 경우 신에게서 받은 황소를 다시 신에게 제물로 바쳐야 하는데 황소가 탐났던 미노스가 형편없는 다른 황소로 제사를 지내 포세이돈의 분노를 사게 된다.

테세우스와 아리아드네   미노타우로스를 퇴치하는 테세우스

　　이를 응징하기 위해 포세이돈은 미노스의 아내 파시파에와 황소가 관계를 갖게 하고 그 사이에서 황소의 몸과 인간의 머리를 갖고 태어난 괴물이 미노타우로스이다. 이 사실을 몹시 창피하게 여긴 미노스는 포세이돈이 두려워 괴물을 죽이지도 못하고 자신의 왕국에 미궁을 만들어 그를 가두기로 한다. 이 일을 위해 차출된 당대의 명공이 다이달로스이다. 다이달로스는 자신의 능력을 최대한 발휘하여 한 번 들어오면 누구도 빠져나가지 못하도록 미로가 설계된 미궁을 만든다. 헤어나지 못하는 위기에 빠진 것을 "미궁에 빠지다"라고 표현하게 된 유래이다. 그런데 미궁이 완성되었을 때 비밀이 누설될 것을 두려워한 미노스 왕은 약속을 어기고 다이달로스와 그의 아들 이카로스를 미궁에 가두고 만다.

　　크레타의 지배를 받던 아테네가 세 번째로 제물을 공출하게 되었을 때 국민들의 불안과 원성이 최고에 이르고, 이를 본 젊은 왕자 테세우스는 스스로 제물이 되어 미노타우로스를 살해하기로 결심한다.

발군의 용맹을 지닌 테세우스에게 미노타우로스를 퇴치하는 것보다 어려운 과제는 미궁을 빠져나오는 일이었다. 이때 미노스에게는 아리아드네라는 어여쁜 딸이 있었는데, 이 딸은 테세우스를 보고 사랑에 빠져 그를 돕기로 한다. 아리아드네는 미궁으로 들어가는 테세우스에게 실패를 하나 주고 그 실을 따라 되돌아오는 길을 찾으라고 당부했다. 테세우스는 아리아드네의 도움을 받아 미노타우로스를 죽이고 무사히 미궁을 빠져나오게 된다. "아리아드네의 실패"는 어려운 문제를 푸는 열쇠라는 의미로 사용된다.

콜킨스의 공주 메디아와 미노스의 딸 아리아드네처럼 젊은 영웅에게 매혹된 딸들이 아버지를 배신하는 모티브가 반복되어 나타난다. 모험을 수행하는 데 결정적인 도움을 받고도 테세우스는 아리아드네를 버려두고 귀향길에 오른다. 일설에는 테세우스가 배신한 것이 아니고 함께 돌아오다 섬에 정박했을 때, 아리아드네를 본 디오니소스가 그녀를 납치했다고 한다. 테세우스는 모험을 떠나면서 아버지에게 성공하는 경우 흰 돛을, 실패하는 경우 검은 돛을 달고 귀향하겠다고 다짐했는데 그 약속을 잊고 검은 돛을 단 채 귀환하게 되었고 멀리서 이를 본 아이게우스 왕은 낙심하여 에게해에 몸을 던져 죽는다. 그 바다를 '아이게우스의 바다(에게해)'로 부르게 된 연유이다.

귀환한 테세우스는 아버지의 장례를 치르고 아테네의 왕이 되었다. 그는 아마존의 여왕 히폴리테를 납치하여 아내로 삼아 히폴리투스를 낳았다. 히폴리테는 자신들의 여왕을 구출하기 위해 아마조너스들이 아테네를 공격하여 벌어진 전투에서 불행하게 죽고 만다. 한편 미노스 왕이 죽고 난 뒤 크레타의 왕위에 오른 그의 아들 데우칼리온은 아테네와 동맹을 맺기 위해 자신의 여동생 페드라를 상처한 테세우스와 결혼시켰다. 그러니까 페드라는 테세우스의 모험을 도왔던 아리아드네의 동생인 셈이다. 페드라는 테세우스와 결혼한 다음 전처인 히폴리테가 낳은 히폴리투스가 아름다운 청년으로 성장한 것을 보고 사랑에 빠진다. 히폴리투스가 그 사랑을 냉정하게 거절하자 페드라는 남편에게 히폴리투스가 자신을 유혹했다는 유서를 남기고 자살했고, 이에 분개한 테세우스는 저주를 걸어 히폴리투스를 죽게 만든다. 비극적 사랑의 결말이다. 혹자는 이 모든 비극이 아르테미스를 숭배하고 순결을 맹세한 히폴리투스가 아프로디테의 구애를 거부했고, 이에 앙심을 품은 여신이 저주를 내린 때문이라고 설명한다. 이 주제는 훗날 프랑스의 극작가 라신느의 비극 『페드라』와 미국의 극작가 유진 오닐의 『느릅나무 밑의 욕망』 등에 되풀이 된다.

이제까지 살펴본 영웅들의 모험담은 몇 가지 특성과 일정한 패턴을 보인다. 우선 이들 영웅은 신의 세계와 인간 세계의 접점에서 활약하며 신과 인간의 중간적 존재로서의 위상을 누린다. 그들은 많은 경우 신의 아들이거나 신의 도움을 받아 모험을 완수하고 사후에는 신의 대열에 오른다. 더러는 신들의 심기를 거슬러 힘든 고초를 겪기도 한다. 이 영웅들은 명예를 위해 위험을 무릅쓰고 모험을 수행한다. 아르고호가 원정대를 모집했을 때, 이해관계가 없는 영웅들이 위험을 감수하며 원정에 오른다. 인생은 유한하여 인간은 필연적으로 죽음을 맞이하게 되고, 그 죽음을 극복할 수 있는 최상의 방책이 위업을 달성하는 일이라는 그리스인들의 믿음이 반영된 결과이다.

또한 영웅들이 수행하는 모험은 괴물 퇴치(monster-killing)가 주종을 이룬다. 과업을 수행하는 과정과 결과가 인간을 이롭게 하는 것이다. 인간에게 위해를 가하는 괴물들, 약자를 괴롭히는 악당들이 퇴치의 대상이 된다. 영웅들은 과업을 달성하기 위해 세력을 규합하여 '원정대'(특공대)를 구성하기도 한다. 이러한 모티브는 이후 수많은 영웅 이야기, 기사들의 모험담, 영화 등 대중 예술의 소재로 반복된다. <황야의 칠인>, <미션 임파서블> 시리즈, <오

션스 일레븐> 시리즈 등의 영화가 그 예에 속한다. 그리고 이 영웅들은 용사로서의 장점과 인간적인 약점을 지닌 존재들이다. 체력과 용기, 뛰어난 무용을 갖추었으나 한편으로는 미숙하고 인간적인 약점을 지녔다. 그리고 이들은 모험을 통해 도덕적으로 성장하고 지혜를 얻는다.

2. 저주받은 가문들

그리스 신화에 등장하는 많은 이야기들은 비극적인 구조를 갖는다. 사랑 이야기들이 대개는 비극적인 결말을 보여주고, 많은 영웅들이 운명의 굴레에서 벗어나지 못하고 고통과 수난의 삶을 영위한다. 그 가운데 두 가문의 불행이 특별히 두드러지는데, 그것은 바로 아트리우스 가문과 캐드무스 가문이다.

(1) 아트리우스 가문의 저주

아트리우스 가문은 비운의 시조 탄탈로스로부터 시작된다. 제우스의 총애하는 아들이었던 탄탈로스가 아들로 만든 스튜를 먹여 신들은 조롱한 끝에 지옥에 떨어져 먹지도 마시지도 못하는 형벌을 받게 되었다는 이야기를 앞에 소개하였다. 탄탈로스는 아들 펠롭스와 딸 니오베를 낳았는데, 니오베는 레토를 모독한 대가로 비극적인 최후를 맞는다. 한편 아버지가 스튜로 끓였던 아들 펠롭스는 신들에 의해 환생하여 오에노마우스의 왕의 딸 히포다미아에게 청혼하는데, 펠롭스를 탐탁지 않게 여겼던 오에노마우스 왕은 자신의 장기인 마차 경주를 조건으로 결혼을 승낙했다. 이 경주에서 승리할 자신이 없었던 펠롭스는 왕의 마차 바퀴를 빠지게 하는 술수를 부려 경주에서 이기는데, 그 과정에서 오에노마우스 왕이 죽는다. 장인 살해의 죄를 범한 셈이다. 히포다미아와 결혼한 펠롭스는 두 아들 아트리우스와 타에스테스를 낳는다.

중시조인 아트리우스는 탄탈로스의 손자인 셈이다.

펠롭스의 두 아들은 장성하여 결혼했는데 동생인 타에스테스가 형수에게 연정을 품고 유혹하려 하자 아트리우스가 이를 눈치 채고 동생의 두 아들을 스튜로 끓여 동생에게 먹였다. 할아버지가 저지른 친족 살인과 식육의 죄를 되풀이한 셈이다. 이 사실을 나중에 알게 된 동생은 겁에 질려 도망쳤는데, 나중에 자신의 딸 펠로피아와의 사이에서 아에지스터스라는 아들을 낳는다. 이 아들은 훗날 사촌 형수인 크라이템네스트라의 정부가 된다.

아트리우스가 낳은 두 아들이 아가멤논과 메넬라오스이다. 이 형제는 제우스가 레다를 겁탈하여 낳은 당대 최고의 미녀 자매 크라이템네스트라와 헬렌을 아내로 맞이한다. 스파르타의 왕비 헬렌을 유람 온 트로이의 왕자 파리스가 유혹하여 애정의 도피 행각을 벌임으로써 트로이 전쟁이 발발하는데, 아테네의 군주였으며 뛰어난 용사였던 아가멤논은 수집된 그리스 연합군의 총사령관이 된다. 아가멤논은 크라이템네스트라와의 사이에서 딸 이피지니아와 엘렉트라, 아들 오레스테스를 낳았다.

출정 준비를 마친 그리스군은 바람이 불지 않아 항구를 떠날 수 없게 되는데 아가멤논이 아르테미스의 수사슴을 사냥한 것이 원인으로 밝혀지면서 그는 여신의 분노를 달래기 위해 자신의 사랑하는 딸 이피지니아를 제물로 바치게 된다. 물론 이피지니아는 제단에서 희생되려는 순간 아르테미스가 데려가 곁에 두었다고 전해진다. 트로이 전쟁은 10년 동안 진행되었다. 아가멤논의 아내 크라이템네스트라는 딸을 제물로 바친 남편에 대한 원망과 남편의 10년 부재를 혐오하며 정부를 만나는데, 그가 바로 시아버지 아트리우스의 동생 타에스테스가 낳은 아에지스터스이다. 아에지스터스는 아가멤논의 사촌 동생이니 사촌 형수와의 불륜인 셈이다.

전쟁이 끝나 귀환한 아가멤논은 그날 밤 목욕을 마치고 나오다가 숨어있던 아에지스터스에게 살해당한다. 아가멤논은 "물속에서도 죽지 않고 땅 위에서도 죽지 않는다. 옷을 입은 채로 죽지 않고 옷을 벗은 채로도 죽지 않는다"라는 신탁을 갖고 있었다고 한다. 그런데 그가 목욕을 마치고 나오면서 한 발은 물에 담그고 한 발은 땅을 디딘 채 옷을 몸에 반쯤 걸친 상태로 살해되었다고 하니 그 신탁이 교묘하게 완성된 셈이다.

한편 아가멤논과 크라이템네스트라의 딸이었던 엘렉트라는 어머니의 부정을 지켜보면서 염증을 느끼고 아버지를 동정하며 애정을 품었다고 한다. 아가멤논이 비극적인 최후를 맞이한 이후 엘렉트라는 동생인 오레스테스를 자극하여 어머니와 그 정부를 살해하게 하고 누나의 충동을 받은 오레스테스는 다시 친족살인의 죄를 범하게 된다. 이들의 행위는 비록 아버지에 대한 복수이기는 했지만 용서받을 수 없는 것이었기 때문에 신들로부터 발광하는 벌을 받는다. 여자아이가 어머니를 배척하고 아버지에게 애정을 품는 것을 구스타프 융(Carl Gustav Jung, 1875-1961)은 "엘렉트라 콤플렉스"라고 명명했다. 아버지에 대한 적대감과 어머니에 대한 집착과 근친상간적 욕망을 프로이트(Sigmund Freud, 1856-1939)가 "오이디푸스 콤플렉스"로 부른 것과 대칭을 이룬다.

(2) 캐드무스 가문의 저주

캐드무스 가문은 디오니소스와 오이디푸스 왕의 가계이다. 앞에서 황소로 둔갑한 제우스가 에우로페를 크레타로 납치했다는 이야기를 했다. 캐드무스는 에우로페의 오빠였는데 동생이 실종된 후 아버지 아게노르 왕의 지시를 받고 동생을 찾아 나선다. 그는 델파이 신전으로 가서 아폴론에게 누이의 행방을 묻지만 누이를 추적하는 대신 테베를 건설하라는 신탁을 받는다. 그 신탁에 따라 모험을 수행한 캐드무스가 길에서 용을 만나 살해하고 그 용의 이빨을 땅에 뿌리자 무장한 용사들이 뛰쳐나와 서로 싸우다가 5명이 남았다. 캐드무스는 이 다섯 용사와 함께 테베를 건설했다.

테베의 왕이 된 캐드무스는 아프로디테의 딸 하모니아를 아내로 맞아들여 많은 자손을 낳는데, 그 가운데 딸 세밀레는 제우스와 관계 하다가 불에 타 죽고 태아 디오니소스를 남기는 비극의 주인공이 된다. 캐드무스의 손자인 악티온은 아르테미스가 목욕하는 모습을 훔쳐보다가 사냥개에 찢겨 죽는 불행을 겪는다. 가문의 비극이 계속되고 있는 것이다.

이 집안의 비극은 캐드무스의 3대손 라이우스 대에 이르러 절정을 이룬다. 라이우스는 테베의 왕이 되고 조카스터와 결혼하여 오이디푸스를 낳았다. 왕자가 태어난 것을 경축하며 태어난 아이의 신탁을 받아보고 그들은 절망에 빠지고 마는데, 갓난아이의 신탁이 "아버지를 살해하고 어머니와 결혼할 운명"으로 나왔기 때문이다. 가문과 국가에 재앙이 될 아이를 살려둘 수 없다고 판단한 라이우스 왕은 병사를 시켜 갓난아이를 살해하라고 지시하지만 동정심이 발동한 병사는 아이를 숲속에 묶어 놓고 돌아온다. 우연히 아이를 발견한 목동에 의해 오이디푸스는 자신의 출생의 비밀을 알지 못한 채 콜린스의 왕 폴리부스의 양자로 자란다. 장성한 오이디푸스는 우연히 만난 점쟁이로부터 자신의 신탁을 전해 듣고는 양부모를 친부모로 오해하고 있었기 때문에 부친살해와 근친상간의 죄를 두려워하여 집을 떠난다.

그렇게 길은 나선 오이디푸스는 우연히 좁은 길에서 마차를 탄 사람을 만나 시비 끝에 그를 살해하게 된다. 그는 이곳저곳을 다니다가 테베에 도착했는데, 당시 테베는 최근 군주가 의문의 죽음을 맞이하고, 여성의 용모와 사자의 몸을 가진 스핑크스라는 괴물이 도시를 유린하는 위기를 겪고 있었다. 왕비 조카스터의 오빠였으며 당시 테베를 다스리고 있던 크레온은 누구든 스핑크스를 퇴치하는 사람은 왕비와 결혼하여 테베를 통치할 수 있다고 약속하였고 이 사실을 알게 된 오이디푸스는 스핑크스를 제거하기로 결심한다. 오이디푸스를 만난 스핑크스는 그에게 아침에는 네 발, 낮에는 두 발, 저녁에는 세 발로 걷는 것이 무엇인지 수수께끼를 내는데, 오이디푸스가 "인간이다"고 쉽게 대답하자 분을 이기지 못해 절벽 아래로 떨어져 죽는다.

국가를 위기에서 구출한 오이디푸스는 크레온의 약속대로 젊은 미망인 조카스터와—그녀가 자신의 어머니이며 자신이 길에서 살해한 사람이 아버지였던 것을 모른 채—결혼하여 테베를 통치하게 된다. 두 사람은 두 아들과 두 딸을 낳았다. 세월이 흘러 오이디푸스가 다스리던 테베는 오랜 흉년과 기근, 역병의 폐해에 신음하게 되는데, 오이디푸스는 유명한 장님 예언가 타이레지아스에게 재앙의 원인을 묻고 자기 자신이 이 모든 불행의 원흉이라는 진실을 듣는다.

진실이 밝혀지자 절망과 죄의식에 사로잡힌 조카스터는 목을 매 자살하고 오이디푸스는 자신의 죄가 죽음으로도 씻을 수 없는 것임을 깨닫고 스스로 두 눈을 뽑고(self-punishment) 황야를 배회하며 참회와 고행을 수행한다. 아버지의 비극적 운명을 동정한 그의 딸 안티고네가 아버지의 고행에 동반하고 테베는 크레온이 지배하게 된다.

오이디푸스 이야기는 수많은 작가들이 소재로 삼았는데 후세 그리스의 위대한 비극 작가 소포클레스는 『오이디푸스 왕』을 썼고, 아리스토텔레스는 이 작품을 비극의 전형으로 찬양하였다. 또한 프로이트는 아들이 동성인 아버지에게 적대적인 감정을 갖고 이성인 어머니에게는 호의와 무의식적인 성적 애착을 갖는 경향을 '오이디푸스 콤플렉스'라 불렀다.

그리스인들은 인간이 타고난 자신의 운명으로부터 벗어날 수 없는 존재라고 생각했다. 인간이 운명에서 벗어나려고 필사적인 노력을 기울여도 결국 그 운명의 희생양이 되고 만다. 오이디푸스가 태어났을 때 아버지를 살해하고 어머니와 결혼한다는 신탁을 받았다 하더라도 그를 그 집에서 아들로 키웠더라면 차마 반인륜적인 죄악을 범하지 못했을 가능성이 높다. 그런데 그 운명을 피하기 위해 아이를 살해하기로 하고, 그 의도가 실행되지 않아 결국 오이디푸스는 자신의 운명의 궤도를 걷게 되는 것이다.

오이디푸스가 자신의 진짜 신분을 모른 채 다른 곳에서 '가짜 신분' (mistaken identity)으로 자란다는 모티브는 이후 많은 문학 작품, 텔레비전 드라마와 영화의 소재로 등장한다. 귀족의 아들인 줄 모르고 거지로 자라는 아이, 가난한 시골 소년 혹은 소녀가 갑부 할아버지의 상속자가 되었다는 스토리, 부모의 결혼을 반대한 할아버지가 자식의 연을 끊고 지냈다는 사연들, 사랑에 빠진 상대가 알고 보니 이복형제였다는 진부한 드라마들, 늘 마지막 순서에 밝혀지는 출생의 비밀, 이런 것들이 모두 이 '가짜 신분'의 주제를 원용한 것들이다.

아트리우스 집안과 캐드무스 집안은 저주받은 가문들이다. 이들 가문에는 수 세대에 걸쳐 원한과 복수, 살인과 간음—그것도 가장 치명적인 친족살인과 근친상간—위선, 신성모독, 식육, 정신병 발작 등 불행하고 참담한 사건들이 반복적으로 발생한다. 이들 가문의 구성원들 가운데는 스스로의 교만과 욕망의 희생자들이 존재한다. 탄탈로스와 니오베의 교만, 형수를 유혹하는 타에스테스 등이 그 예가 될 것이다. 그런데 이들 가문에 속한 다른 많은 인물들은 자신들의 비극적 결함이 아닌 운명의 힘에 의해 저주받고 불행한 삶을 살게 된다. 그들은 많은 경우 사악한 의도를 갖지 않았고 고결한 성품과 지도자나 영웅으로서의 재능과 용기를 가졌으나 비극적인 운명의 희생자가 되었다. 그리고 그들은 비극과 절망적인 상황 속에서 위엄과 존엄성을 지키는 모습을 보인다. 신화는 신분이 높은 왕의 가문이 겪는 비극적인 운명의 전말을 통해 독자들에게 교훈과 비극적 정서를 심어주고 있다.

스핑크스와 오이디푸스

〈제 눈을 뽑고 테베를 떠나는
오이디푸스와 안티고네〉

〈오이디푸스와 안티고네〉. 프랑수우 잘라베르

3. 트로이 전쟁의 영웅들

(1) 트로이 전쟁의 전제 조건들

트로이 전쟁은 인류 역사상 최고의 서사시인으로 평가되는 호메로스가 『일리아스』에서 그린 그리스와 트로이 사이의 10년 전쟁을 말한다. 호메로스는 대략 기원전 800년경 활약했던 것으로 알려져 있고, 고고학의 발굴이 트로이의 패망을 기원전 1200년경으로 추정했으니 호메로스는 자신의 시대보다 수백 년 전의 역사를 기록한 셈이 된다. 그리스 신화에는 트로이 전쟁의 전조들, 트로이 전쟁이 발생할 많은 전제 조건들이 기록되어 있다.

제우스가 백조로 변신하여 레다를 겁탈하고 레다가 크라이템네스트라와 헬렌을 낳았으며 이들이 각각 아테네의 군주 아가멤논과 스파르타 왕 메넬라오스의 왕비가 되었다는 사연을 이미 설명하였다. 이로써 분쟁의 한쪽 당사자가 준비되었다. 다른 한쪽 당사자인 파리스는 트로이의 왕자로 태어났다. 트로이는 지중해의 동쪽 소아시아 지역에 위치하고 있어서 그리스 문명보다는 동방의 문명에 가까웠다. 제우스가 바다의 요정과의 사이에서 낳은 다아다너스가 나라를 건설하고 그의 손자 트로스의 이름에서 트로이가 유래했으며 트로스의 아들 일로스의 이름에서 일리움이라는 지명이 생겼는데 '일리아스'는 '일리움 이야기'라는 뜻이다. 일로스의 아들 라오메돈은 트로이에 난공불락의 성을 쌓았는데 그 과업을 도와준 신들에게 감사의 제물을 바치지 않아 포세이돈과 아폴론, 그리고 아테네의 분노를 샀다. 이 신들은 전쟁의 와중에 그리스군의 원조자가 된다. 라오메돈의 아들 프리아모스는 자애롭고 총명한 군주였는데 정숙한 아내 헤카베와 3남 2녀를 생산하고 파리스는 바로 그 프리아모스의 아들 중 하나였다. 트로이 최고의 용사 헥토르가 그의 장남이고 예언 능력을 가진 카산드라와 헬레노스는 딸들이었다.

파리스는 태어나면서 트로이 성을 불태우고 성벽을 무너뜨릴 운명이라는

〈파리스의 선택〉. 루벤스. 프라도 미술관

신탁을 받는다. 현명한 왕 프리아모스는 국가의 안위를 위해 사랑하는 아들을 희생시키기로 결심하고 그를 산속에 내다 버리라고 하는데, 파리스는 암곰의 젖을 빨아 먹고 살아남아 숲속의 목동으로 자란다. 아버지를 능가하는 아들을 낳는다는 운명 때문에 펠레우스 왕과 결혼하게 된 바다의 요정 테티스는 자신의 결혼 잔치에 올림포스의 신들을 초청했다. 그런데 그 자리에 초대받지 못한 '불화의 여신' 에리스는 분한 마음에 결혼 잔치에 '가장 아름다운 여신에게'라고 새겨진 사과를 던져 놓는다. 에리스의 의도대로 세 여신이 서로 사과의 주인이라고 다투게 되는데, 이들은 바로 헤라와 아테네, 그리고 아프로디테였다. 아내와 두 딸 사이에서 곤란한 처지가 된 제우스는 세상의 욕심에 오염되지 않은 순수한 청년 파리스에게 심판을 부탁하였고, 그래서 그 유명한 '파리스의 심판'이 시작된다.

최초의 '미인 콘테스트'로도 불리는 이 경연에서 세 여신은 각각 파리스에게 은밀한 제안을 하는데 헤라는 부와 권력을, 아테네는 지혜와 용기를, 아프로디테는 아름다운 여인의 사랑을 약속했다고 한다. 이 심판에서 파리스는

〈파리스와 사랑에 빠지도록 헬레네를 부추기는 비너스〉
안젤리카 카우프만

아프로디테에게 '미의 여신'이라는 명예를 선사했고, 그 대가로 어떤 여성이
든지 그가 원하는 여성의 사랑을 보장받았다.

　　인류의 역사를 결과론적으로 해석하며 의미를 부여하는 사람들이 인류
문명이 4개의 사과를 통해 발전해 왔다는 이야기를 만들었다. 그 네 개의 사
과는 ① 에덴동산에서 아담과 이브가 따먹은 금단의 사과 ② 파리스가 심판
한 미의 여신의 사과 ③ 윌리엄 텔이 딸의 머리 위에 놓고 화살을 쏜 사과
그리고 ④ 아이작 뉴턴이 만유인력을 발견한 사과이다. 아담과 이브의 사과
는 원죄와 낙원추방으로 이어지며 헤브라이즘을 낳았고, 파리스의 사과는 헬
렌을 유혹하여 트로이 전쟁을 유발하는데, 그 전쟁의 결과는 헬레니즘의 개
화로 귀결된다. 한편 윌리엄 텔의 사과는 중세 유럽 봉건사회의 변화를 추동

했으며 뉴턴의 사과는 근대 과학의 기초가 되어 근대의 문을 여는 데 기여하게 된다.

레다가 낳은 헬렌은 당대 최고의 미녀였다. 클레오파트라와 양귀비를 동서양의 대표 미녀로 꼽기도 하지만 아마 신화와 역사를 통틀어 헬렌이 최고의 미모를 갖춘 인물일 것이다. 유럽의 전설에 등장하는 파우스트 박사는 메피스토펠레스에게 자신의 영혼을 판 대가로 절대적인 능력을 갖게 되었을 때 헬렌을 아내로 삼기로 결심한다. 당연히 당대의 모든 영웅들은 헬렌을 아내로 삼기 위해 투쟁을 했고 그 정도가 심해지자 한자리에 모여 헬렌의 선택에 맡기기로 하되 향후 헬렌의 명예가 더럽혀지는 사건이 발생하면 모두가 그 명예를 되찾기 위해 헌신하기로 다짐한다. 헬렌은 메넬라오스를 선택하여 그의 아내가 된다.

이것들이 트로이 전쟁의 전제 조건들이다. 제우스와 레다가 크라이템네스트라와 헬렌을 낳고 그들이 각각 그리스의 군주들과 결혼한 일, 파리스의 출생과 신탁, 테티스와 펠레우스의 결혼식에 던져진 사과, 파리스의 심판과 아프로디테의 약속, 헬렌의 명예를 지키기로 한 그리스 영웅들의 서약이 그것들이다. 트로이 왕자의 신분을 되찾은 파리스는 그리스 유람에서 헬렌을 만나 그녀를 유혹한다. 아프로디테의 도움을 받았으니 손쉬운 일이다. 분노한 메넬라오스는 서약을 한 그리스의 영웅들에게 헬렌의 명예를 회복하자고 호소하고 그리스 전역은 총동원령을 내려 트로이를 침공하기로 결정한다. 유부녀의 신분으로 외간 남자와 눈이 맞아 사랑의 도피 행각에 나선 헬렌의 명예를 되찾아야 하는지 현대의 시각으로는 의심스럽지만 모든 것은 여신의 농간이었을 뿐 헬렌은 아무 잘못이 없다는 것이 신화의 논리 구조이다.

그리스에서 가장 지혜로운 오디세우스는 트로이와의 전쟁에 당대 최고의 영웅 아킬레스가 가담하지 않으면 승산이 없다는 사실을 잘 인식하고 있었다. 그런데 아킬레스는 자신이 이 전쟁에 참전하면 살아서 돌아오지 못할 운명이란 걸 알고 있었다. 아킬레스는 헬렌에게 구혼했던 서약자 가운데 한 사람이었기 때문에 입장이 난처하여 시녀의 복장을 한 채 시녀들 사이로 몸을 감추었다. 이 사실을 알아낸 꾀돌이 오디세우스는 방물장수로 가장하고 시녀들을 찾아갔는데, 시녀 가운데 하나가 훌륭한 장식을 한 칼을 탐내는 것을 보고 아킬레스임을 밝혀낸다. 아킬레스는 결국 이 전쟁에 참여하여 목숨을 잃지만 불멸의 명성을 얻게 된다.

(2) 『일리아스』, 혹은 아킬레스의 분노

트로이 전쟁은 10년 동안 계속되었지만 호메로스의 『일리아스』는 그 전쟁의 마지막 1년, 그중에서도 가장 치열했던 51일간의 전투를 다루고 있다. 이 작품은 사실 아킬레스의 분노로 시작하여 그 분노의 결과로 끝이 난다. 이 서사시의 마지막 장면은 아킬레스가 프리아모스 왕을 만나 헥토르의 시신을 돌려주는 일화를 다루고 있다. 그 이후 아킬레스와 파리스의 죽음, 그리고 잘 알려진 '트로이 목마' 등의 이야기는 호메로스의 시가 아니라 다른 원전들에서 더해진 것들이다. 호메로스는 『일리아스』에서 단 하나의 영웅을 압도적으로 위대한 인물로 그리고 있는데, 그가 바로 아킬레스인 것이다.

『일리아스』는 아가멤논과 아킬레스의 분쟁으로 시작된다. 전쟁이 오래 지속되면서 크고 작은 전투가 끝날 때마다 전리품을 분배하게 되는데, 이때 아가멤논은 크리세이스라는 젊은 아가씨를 차지하였다. 그런데 크리세이스는 아폴론의 신관이었던 크리세스의 딸이었기 때문에 격분한 아폴론이 트로이 편을 들어 그리스군이 막대한 피해를 입게 된다. 하는 수 없이 크리세이스를 아버지에게 돌려보낸 아가멤논은 아킬레스에게 배분된 브리세이스를 대신 요구하였고 아킬레스가 이를 거절하면서 분쟁이 발생한다. 총사령관인

아가멤논의 권위와 다른 영웅들의 강압으로 브리세이스를 빼앗긴 아킬레스는 용맹스러운 자신의 군대 미르미돈을 철수시키고 전장에서 완전히 발을 빼고 만다.

그리스군의 최강 아킬레스와 그의 부대가 사라지자 전세는 급격히 트로이 쪽으로 기울어 그리스군은 수세에 몰린다. 아들의 명예가 짓밟힌 것을 알게 된 테티스가 제우스에게 간청하여 그리스군을 궁지에 몰아넣었고 트로이의 맹장 헥토르의 지략과 용맹이 발휘되어 마침내 그리스군은 패전의 위기를 맞는다. 이를 보다 못한 아킬레스의 절친한 친구 파트로클로스가 아킬레스의 갑옷을 입고 미르미돈을 이끌고 전투에 참여하고 아킬레스가 출전한 것으로 오해한 트로이군은 혼비백산하여 패퇴를 거듭하였다. 아군의 위기를 목격한 헥토르는 담대하게 아킬레스(로 오인한 파트로클로스)와 맞서게 되고, 절대적으로 전력이 약세인 그를 사살하기에 이른다.

어떤 책은 아킬레스의 연인으로 묘사하기도 하는 파트로클로스의 죽음을 목도한 아킬레스는 그의 장례를 성대히 치르고 복수를 위해 헤파이스토스가 새로 만든 갑옷을 입고 전장에 나간다. 거칠 것 없는 아킬레스의 무용에 트로이군은 연패를 거듭하고 그와 맞서던 헥토르는 비참한 최후를 맞는다. 친구에 대한 복수심으로 아킬레스는 헥토르의 시체를 마차에 매어 끌고 다니는데, 이를 견디지 못한 프리아모스 왕은 위험을 무릅쓰고 아킬레스를 찾아와 아들의 시신을 돌려달라고 간청한다. 아들을 잃은 아버지의 애절한 심정에 공감한 아킬레스가 헥토르의 시신을 프리아모스 왕에게 돌려주는 것으로 서사시는 끝을 맺는다.

이것이 『일리아스』의 줄거리 요약이다. 이 줄거리 사이사이에 수많은 전투 장면이 묘사되고, 양쪽 진영의 일진일퇴가 상세히 그려진다. 대부분의 전투는 부대와 진용을 운용하는 방식이 아니라 영웅과 영웅의 맞대결의 양상으로 전개된다. 그리스 진영에는 아가멤논과 메넬라오스, 아킬레스, 아이아스, 오디세우스, 디오메데스, 네스토르 등이 포진해 있었고, 트로이군은 프리아모스의 영도로 헥토르, 파리스, 아이네이아스, 그라우코스, 사르페논, 리카온, 그리고 아마조너스 등이 주축을 이루었다. 파리스와 메넬라오스의 격돌, 헥토르와 아이아스의 치열한 싸움, 그리스 진영의 용사 디오메데스의 진격, 트로이의 영웅 헥토르와 아이네이아스의 활약, 파트로클로스와 사르페논의 분전, 그리고 파리스와 아킬레스의 일전 등이 중요한 내용이다. 파리스는 아킬레스의 치명적인 약점 '아킬레스건'을 화살로 쏘아 죽이고, 자신은 전쟁 막판에 필록테테스의 독화살을 맞고 사망한다.

트로이 전쟁은 사실은 신들의 전쟁이기도 했다. 신들은 이 전쟁의 긴밀한 당사자였고 끊임없이 간섭하는 중재자였다. 신들은 제우스가 주재하는 올림포스 신들의 회합에서 전투의 향방에 대해 격론을 벌이기도 하고 심지어 아레스가 그랬던 것처럼 직접 전투에 뛰어들어 격투를 벌이기도 한다. 파리스를 총애했던 아프로디테와 그녀의 애인 아레스는 시종일관 트로이를 지원하고, 파리스에게 외면당했던 헤라와 아테네, 그리고 트로이를 못마땅하게 여겼던 포세이돈은 그리스의 원군이었다. 제우스와 아폴론은 중립적인 입장에서 경우에 따라 어느 한쪽 편을 들었다. 신들의 간섭과 중재는 전세를 역전시키거나 위험에 빠진 어떤 영웅을 구출하기는 하지만 이 전쟁의 결말과 각 영웅들의 운명은 이미 정해져 있는 궤도를 따라 충실히 진행된다.

이 전쟁을 전후하여 수많은 예언과 신탁이 실현된다. 개전 이후 첫 희생자를 낸 쪽이 승리한다는 예언은 헥토르가 그리스 병사를 사살하고 트로이가 패전함으로써 실현된다. 아킬레스는 전쟁에 참전하여 전사함으로써 자신의 운명을 충족시켰다. 오디세우스는 전쟁에 나와 20년 만에 집에 돌아가고, 귀환한 아가멤논은 일어나지 않을 거라 생각했던 운명적인 최후를 맞는다. 이

〈한국의 학살〉. 피카소. 1957

전쟁이 종결되기 위한 몇 가지 전제 조건들이 있었다. 우선 헤라클레스의 독화살이 필요했는데, 필록테테스가 그 화살을 가져다가 파리스를 사살한다. 그다음에는 트로이 성안에 있는 아테네 여신의 신상을 제거해야 한다는 조건을 오디세우스와 디오메데스가 잠입하여 충족시켰다. 그리고 그리스군은 오디세우스가 제안한 목마를 남기고 퇴진하는 시늉을 하고, 그 목마를 성안에 끌어들인 트로이는 패망의 운명을 맞는다.

전쟁의 가장 큰 희생자는 여성들이다. 패전한 나라의 여성들은 패배의 대가를 온몸으로 감당해야 한다. 전쟁을 만들고 전투를 수행하는 것은 남성들이지만, 그 전쟁의 결과와 참혹한 피해는 여성들에게 돌아간다. 트로이 전쟁이 끝나고 프리아모스의 정숙한 아내 헤카베는 오디세우스의 종이 되었으며, 딸 카산드라는 아가멤논의 소유가 되고 헥토르의 아내 안드로마케는 아킬레스의 아들 네오프톨레모스의 노예이자 첩이 되는데 안드로마케의 아버지와 일곱 오빠들 그리고 남편 헥토르는 모두 아킬레스에게 죽임을 당했다. 입체파 화가 피카소의 <한국의 학살>(1957)은 한국전쟁의 참화를 그리고 있는데, 힘없이 맨손으로 학살당하는 벌거벗은 여인들과 아이들의 모습이 전쟁의 직접적이고 치명적인 피해 당사자가 누구인지를 여실히 보여준다.

(3) 『오디세이아』, 영원한 방랑

　『오디세이아』는 트로이 전쟁에 참여한 그리스의 지혜로운 장수 오디세우스가 10년 동안 지중해 일대를 배회하다가 자신의 고향 이타카로 돌아가는 여정을 그린 작품이다. 오디세우스는 포세이돈의 아들인 외눈박이 괴물 폴리페모스의 눈을 찌르고 도주하면서 자신의 이름을 발설하는 바람에 포세이돈의 노여움을 사서 고행의 귀향길을 겪게 된다. 10년의 여정이라고 하지만 호메로스의 서사시는 오디세우스의 해상 표류와 귀환의 드라마를 40일간의 사건으로 처리하였다.

　전체 스토리는 크게 두 줄기로 나뉘는데, 하나는 오디세우스의 방랑과 모험을 그리고 있고 다른 하나는 그의 아내 페넬로페와 아들 텔레마코스의 사연을 다룬다. 트로이를 떠난 오디세우스와 그의 부하들은 맨 처음 이스마로스 항구에 도착하는데, 그곳의 주민 키코네스족과 무력 충돌을 겪은 후 해상을 표류하여 로토파고스에 도착한다. 이곳은 '연실을 먹는 사람들'(Lotus Eaters)이 사는 곳인데, 누구든 로터스 열매를 먹기만 하면 근심과 걱정, 고향에 돌아갈 생각도 깡그리 잊고 그곳에 머물며 살게 되는 마력을 가진 곳이었다. 연실을 먹은 부하들을 간신히 배에 싣고 오디세우스 일행이 당도한 곳은 외눈박이 거인족 키클롭스가 사는 섬이었다. 이 섬의 한 동굴에 갇히게 된 오디세우스는 키클롭스족 폴리페모스의 눈을 찌르고 빠져나온다.

　태양의 신 헬리오스의 딸 키르케는 마녀였는데, 자신의 섬에 기착한 오디세우스의 부하들을 모두 돼지로 둔갑시키고 오디세우스를 억류하였다. 오디세우스는 키르케의 환대를 받으며 1년 동안 그녀와 동거하다가 부하들의 충고를 듣고 정신을 차려 마법에서 빠져나온다. 다시 바다로 나온 오디세우스는 바다의 요정 싸이렌의 섬을 지나게 되는데, 이 요정들은 매혹적이고 구슬픈 노래를 불러 선원들을 유혹하고 마침내 그들을 바다에 빠뜨리는 요물들이었다. 아름다운 싸이렌의 노래를 듣고 싶었던 오디세우스는 부하들의 귀를 모두 밀초로 막고 자신의 몸을 기둥에 묶은 채 섬 곁을 지남으로써 위기를 극복하였다.

스킬라는 동굴 속에 몸을 감춘 채 6개의 긴 목을 늘어뜨려 지나가는 뱃사람을 잡아먹는 괴물이었고, 카리브디스는 평온한 바다에 갑자기 소용돌이를 일으켜 배를 부서뜨리는 괴물이었다. 이 두 괴물은 같은 장소에 출몰하며 뱃사람들을 괴롭혔는데, 오디세우스는 많은 희생을 치르고 이 난관을 극복하였다. '스킬라와 카리브디스 사이에서'(between Scylla and Charybdis)라는 표현은 '진퇴양난에 빠지다'란 의미이다. 아틀라스의 딸인 바다의 요정 칼립소와 알키노스 왕의 딸 나우시카 등은 오디세우스의 영웅적인 모습에 반하여 오랫동안 그를 억류했던 인물들이다.

오디세우스의 아내 페넬로페는 전쟁이 끝나고도 남편이 귀향하지 않는 오랜 시간 동안 험한 고초를 겪고 있었다. 수많은 구혼자들이 궁전에 모여들어 밤낮으로 연회를 열어 재산을 축내면서 무례하게 페넬로페에게 결혼을 강요하고 있었다. 오디세우스가 전쟁에 나갈 때, 아내의 태중에 있던 텔레마코스는 나이가 어려서 이를 막을 힘이 없었다. 페넬로페는 자수를 완성하면 결혼하겠다는 언약을 하고 낮 동안 짰던 자수를 밤사이에 풀어놓는 계책으로 버티어갔다.

아테네 여신은 오디세우스의 오랜 친구 멘토르로 변신하여 텔레마코스를 찾아가 아버지의 행방을 추적하라는 충고를 한다. 멘토르는 오디세우스가 전쟁에 나가며 장차 태어날 아들의 교육을 당부한 친구인데 '조언하는 사람'(멘토)이라는 말은 이에서 유래하였다. 충고를 들은 텔레마코스는 아버지의 전우 네스토르와 메넬라오스를 찾아다니며 아버지의 행방을 수소문한다. 천신만고 끝에 고향에 돌아온 오디세우스는 아테네 여신의 인도를 받아 거지 행색을 하고 텔레마코스와 충복 에우미아오스를 만나 원수들을 퇴치할 계략을 세운다.

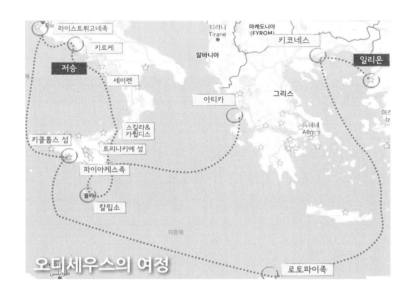

다음날 페넬로페는 구혼자들을 모두 한자리에 모이게 한 다음 오디세우스의 활을 꺼내놓고 그 시위를 당겨 12개의 과녁을 맞추는 사람을 남편으로 삼겠다고 선언한다. 구혼자들이 모두 그 화살을 당기려고 하지만 너무도 팽팽한 시위를 당길 수 없었다. 그때 한쪽 구석에 거지꼴을 하고 있던 오디세우스가 나서 좌중의 비웃음을 사며 활을 잡고 하나하나 원수들을 퇴치하는 것으로 이야기가 끝난다. 우리 고전 『춘향전』에서 이몽룡이 거지 행색으로 변사또의 생일잔치에 끼어들어 비웃음을 사며 한시를 읊고 '암행어사 출도'를 외치던 장면이 연상되는 순간이다. 아일랜드의 소설가 제임스 조이스

(James Joyce, 1882-1941)의 『율리시스』는 오디세우스의 여정을 작품의 플롯과 모티브로 삼았는데, 20세기에 쓰인 가장 위대한 소설이라는 평가를 받는다.

호메로스의 서사시 『일리아스』와 『오디세이아』는 구전문학 전통에 속한다. 당대의 음유시인들이 귀족들의 연회나 축제 마당에서 낭송했는데, 『일리아스』는 14,000행 이상, 『오디세이아』는 12,000행이 넘는 길이였다. 효과적이고 극적인 작품의 구성, 일관성 있고 탁월한 인물들의 성격 묘사, 사실적이고 섬세한 필치, 그리고 유머 감각까지 갖춘 호메로스의 서사시는 인류 문명사상 가장 위대한 업적으로 평가되고 있다. 호메로스의 서사시는 고대 그리스 문화의 부흥을 알리는 신호탄과 같은 것이었다. 그리스 문명의 우수성과 민족적 자부심을 널리 알리고 공동체 의식을 고취시키는 역할을 하였다.

제5절 그리스 정치와 민주주의

1. 그리스의 역사와 페르시아 전쟁

그리스 역사에서 호메로스 시대 이후 200년을 "군주정치시대"(The Age of Kings, 900-700 BC)라 부른다. 이 시기는 그리스 역사의 암흑기에 해당하는데, 그리스 정신과 예술의 원동력으로 간주되는 개인의 자유와 인본주의 사상 등이 채 정립되지 못하고, 전제적이고 독재적인 폭력 정권이 집권하던 시기였기 때문이다. 이 시기 동안 그리스의 대표적인 군주 국가는 아르고스와 스파르타, 아테네와 테베였다. 이들 군주 국가에서 군주는 절대 권력을 행사했으며, 법률에 의한 지배나 국가 경제 운용 계획 등이 없었고 경제력이 소수에게 집중되어 있었다. 당시 지배층인 귀족들은 토지를 바탕으로 부와 권력을 독점하고 서민들의 생사여탈권까지 장악한 권력이었다.

군주정치시대 동안 적대적인 군주 국가들은 부단히 소모적인 전쟁을 수행하였고, 그 결과 국가경제의 기반이 약화되고 내부적으로 귀족과 평민의 갈등이 심화되어 국가의 안전에 불안 요인이 되었다. 그 해결책은 스파르타처럼 군사적으로 전체주의를 채택하여 국가 통제를 강화하거나 아테네처럼 귀족의 특권을 없애고 민주주의를 채택하여 열린 사회로 가는 것이었다. 이런 과정을 통해 점차 군주의 지위가 약해지고 기원전 700년에 이르러 참주들이 득세하면서 귀족들도 하나의 사회 계층으로 편입되게 된다.

이제 그리스에서 군주 지배는 끝나고 권력이 소수 참주들의 손에 넘어가면서 "참주정치시대"(The Age of the Tyrants, 700-500 BC)가 개막된다. 참주는 세습된 권력이 아니고 모두가 귀족 출신은 아니었으며 능력을 인정받은 지도자(strong man)였다. 이 기간 동안 그리스 도시국가들의 국가 경영이 제도화되고 후일 페리클레스 시대 민주정치의 씨앗이 뿌려졌다.

대표적인 참주로 인정받는 드라콘은 혼란스러운 법률을 정비하여 성문법(Draconian Code)을 제정하였으며 "법에 의하지 않고는 아무도 처벌받지 않는다"는 전통을 확립하였다. 솔론은 농민의 부채를 탕감하고 시민이 빚에 의해 노예로 전락하는 일을 법으로 금지하는 개혁을 단행하였다. 그는 또한 민회를 제도화하여 민중들이 정치에 참여하는 길을 열었지만 귀족들의 토지를 재분배하거나 권력을 분점하지 않는 형태여서 부분적인 개혁에 성공했다는 평가를 받는다. 그 뒤를 이어 페이시스트라토스와 클레이스테네스 등이 참주정치의 맥을 이어갔다.

기원전 5세기가 개막되면서 그리스에 민주제도가 정착되는 시점에 가장 막강한 외부의 위협은 페르시아 제국이었다. 키루스 왕의 치하에서 페르시아는 바빌로니아를 패망시키고 인도에서 소아시아에 이르는 대제국을 건설하고, 기원전 522년에 다리우스(Darius) 왕이 집권하면서 유럽 대륙 쪽으로의 진출을 모색하며 그리스와 전쟁을 벌이게 된다. 이를 페르시아 전쟁(492-479 BC)이라 부른다. 위대한 정치인이며 행정가였고 뛰어난 전략가이기도 했던 다리우스 왕은 기원전 492년 1차 원정에 이어 기원전 490년 대규모 군사를 동원하여 2차 원정에 나선다. 이때 페르시아의 병력을 역사가에 따라 20만 명부터 50만 명까지로 추정하는데, 당대의 인구 규모 등을 감안할 때 20만 대군이 동원되었던 것으로 이해하는 것이 타당할 것이다. 절대적인 군사력의 열세와 종교행사를 이유로 스파르타가 지원군 파병을 지연시킴으로써 그리스 제국은 패망이라는 풍전등화의 위기에 놓이지만 자유를 지키려는 아테네인들의 열망과 마라톤 평원 전투에서의 기적적인 승리가 압도적인 페르시아 대군의 침략을 방어하기에 이른다.

2차 원정에 실패한 다리우스 1세는 다시 전면적인 그리스 원정을 준비하지만 바빌로니아와 이집트에서 수년 동안 반란이 지속되면서 그 뜻을 이루지 못한다. 그 와중에 다리우스 1세는 돌연히 사망하고 그의 아들 크세르크세스 1세가 즉위한다. 크세르크세스는 아버지의 유훈을 받들어 동원 가능한 모든 군사와 물자를 모아 원정에 나서지만, 유례없는 규모의 부대는 진군의 속도를 낼 수 없었다. 그러는 동안 그리스군은 전열을 정비하고 군비를 갖출 수 있었다. 마침내 스파르타를 중심으로 30여 개 그리스 도시국가가 참여하는 동맹이 결성되었으며, 육군은 스파르타가, 해군은 아테네가 지휘권을 맡는 전략이 마련되었다.

육지의 전투에서는 페르시아 대군의 기세에 눌려 열세를 면치 못했지만 해상의 전투에는 준비가 잘 되어 있었다. 아테네는 지혜로운 장수 테미스토클레스의 제안에 따라 대함대를 건조하여 페르시아의 재침공에 대비하고 있었고, 기원전 480년 마침내 아테네의 앞바다에서 벌어진 살라미스해전에서

대승을 거두며 페르시아의 침공을 완전히 막아낼 수 있었다. 세 번에 걸친 페르시아와의 전쟁에서 주도적으로 승리를 쟁취해 낸 아테네는 델로스 동맹의 맹주 자리를 차지하며 그리스의 패권을 장악하게 되었다.

〈살라미스 해전〉. 페르시아 전쟁 당시 아테네의 명장 테미스토클레스의 지략과 승전

2. 페리클레스 시대

아테네의 명문 귀족 출신이었던 페리클레스(495-429 BC)는 시대의 흐름을 읽고 과감한 개혁정치를 실시하였다. 페리클레스는 아테네 민주주의의 전성기를 이끌었던 위대한 정치가였다. 참주정치의 마지막을 장식한 클레이스테네스의 먼 친척이기도 했던 그는 보수파와 개혁파가 대립하는 와중에 개혁파의 선봉장이 되어 아테네의 정치개혁을 이끌었다. 빼어난 용모에 인품이 뛰어났던 페리클레스는 발군의 웅변술을 지녔고 당대의 학자, 예술가들과도 넓게 교류했다. 철학자 아낙사고라스와 프로타고라스, 비극 작가 소포클레스,

조각가 페이디아스 등이 그와 우정을 나누었다. 페리클레스는 군사와 사법 제도의 개혁과 더불어 문화, 예술, 교육 정책의 진흥에도 힘썼다. 그리하여 후세 역사가들로부터 "올림포스 신과 같은 아테네안"이라는 칭호를 얻었고 아테네 민주정의 황금시대로 불리는 페리클레스 시대(461-429 BC)를 영도 했던 것이다.

페리클레스는 나라의 일을 담당하는 시민에게 일정한 보수를 주는 제도를 도입하여 경제적 자유를 확보하고 일자리 창출을 위해 아크로폴리스를 건설하는 등 대규모 공공사업을 실시하였다. 또한 언론의 자유와 법 앞에서의 평등, 그리고 경제적 평등을 구현하기 위해 힘썼다. 이를 통해 자유와 평등, 그리고 상호존중이 아테네 민주주의의 핵심적인 이념으로 자리 잡게 된다.

기원전 5세기 중엽 아테네의 인구는 약 315,000명이었다. 이 가운데 시민(Citizens)계급은 약 43,000명으로 전체 인구의 13%를 차지했다. 시민계급인 부모를 가진 21세 이상의 남성들만이 시민으로 분류되었는데, 이들 시민은 납세(재정 부담)와 국방의 의무를 감당하고 입법과 행정에 종사할 수 있는 권리를 누렸다. 시민계급은 재산 정도에 따라 다시 4개의 계층으로 구분되었고 계층에 따라 차등 납세 의무가 있었다. 시민에는 자영농과 상인계급도 포함되었다.

비시민계급(Non-citizens)은 선거권이 없는 신분이었는데, 약 130,000명 정도였다. 시민계급 가정에 속한 여성과 21세 미만 미성년 자녀, 그리고 노예에서 해방되어 자유 시민이 된 사람들이 이 계층에 속해 있었다. 그 외 28,500명 정도의 외부에서 출생하여 유입된 자유민들과 115,000명 정도의 노예가 아테네의 인구를 구성했다. 아테네가 민주정의 형태를 취하고 있기는 했지만 엄연한 신분사회였다. 국가 경영의 책임과 권리가 전체 인구의 13%에 해당하는 시민계급에게 집중되어 있었다.

그리스 신분 제도에서 가장 흥미로운 계급은 노예계급이었다. 솔론의 개혁 이후 시민계급이 빚에 의해 노예로 전락하지 않았고 주로 전쟁 포로, 죄수, 유기된 영아 등이 노예가 되었다. 노예는 거리에서 사고 팔 수 있었고, 50달러에서 1,000달러에 거래되었다. 주인이 포악한 경우 노예들은 신전으로 도망칠 수 있었고, 신분 상승의 기회도 있었다. 그들은 교육을 받아 교사의 역할과 경찰 업무를 맡았다. 그리스의 시민계급은 경찰 업무 등을 꺼려했다. 왜냐하면 공공의 질서를 해치는 행위를 하면 누구든지 처벌받아야 한다는 것을 당연하게 생각했는데(정의), 그 일을 단속해서 이웃 시민을 처벌하는 업무를 맡는 일은 성가신 일이라고 여겼고, 경찰 업무를 권한 행사로 생각하지 않았기 때문이다. 그 언짢은 일은 노예가 해야 한다고 생각했다.

민회와 행정부, 사법부, 그리고 군대조직이 페리클레스 시대 그리스의 중요한 국가 기구였다. 민회(Assembly)는 43,000명의 시민이 참여하는 민의의 전당으로 직접민주주의가 구현되는 주체였다. 민회는 일 년에 10번 개최되었고 이에 참여하면 일당과 급식을 제공했다. 1인 1표의 동등한 투표권이 행사되었다. 민회 참석률이 높지는 않았고, 민회가 열리는 기간에 민회에 참여하지 않고 광장에 나와 있는 시민이 많아 경찰이 거리에서 옷에 색칠을 해서 표시하면 나중에 벌금을 물었다. 민회가 소집되면 현안에 대해 누구나 자유롭게 대중 연설을 할 수 있는 기회가 제공되었다. 연설이 시원치 않으면 야유의 대상이 되고, 뛰어난 연설을 하는 경우 지도자로 부상되었다. 이를 통해 웅변술과 논리학, 수사학이 발달하는 계기가 마련되었다.

행정부(집행부, Council)는 국가의 행정 업무를 담당하는 부서로서 10개의 부족에서 50명씩, 총 500명으로 구성되었으며 협의체의 형식으로 운영되었다. 1년을 10으로 나누어 각 기간을 50명이 통치했고, 이 위원회의 의장이 국가의 대표가 되었다. 500인 집행부의 임기는 2년이었으며, 이 행정부는 일상적인 행정 업무를 담당하고 중요한 의제는 민회에서 논의해서 결정했다.

사법부는 1년 임기로 선출된 6,000여 명의 시민으로 구성되었고 이들은 각 재판이 열릴 때마다 재판장과 배심원의 역할을 맡았다. 그때그때 20-30명 규모로 배심원을 임명하는데 소크라테스 재판 때는 501명의 대규모 배심원단이 구성되었던 것으로 알려졌다. 변호사는 따로 없었고 원고와 피고가 스스로 자기 변론을 하는 방식으로 재판이 진행되었다.

아테네에는 직업 군인이 없었고 민회에서 선출한 군인이 군대 조직과 국방을 담당했다. 시민은 2회 이상 군인으로 선출될 수 있었는데 18세에 징병되어 2년 동안 국방의 의무를 준수했다. 20세 이후 60세까지는 현역으로 분류되어 국가가 필요하면 언제라도 징발할 수 있었다. 시민들은 끊임없이 육체적인 단련을 통하여 징병에 대비했다.

그리스의 주요 산업은 농업이었다. 곡물과 올리브, 포도를 재배하고 양과 염소를 길렀다. 농축산 소출이 자급자족에 미치지 못해서 외국으로부터 수입해야 했다. 철기(Ironwork)와 자기(Grecian Urn)가 중요한 제조업이었는데 특히 자기는 대량 생산이 어렵고 대단히 정교하고 아름답게 제작되었기 때문에 높은 부가가치를 창출했다. 지중해를 중심으로 해상 무역도 왕성한 편이었다. 아테네가 헬레니즘 세계의 중심이 되는 데 이 해상 무역이 크게 기여했다. 아테네에는 은행이 있었고 주화를 만들어 화폐로 통용하였다. 그리스 사람들의 일상생활은 소박했다. 의식주에서 사치를 하지 않았다. 기후 조건이 온화하여 남성들은 광장에 모여 토론과 육체 단련에 힘썼고, 여성들의 경우에는 화장 등 약간의 사치가 허용되었다. 가정 내에서 여성의 지위는 높은 편이었으며 간음을 혹독하게 처벌하는 등 가정의 가치를 존중했다.

그리스 직접민주정치 상상도

그리스 원로원 회의 장면 상상도

3. 펠레폰네소스 전쟁

페르시아 전쟁에서 승리한 아테네가 델로스 동맹을 구축했을 때, 스파르타는 이에 가담하지 않고 펠레폰네소스 동맹을 결성하여 대립하고 있었다. 페리클레스가 집권하고 있는 동안에는 델로스 동맹이 군사적, 경제적으로 우위를 지켰고 이 두 세력이 헬레니즘 세계의 패권을 차지하기 위해 벌인 전쟁이 펠레폰네소스 전쟁(431-404 BC)이다.

스파르타는 아테네로부터 100마일 정도 떨어져 있었는데, 국민정신과 국가기반이 아테네와는 상이한 나라였다. 스파르타는 가혹한 독재체제를 유지하며 8,000명의 시민이 200,000명의 노예를 부렸다. 자유롭고 균형 잡힌 시민의 양성이 아니라 용맹한 전사를 육성하는 것이 국가 교육의 목표였다.

기원전 431년에 시작된 전쟁에서 초반의 전황은 아테네에게 유리하게 전개되었으나 그다음 해에 페리클레스가 실각하였고, 기원전 429년에는 전염병이 아테네에 만연하여 큰 피해를 입히고 페리클레스도 역병의 희생자가 된다. 이후 28년 동안 지속된 펠레폰네소스 전쟁이 기원전 404년 스파르타의 승리로 귀결되면서 헬레니즘 세계는 치명적인 변화를 겪게 된다.

패전의 타격을 받은 아테네는 페리클레스가 구축한 민주정치의 규칙들이 작동하지 않은 채 '중우정치'와 '과두정치'가 횡행하게 되었고, 시민들의 애국심과 도덕 정신도 크게 쇠퇴하였으며 분파주의가 창궐하였다. 이성과 합리성, 조화와 균형, 절제와 분별력 등 우수한 특질을 자랑하던 그리스 정신은, 실은 아테네의 정신이었던 것이다. 펠레폰네소스 전쟁의 결과 스파르타가 승리하고 아테네가 몰락함으로써 위대한 헬레니즘 공동체는 몰락하고 기원전 371년에는 테베에 종속되었다가 마케도니아의 새로운 강자로 부상한 필리포스 2세와 그의 아들 알렉산더 대왕에게 정복당한다. 이후 기원전 3세기 후반에는 골(Gaul)족의 침략이 있었고, 로마가 지중해 세계의 패자로 등장하면서 기원전 146년 이후로는 그리스 반도 전역에 대한 로마의 지배가 공고해진다.

▪ 제6절 그리스 철학과 학문, 연극 전통

1. 그리스 철학의 형성

철학(Philosophy)은 "지혜를 사랑"(Love of Wisdom)하는 정신 활동이며 철학자는 인간과 우주의 본질을 이해하기 위해, 인간과 우주와의 관계를 설정하기 위해, 그리고 현명하고 행복한 삶을 유지할 방안을 찾기 위해 진리를 추구하는 사람을 의미한다. 인간의 정신 활동은 "미토스"(mythos: 자유로운 상상의 세계)와 "로고스"(logos: 인과율의 지배를 받는 이성의 세계)로 구분된다. "저녁 하늘은 왜 붉게 물드는가?"라는 질문에 대해 시인들은 황혼의 여신 에스페리데스의 장밋빛 피부가 반사된 것이라고 설명하고 과학자들은 빛의 굴절을 통해 이를 과학적으로 증명하기 위해 노력한다. 로고스는 언어를 통해 현상을 논리적으로 증명함으로써 타인을 설득하려는 노력을 의미하며 그리스인들은 인류 역사상 최초로 로고스의 세계를 열었다.

철학의 영역들은 형이상학(Metaphysics: 인간의 경험을 초월하여 인간과 우주 혹은 신과의 관계를 연구)과 물리학(Physics: 우주의 물리적 실체를 탐구), 윤리학(Ethics: 인간의 사회적 경험 혹은 동료 인간과의 관계를 규명), 그리고 정치학(Politics: 개인과 국가와의 관계를 탐구)으로 구분된다. 그리스 철학의 계보는 서양 철학의 아버지로 불리며 "만물의 근원을 물"이라고 규정한 탈레스(Thales, 640-546 BC)의 밀레토스 학파로부터, 헤라클리토스(Heraclitus, 540-480 BC)로 대표되는 에페소스 학파, 수가 만물을 설명하는 기본 원리라고 설파한 피타고라스(Pythagoras, 570-496 BC)의 피타고라스 학파, 그리고 페르시아 전쟁 후 득세한 소피스트들의 실용주의 철학을 거쳐 서양 철학의 원류인 소크라테스에 이른다.

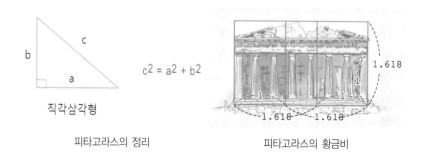

피타고라스의 정리   피타고라스의 황금비

기원전 6세기경 이오니아의 밀레토스 지역을 중심으로 시작된 철학의 형성기 동안 철학자들은 인간을 둘러싼 자연과 우주의 근원, 그리고 그것의 물리적 성격을 규명하는 일에 몰두하였다. 이들은 이전까지 세상의 모든 원리를 초자연적인 힘의 활동이나 개입으로 설명하던 태도를 배격했다. 신화적 태도에서 과학적 태도로의 변화인 것이다. 밀레토스 학파 철학자들은 자연현상과 천체의 운동을 관찰하여 바다의 거리를 측정하거나 일식을 예견하였다. 이들은 이집트로부터 수학과 천문학을 배웠고 실용적인 목적이 아니라 순수한 학문적 관심, 곧 철학이 목표였다.

에페소스 학파의 철학자들은 우주의 본질을 규명하는 일보다 변화의 원리에 초점을 맞추었다. 왕족 출신이었으나 그리스의 중우정치와 무질서에 실망하여 은둔하며 철학적 사색을 즐겼던 헤라클리토스는 짧은 경구를 사용하여 자신의 철학을 표현했다. 그가 남긴 "모든 것은 흘러간다"라는 경구는 자연 속에 궁극적이고 영원한 실체는 없으며 세상에 존재하는 모든 것은 영원하지 않고 계속 변한다는 진리를 설파한다. 오직 변한다는 사실 하나만이 변하지 않는 진리인 것이다. 이들 철학자들은 물질에 대한 연구에서 벗어나 세계를 지배하는 하나의 원리인 로고스에 대한 탐구를 시작함으로써 인간의 정신은 외부 세계에서 내부 세계로 향하게 되고 자연의 신비가 아닌 이성에 의한 합리적 설명 방법을 찾기 시작했다.

신화와 영웅의 시대에는 숫자와 계산, 그리고 시간의 개념이 없었다. 피타고라스는 우주의 원리를 밝히는 일은 모든 사물의 수학적 구조를 규명하는 일이라고 믿었다. 그는 수가 만물을 설명하는 기본 원리라는 입장을 견지하며 실용적인 수단으로서 수를 순수한 학문인 수학으로 발전시켰다. 피타고라스 학파의 철학자들은 수를 우주의 보편성과 사물의 특수성을 설명하는 수단으로 상정하며 수는 사물에 형상을 부여할 뿐 질료에는 관계하지 않는다고 주장하였다.

그리스가 페르시아 전쟁에서 승리하고 민주주의가 정착되면서 출신 성분에 의하지 않고 교육과 지식, 능력에 따라 출세할 수 있는 기회가 확대되어 훌륭한 교사에 대한 수요가 급증하였다. 이러한 새로운 수요에 맞춰 등장한 전문적인 교사 집단이 실용주의자들이었는데, 이들 소피스트들은 스스로 현명한 사람이라 주장하며 화려한 차림새와 현란한 말솜씨로 젊은이들을 매혹시켰다. 이들은 젊은이들에게 남보다 더 우수한 설득력을 갖춰 논쟁에서 이기는 기술인 수사학과 궤변을 가르치고 돈을 벌었다. 이들 궤변론자들은 절대적 진리와 객관적 가치는 있을 수 없다는 상대주의 철학을 설파했다. 대표적인 소피스트인 프로타고라스(480-410 BC)는 "인간은 모든 것을 가늠하는 기준이다"라고 가르쳤으며 고르기아스(483-375 BC)는 "강한 사람이 약하고 힘없는 사람을 지배하기 마련이다"라고 주장하였다.

2. 소크라테스

아테네 출신의 위대한 철학자 소크라테스(Socrates, 469-399 BC)는 소피스트들이 득세하여 그들의 궤변이 젊은이들의 영혼을 병들게 하는 세태를 개탄하였다. 그는 소피스트들의 상대주의를 배격하며 보편적 지식과 객관적 진리의 소중함을 강조했다. 그는 우리들 자신은 물론 남들과 사회가 받아들일 수 있는 항구적인 객관적 지식과 진리가 존재한다고 믿었다. 그리고 자신은 이에 대해 아는 것이 하나도 없다는 전제에서 객관적 지식에 이르는 방법을 탐구하였다. 또한 소크라테스는 단순한 지식이 아니라 실천하는 지식을 중시하였다. 그는 올바른 삶은 올바른 행동에서 오고 올바른 행동은 올바른 지식에서 오며, 결국 모든 탐구의 출발은 올바른 앎에 있다고 가르쳤다. 진실이 무엇인지를 밝히는 일은 가치 있는 것인데, 진리를 향한 탐구에서 가장 중요한 것은 자신의 무지를 깨닫고 모든 것을 의심하고 하나하나 따져보는 것이다. 이러한 소크라테스의 철학은 "너 자신을 알라"라는 경구로 요약된다.

소크라테스의 철학은 그리스의 유물론적인 자연철학에 대립하여 '영혼'에 대해 깊게 생각하면서 삶의 온당한 방법을 찾는 것을 지식의 목표로 삼고, 이를 통해 도덕적 행위를 고양시키는 것을 지향하였다. 소크라테스는 진리에 도달하기 위한 방법론으로 귀납법을 채택하였는데, 이는 사람들과 문답식의 대화를 통해 스스로의 독단적이고 그릇된 지식을 배제해가며 보편적인 진리에 도달하는 방식이었다. 이를 위해 소크라테스는 광장에 나가 젊은이들을 붙잡고 대화를 통한 지식의 전수에 힘썼는데, 이런 행동은 당대 그리스의 법에 위반되는 것이었다. 그리하며 소크라테스는 젊은이들을 현혹시키고 사회의 안녕과 질서를 해친다는 죄명으로 체포되었고, 재판과 사형 언도를 받고 "악법도 법이다"라는 유명한 말을 남긴 채 죽음을 맞이한다.

소크라테스(기원전 469-399)   플라톤(기원전 427-347)   아리스토텔레스(기원전 384-322)

〈소크라테스의 죽음〉. 자크루이 다비드. 메트로폴리탄 미술관

　처절하게 가난했던 삶과 흉측한 외모, 그리고 악처로 유명했던 아내 크산
티페 등 수많은 일화를 가진 소크라테스는 많은 사람과 만나 대화법을 통해
진리를 탐구한 끝에 자기가 안다고 생각하는 것을 정말로 아는 사람은 없다
는 걸 깨닫고, "나는 내가 아무것도 모른다는 걸 안다"는 이율배반적인 경구
를 남기기도 한다. 그의 철학은 정신주의적이고 관념론적이어서 그 사상이

제자인 플라톤에게 계승되었다. 수많은 제자를 남긴 위대한 스승이었으나 소크라테스 자신은 한 권의 저작도 남기지 않았고 그의 철학의 정수는 플라톤 등의 제자들에 의해 기록되었다. 참된 지식과 용기, 정의롭고 경건한 행위, 그리고 올바른 삶의 가치 등을 가르친 소크라테스는 성인으로 추앙되기도 한다.

3. 플라톤

소크라테스의 제자 플라톤(Plato, 427-347 BC)은 사상가, 정치가, 교육자였고, 음악을 작곡하고 극시를 쓰기도 했던 종합 지식인이었다. 아테네의 귀족 출신이었던 플라톤은 어려서부터 좋은 교육을 받았고 균형 잡힌 신체와 뛰어난 육체적 능력을 소유했던 전형적인 그리스인이었다. 헤라클리토스파인 크라틸로스의 제자였는데 나중에 소크라테스의 제자가 되어 많은 영향을 받았다. 스승의 죽음에 충격을 받아 정치가로서의 꿈을 포기하고 정의를 가르치기로 결심한 플라톤은 이탈리아를 여행하고, 키레네 학파로부터 이데아와 변증법의 기본적인 논리를 습득하였다. 40세에 귀국한 후 아카데미를 설립(BC 385)하여 제자를 양성하고 저술 활동에 열중하였다. 플라톤의 아카데미에서는 실용적인 지식이 아닌, 철학자와 정치가를 육성하는 지식을 가르쳤다.

『대화편』은 소크라테스 철학의 정수를 모은 책이다. 소크라테스와 그의 제자들이 묻고 대답하는 것을 기록한 이 책은 모두 42편이 남아 있는데, 이 가운데 26편을 플라톤이 저술했다. 소크라테스가 묻고 플라톤이 답하는 형식으로 되어 있지만 스승과 플라톤의 사상을 구별하기는 대단히 어렵다. 동양 최고의 철학자로 꼽히는 공자가 수많은 제자를 양성했지만 단 한 편의 저술도 남기지 않았고, 공자의 사상이 제자들에 의해 기록되었던 것과 그 방식이 공자가 묻고("공자 왈") 제자가 대답하는 모양새였던 것과 기묘하게 일치되고 있다. 『대화편』은 변증법적 논리로 기술되었는데, 사랑에 관한 이론인 『향연』(심포지엄), 소크라테스의 재판 과정을 상세히 기술한 『변명』, 소크라테스의 죽음과 불멸에 대한 플라톤의 생각을 정리한 『파에드로』, 법을 존중하는 방식에 대해 토론하고 있는 『크리톤』, 그리고 『대화편』 가운데 가장 중요한 책으로 평가되는 『공화국』 등이 있다.

소크라테스의 관념주의 철학을 계승한 플라톤의 철학이 이데아론이다. 플라톤은 인간의 영혼이 정욕(情欲, 육체와 결합된 충동적이며 감각적 욕망을 추구)과 순수한 이성(理性, 육체와 결합되지 않은 불멸의 정신)으로 구성되어 있다고 주장한다. 인간의 이성은 매우 순수한 것으로서 이 세계의 배후에 있는 완전 지선(至善)의 실체계인 이데아(Idea)를 직관할 수 있었는데, 인간이 세상에 태어나는 과정에서 그 이데아를 인식하는 능력을 상실하게 된다. 이렇게 잊었던 이데아를 동경하는 마음이 에로스(eros)이며, 현상을 보고 그 원형인 이데아를 상기하여 인식하는 것이 진리이다.

플라톤의 이상주의 철학은 전통적인 그리스 사상과는 다른 것이었다. 그리스인들은 현실적인 사실주의자들이었으며 사물 뒤에 있는 어떤 것을 찾기보다는 눈앞에 보이는 대상에 관심이 많았다. 인간적인 것에 관심을 보이고 인간성을 숭배했으며 어떤 대상이든 미지의 것을 신비롭게 포장하는 대신 이성의 빛으로 비추어 객관적인 실체를 규명하려고 노력했다. 그에 비해 플라톤은 우리가 눈을 통해 보는 것은 참(眞)이 아니라 참의 그림자라고 주장한다. 사상의 기저를 이루는 현상계를 불신한다는 점에서 차라리 헤브라이즘에 가깝다. 플라톤의 이데아론은 서양 관념론적 이상론의 원조로서 중세철학의 실제론(realism)으로 이어져, 오늘날에 이르기까지 현상계보다 더 완전한 다른 세계가 있다는 철학, 여러 형태의 이상주의, 그리고 명목론으로 이어진다.

플라톤의 정치사상은 '철인통치론'("철학자가 왕이 되거나 왕이 철학을 해야 한다")으로 요약된다. 플라톤은 소수의 철인들이 국가의 통치를 맡고 그 밑에 국가방위를 책임지는 군인이 위치하며 그 아래층에 생산자가 있다고 주장하였다. 정치를 맡을 철인은 어려서부터 철저한 교육을 받은 여러 사람 가운데 정예를 선정하여 최종적으로 선발해야 한다고 했다. 플라톤은 개인에게 윤리를 가르치고 개인의 덕을 달성하는 것으로 사회의 정의를 실현할 수 없기 때문에 사회 전체의 윤리가 중요하다고 생각했다. 플라톤의 철인통치론은 특권층이 정치를 독점하는 독재국가론으로도 해석이 가능하며, 중세의 교황을 중심으로 한 그리스도교국가와 20세기의 전체주의 혹은 사회주의 공산국가의 모습으로 구현되기도 했다.

플라톤의 예술철학은 모방론인데, 그는 시인을 공화국에서 추방하라고 주장했다. 플라톤은 이 세상에 모두 세 가지 종류의 침대가 있다고 했다. 그것은 신이 창조한 침대와 목수가 만든 침대, 그리고 화가가 그린 침대이다. 신은 침대 본연의 창조자이다. 신이 창조한 침대는 하나의 관념이며 이데아이다. 목수는 신의 창조를 모방하여 침대를 만든다. 그 침대는 이데아를 모방한 현상이며 목수는 침대의 제작자이다. 한편 화가는 목수가 만든 침대를 모방하여 그림으로 그린다. 제3의 모방인 것이다. 화가들의 침대 그림은 진리(이데아)로부터 3단계나 떨어져 있으며, 진리를 모르는 사람들이라도 쉽게 만들어낼 수 있기 때문에 "모방적인 것은 결코 용납해서는 안 된다"고 플라톤은 주장한다. 그들이 만든 것은 존재자가 아니라 가상에 불과하기 때문에 예술가를 공화국에 용납할 수 없다고 한 것이다.

4. 아리스토텔레스

마케도니아 스타기라 출생으로 의사의 아들이었던 아리스토텔레스 (Aristotle, 384-322 BC)는 17세에 아테네로 나와 플라톤의 제자가 되었다. 플라톤 사후 소아시아 지역에서 연구와 교수 생활을 하다가 마케도니아의 필리포스 2세에게 초대되어 알렉산더를 가르쳤다. 알렉산더가 왕이 되자 기원전 335년에 아테네로 귀환하여 리케이온에서 자신의 학원(리케움)을 열었다. 알렉산더가 사망한 후 아테네에서 반마케도니아 운동이 일어나 아테네에서 추방되었으며, 이듬해 어머니의 고향인 에우보이아섬의 칼키스에서 사망했다. 사물에 대한 백과사전적 지식을 지닌 자연과학자였던 아리스토텔레스의 학원은 서양도서관의 모범이 될 만큼 많은 장서를 갖춘 자연사 박물관이었다. 그의 저작은 대부분 유실되었으나, 현재까지 남아있는 『시학』, 『오르간』, 『윤리학』, 『정치학』, 『수사학』 등은 서양 철학과 문학, 예술의 모든 영역에 큰 영향을 주었다.

플라톤이 현상 너머의 초감각적인 이데아의 세계를 중시했다면 아리스토텔레스는 인간이 감각할 수 있는 세계를 중시하고 그 세계를 지배하는 원인을 인식하려고 노력했다는 점에서 유물론적인 입장이었다고 할 수 있다. 아리스토텔레스는 사물이 존재하는 그 특수 형태 그대로를 인식의 대상으로 보았다. 형식(이데아)이란 물질 없이 존재할 수 없고, 형식 없이는 물질 또한 존재하지 않는다는 것이다. 아리스토텔레스의 사색의 특징은 사고의 대상으로서 주어진 것에서부터 출발하는 경험주의 철학이라고 할 수 있다. 현실주의, 사실주의와 통한다. 현상(사실)에서 출발하여 궁극적인 근거(이상과 관념)로까지 거슬러 올라가 근원성을 추구하는 방식이다.

아리스토텔레스의 예술 철학은 『시학』(Poetics, 335 BC)에 요약되어 있다. 플라톤은 예술가가 예술 작품을 창작하는 행위를 외부 세계를 있는 그대로 모방하는 것이라고 했는데, 아리스토텔레스는 외부에서 들어온 것을 작가의 창조력을 통해 다시 밖으로 내보내는 행위로 보았다. 플라톤의 화가는 사물의 형상이 화가 안으로 들어온(impress) 것을 그대로 모방하는 데 비해, 아리스토텔레스가 규정한 화가의 창작 행위는 안으로 들어온 사물의 인상이 화가의 창의력에 의해 다시 밖으로 표출되는(express) 과정이었던 것이다.

아리스토텔레스의 예술 철학도 모방론이다. 『시학』에서 그는 창작의 본질은 모방(미메시스)에 있다고 말한다. 이 책에서 아리스토텔레스는 비극을 정의하면서, 비극은 본질적으로 숭고한 행위의 모방이라고 했다. 비극은 높은 신분, 또는 고상한 인격을 지닌 개인이 고통을 겪다가 죽음을 맞이하는 이야기이며 그 과정에서 관객들에게 연민(Pity)과 공포(Fear)를 불러일으킨다. 그리고 비극의 목적은 관객의 마음속에 형성된 그 불안하고 불편한 감정을 정화(Catharsis)시키는 데 있다. 아리스토텔레스가 규정한 비극의 주인공은 보통 사람보다 신분과 지위가 높고 고상한 도덕적 수준을 지닌 인물들이다. 이들 고귀한 인물들은 비극적 결함(tragic flaw)을 갖고 있으며, 그 비극적 결함이란 다름 아닌 그들의 운명이다. 그리스 시대 비극은 위대한 인물들이 자신들이 통제할 수 없는 운명이라는 절대적 힘에 저항하여 싸우다가 몰락하는 과정을 그린다. 아리스토텔레스는 소포클레스의 『오이디푸스 왕』을 가장 완벽하고 모범적인 비극 작품으로 평가했다.

5. 의학과 역사학의 출현

의학의 아버지로 불리는 히포크라테스(Hippokrates, 460-375 BC)는 대대로 의사인 집안에서 태어나 당대의 철학자들에게 가르침을 받고 그리스 전역과 이집트 등지를 여행하며 학식을 쌓았다. 펠레폰네소스 전쟁이 발발하자 아테네에서 의술을 베풀었다. 그는 질병의 원인을 자연에서 오는 물리적인 것으로 보았다. 이전까지 사람들은 누군가 병에 걸리면 그 자신 혹은 부모가 저지른 어떤 죄악의 결과이거나 초월적인 존재(신)의 분노가 원인이라고 생각했다. 히포크라테스는 이러한 신화적 태도에서 벗어나 의학을 경험 과학의 하나로 발전시켰다.

히포크라테스는 질병의 치유는 자연에서 오는 것이며 의사는 인체의 자연치유력을 강화시켜 환자가 빨리 회복하도록 도와야 한다고 했다. 또한 각 질병에 잠복기와 발병기, 위험기가 있다는 것을 밝혀내고 각 질병에 대한 임상학적 관찰을 통해 체계적인 진단과 치료가 가능케 함으로써 의학의 발전에 크게 기여하였다. 그는 의사들이 가져야 할 마음과 행동의 지침인 '히포크라테스 선서'와 60여 권의 의학서를 남겼다.

그리스 시대는 역사학이 학문적 체계를 갖춘 시기이기도 하다. 페르시아 전쟁의 전말을 기록한 『역사』는 헤로도토스(Herodotos, 480-420 BC)에 의해 쓰였다. 그는 할리카르나소스(현재 터키) 출신으로 조국의 민주화를 위해 투쟁하다가 아테네로 망명하여 페리클레스, 소포클레스 등과 교우하였다. 망명과 여행의 경험을 바탕으로 당대 페르시아 전쟁을 동양과 서양, 그리스인과 야만인 사이의 대립과 경쟁이 가져온 필연적인 결과라 해석하였다. 헤로도토스는 단순한 역사적 사실을 열거하는 대신 연구와 조사를 통한 역사 기술의 방법론을 정립하는 데 힘썼다. 연구자 자신이 직접적인 경험을 통해 사건과 자료를 수집하여 분석하고 그 인과관계를 객관적이고 과학적인 방법으로 규명하려는 노력은 역사 연구가 신화적 태도를 벗어난 것으로 이해된다.

제7절 비극의 탄생

그리스 비극은 그리스가 인류에게 남긴 또 하나의 값진 유산이다. 고대 그리스에서 연극은 종교적 제의로부터 시작되었다. 원시 사회에서 드라마는 '모방본능'(mimetic faculty)과 '교감마법'(sympathetic myth), '절대적인 존재에 대한 믿음'(a belief in gods), 그리고 '굶주림에 대한 공포'(a fear of starvation) 등 네 가지 요소에 의해 발생되었다. 모방본능은 가장 원초적인 인간의 본능 가운데 하나인 '흉내 내기'이다. 교감마법은 자신의 소원을 다른 대상 혹은 사물에 이입시켜 문제를 해결하려는 노력인데, 저주의 대상을 인형으로 만들어 바늘로 찌르는 행위와 같은 것이다. 농작을 주로 하는 원시농경사회는 작물의 수확을 지배하는 초월적인 힘, 즉 신이 있다는 믿음을 가졌다. 계절의 변화를 생명의 신과 죽음의 신의 대결로 이해하고, 겨울과 함께 죽임을 당한 생명의 신이 봄과 함께 재생한다는 신앙을 "교감마법"으로 표현한 것이 원시적인 형태의 연극이 되었다. 이러한 풍요제에서 나무를 깎아 신의 형상을 만들고 생명의 신과 죽음의 신의 싸움을 무대에서 연출했다. 이에 따라 플롯과 연극적 행위, 절정과 대단원 등 연극의 구성 요소들을 갖추게 되었는데 이때의 풍요제는 연극이면서 동시에 종교적 행위였다. 원시 사회에서 종교와 통합된 형식으로 발생한 연극은 문명이 진행되면서 점차 종교와 결별하게 되었지만 지금도 가톨릭교회의 미사 의식에는 연극적인 요소가 많이 남아 있다.

그리스의 주신(Wine God)이며 풍요의 신인 디오니소스 축제에서 합창제(Choral Song Festivals)의 형식으로 시작된 연극은 이후 경연대회의 형태로 발전을 거듭한다. 11월부터 3월까지 계속되는 제전 가운데, 3월은 디오니소스의 부활을 찬양하며 디오니소스의 성상을 신전에서 시내로 옮긴 후 축제를

디오니소스 축제

벌였다. 이런 종교의식(풍요제)이 차츰 오락의 기능을 더한 놀이마당으로 발전해 나간다.

비극(tragedy)은 그리스어 양(goat/tragos)에서 파생된 용어이다. 축제를 벌이면서 참여자들이 신전을 떠나 마을로 내려와서 제전에 사용되는 희생양(scapegoat)을 중앙에 두고 그 주위에서 춤추고 노래하던 것에서 유래하였다. 희극(comedy)은 반란(revel/komos)을 의미하는 그리스어에서 파생했다. 그래서 희극정신은 근본적으로 기존의 사회 질서와 가치관을 전복시키는 것이다.

"연극의 아버지"로 불리는 테스피스(Thespis)는 기원전 6세기에 활약했던 인물로 알려져 있다. 테스피스는 합창단 중 한 사람을 앞에 세워 말 없는 동작을 하거나 합창단과 문답식의 노래를 하도록 하여 최초로 배우를 사용하였는데, 이런 방식은 극의 줄거리 전개와 극적 변화를 드러내는 일을 용이하게 만들었다. 이 1인 배우가 나중에 2명, 3명으로 확대되었다. 테스피스 자신이 무대에 나서 디오니소스의 탄생과 헤라의 박해로 고생한 어린 시절, 포도

디오니소스 극장. 기원전 6세기. 아테네

주를 가지고 그리스 전역을 정복한 디오니소스의 전설을 이야기하는 배역을 맡았다.

합창단은 시민 중에서 선발하였고 배우는 남자가 맡을 수 있었으며 전문적인 직업으로 인정되었다. 축제 형식의 연극은 기원전 5세기 초부터 경연대회로 발전하였는데, 배우와 감독, 극작가에게 상을 수여하였다. 그리스 비극은 하나의 사건(사건의 일치)이 하루 동안 일어난 일(시간의 일치)을 다루었다. 훗날 로마 시대에 이르러 같은 장소(장소의 일치)가 추가되면서 "연극의 3일치"(Three Unities of Drama)가 완성된다. 그리스 비극은 1. 프롤로그(한 인물이 나와 개막을 알리고 연극의 개요를 설명한다) 2. 파라도스(합창단 (12-15명)이 등장하여 노래를 부른다) 3. 에피소드(연극의 줄거리 부분을 주인공이 연기한다) 4. 스타시마(각 에피소드에 따라 합창단이 노래한다) 5. 엑소더스(합창단이 퇴장한다)로 구성되었다.

그리스 비극에서 격렬한 행동과 자극적인 내용, 살인, 전투 장면은 무대에서 공연되지 않았다. 연극은 야외에서 공연되었는데 비가 적고 날씨가 온화하여 야외 공연에 적합하였다. 무대를 언덕의 아래쪽에 두고 그 무대를 원형으로 둘러싼 언덕 위에 나무 혹은 돌로 계단식 관람석 설치하였다. 그리스 시대 연극은 막이나 장면의 변화가 없고 배우의 움직임도 거의 없는 형식이었다. 배우들은 높은 굽의 신발을 신고 가발과 마스크를 착용했기 때문에 동작이 둔할 수밖에 없었다.

에스킬로스(Aeschlus, 525-456 BC)와 소포클레스(Sophocles, 495-406 BC), 에우리피데스(Euripides, 480-408 BC)는 그리스의 3대 비극 작가로 꼽힌다. 아리스토파네스(Aristophanes, 445-385 BC)는 희극 전통을 대표하는 작가이다. 이들 극작가들은 여러 차례 비극 경연대회에서 우승한 경력을 자랑하는데, 예를 들어 최고의 비극 작가로 평가되는 소포클레스는 모두 24회 우승을 차지한 것으로 전해진다.

비극 작가들은 자신들이 고안한(오리지널) 이야기로 작품을 쓰지 않았다. 그들이 채택한 주제와 인물들은 모두 신화에 등장하는 것들이었다. 스토리 구조가 단순하고 이미 청중들에게 익히 알려진 내용을 드라마 형식으로 표현한 것이다. 그리스 시대 드라마가 크게 유행하고 대규모 극장이 수없이 만들어졌으며 많은 사람이 공연을 관람했던 이유는 연극이 종교 기능을 담당했기 때문이다. 위대한 인물이 자신의 운명이라는 피할 수 없는 비극의 원인에 의해 몰락하는 과정을 보여주고, 관객들이 스토리의 진행 과정에서 동정과 두려움을 느끼다가 감정의 정화를 경험한다는 드라마의 패턴이 청중들에게 감동을 주었던 것이다. 연극을 통해 관객들은 인간의 한계를 자각하고 도덕적인 자세인 겸손을 배우며, 자만심에서 오는 파멸을 경계하는 교훈을 얻을 수 있었다.

에스킬로스의 『결박된 프로메테우스』, 『오레스테스 삼부작』(『아가멤논』, 『제주를 바치는 여인들』, 『자비로운 여신들』), 소포클레스의 『오이디푸스 왕』, 『안티고네』, 『엘렉트라』, 에우리피데스의 『메데아』, 『트로이의 여인들』, 『안드로마케』, 『타우리스의 이피게니아』 등이 현존하는 대표적인 그리스 비극 작품들이다. 희극 작가 아리스토파네스는 『잔치 손님들』, 『구름』, 『벌』, 『리시스타라타』, 『평화』, 『새』 등의 작품을 남겼다.

제8절 로마: 제국의 흥망과 성쇠

1. 로마 공화정

이탈리아반도의 중앙부, 테베레강 유역에 건설된 도시국가 로마는 인류 역사상 최대의 제국으로 건설했다는 평가를 받는다. 아이네이아스의 후손이 라는 로물로스가 기원전 753년 건국했다는 신화를 갖고 있는 로마는 역사적 으로는 기원전 1,000년경 인도유럽어족의 일파가 남하하여 남도 각지에 정 착하면서 시작되었다. 이 중 기원전 8세기에 이주한 에투루니아인들의 문화 가 최상의 것이어서 후세에 강한 영향을 끼쳤고 이후 라틴인이 반도 중부의 서부 연안 라티움(Latium)에 정착하여 기원전 500년까지 에투루니아를 정복 하고 반도 전체를 장악하면서 고대 로마국가 성립되었다.

로마는 포에니 전쟁으로 카르타고를 패망시키고, 이후 그리스와 시리아 를 정복하였으며 스페인, 아프리카, 독일의 일부 지방으로 영토를 확장하여 지중해의 패자로 군림한다. 로마는 왕정(Kingdom)에서 출발하여 공화정 (Republic)을 거쳐 제국(Empire)으로 발전한 역사의 궤적을 보였다. 서기 2 세기 초에 전성기를 구가하면서 유럽대륙 대부분과 중근동(中近東), 북아프 리카와 영국의 잉글랜드, 웨일스, 유고슬라비아, 루마니아, 불가리아, 알바니 아, 그리스, 흑해 주변과 지중해의 여러 섬, 모로코, 알제리, 튀니지, 리비아,

이집트, 터키, 시리아, 이스라엘, 레바논, 요르단, 이라크의 대부분과 이란 북부, 소련령 카프카스까지 이르는 대제국을 건설한 것이다. 로마는 이들 지방과 여러 민족을 단순히 그 지배 아래 두었을 뿐 아니라 그것을 하나의 교역권으로 통합하여 오랜 세월 동안 팍스 로마나라고 불리는 역사적 세계를 만들어냈다.

로마 왕정은 로물루스 이후 6명의 왕이 통치한 시기를 말한다. BC 510년에 이르러 왕이 폭정을 일삼자 왕을 추출하고 공화정이 시작되었다. 처음 250년 동안이 귀족과 평민 두 신분 사이의 다툼과 로마 인근 여러 종족과의 전쟁을 수행한 제1기 공화정(BC 509-264)이다. 이 시기 동안 로마는 민회와 원로원, 정무관(집정권)과 호민관이 균형과 견제를 통해 국가를 경영하는 체계를 확립하였다. 정무관에 취임할 수 있는 평민 최상층 가문과 귀족으로 이루어진 명문(노빌리스)이라는 새로운 지배층이 공화정 말기까지 정치를 지배했다. 시간이 지나며 민회와 호민관의 권한이 강화되었고, 이 시기 동안 이탈리아반도와 서지중해 지역에서 로마의 지배권을 확립했다.

카르타고와의 세 차례 전쟁, 동쪽의 헬레니즘 여러 나라, 에스파냐, 마케도니아와의 세 차례 전쟁 등을 수행하며 광범위한 해외 속주를 건설한 시기가 제2기 공화정(BC 264-133)이다. 이 시기 동안 해외 영토의 확장과 지배는 로마 사회의 본질을 변화시켰다. 군인 계급과 원로원 의원들은 더욱 부유해지고, 오랫동안 전장에 차출되었던 농민들은 노예로 전락했으며, 대토지소유 계급에 의해 부가 독점되었다. 토지를 잃은 농민들은 도시의 노동자로 전락하였고 상류층의 사치와 여성들의 자유 신장, 그리고 로마군의 세력 약화라는 결과를 가져왔다.

그라쿠스 형제(티베리우스와 가이우스)의 개혁운동, 속주들의 저항, 검투사 노예 스파르타쿠스의 봉기, 그리고 두 차례의 삼두정치로 이어지는 내란기는 제3기 공화정(BC 133-31)에 해당한다. 그라쿠스 형제의 외할아버지는 카르타고와의 포에니 전쟁에서 한니발을 물리쳐 로마를 구한 스키피오 아프리카누스였다. 형제의 아버지 코르넬리아는 평민 출신으로 로마 시대 최고 관직인 집정관을 두 차례 역임한 인물이었다. 그라쿠스 형제는 순서대로 호민관에 당선되었는데, 임기 1년, 정원 10명의 당시 호민관은 평민의 생명과 재산을 지키는 것을 임무로 했고, 만장일치로 원로원의 결정에 대해 거부권을 행사할 수 있었으며 국법과 동등한 구속력을 갖는 평민회의(민회)의 의장을 맡았다. 이들 형제는 당시 로마 사회의 가장 심각한 문제였던 귀족들의 토지 독점을 혁파하기 위한 개혁을 단행했지만 정적들의 반대로 그 개혁이 실현되지는 못했다. 동생인 가이우스는 특히 도로 건설에 정성을 기울여, 그의 설계와 감독에 의해 로마 특유의 직선으로 쭉 뻗은 도로들이 도시 곳곳에 건설되었다.

제3기 공화정 동안 로마는 대내외적으로 분열과 갈등의 혼란에 시달리게 된다. 북아프리카와 유럽의 게르만족이 로마의 지배에 거세게 저항하였고, 아테네와 델로스 등지에서도 로마를 분열시키고 약화시키려는 노력이 지속되었다. 기원전 73년 이탈리아 내부에서 검투사 스파르타쿠스를 우두머리로 하는 노예 봉기가 발생하여 로마의 정규군에 의해 진압되기는 하였지만 국가의 안정된 기반을 크게 손상시켰다. 이러한 위기를 극복하기 위해 로마는 이탈리아반도에 살고 있는 모든 사람들에게 로마의 시민권을 부여하는 정책을 채택한다. 이로써 도시국가로서의 로마는 종식되고 로마의 국가구조와 지배 형태에 일대 변혁이 시작되었다. 한편 민회를 지지 기반으로 하는 세력과 원로원의 권위에 의지한 세력 사이의 권력 다툼이 심화된다.

제1차 삼두정치(BC 60)는 카이사르와 폼페이우스, 크락소스가 벌인 권력 다툼을 지칭한다. 갈리아(오늘날의 프랑스)와 영국, 그리고 이집트를 정벌

한 카이사르가 제1차 삼두정치를 종식시키고 로마의 유일한 권력자로 부상하지만 기원전 44년 3월 15일에 원로원에서 살해되고 만다. 옥타비아누스와 안토니우스, 레피투스 사이에서 벌어진 제2차 삼두정치(BC 43)는 기원전 31년 악티움해전에서 안토니우스와 클레오파트라의 연합군을 격파한 옥타비아누스에 의해 종식되었다. 옥타비아누스는 오랜 분열을 종식시키고 로마를 안정시키며 유일한 권력자가 되었다.

2. 제국의 탄생

　1인 지배 체제를 확립한 옥타비아누스는 기원전 27년 원로원에서 '아우구스투스'(존귀한 자)라는 칭호를 부여받으며 황제로 등극하고 로마는 제국이 되면서 본격적인 팍스 로마나(Pax Romana) 시대가 개막된다. 아우구스투스 황제는 행정조직을 정비하고 귀족의 결혼과 출산 및 육아를 장려했으며 풍기(風紀)를 바로 세우고 국가종교부흥을 촉진했다. 이 시기는 라틴문학의 절정기에 해당하며 베르길리우스와 호라티우스, 리비우스 등이 활약한 '아우구스투스 시대'(Augustan Age)를 구가한다. 아우구스투스는 정복전쟁을 피하고 갈리티아와 유대를 속주로 만들었으며 에스파냐를 평정했다. 옥타비아누스 이후 클라우디우스 왕조가 지배한 서기 68년까지를 로마 제정1기로 부른다.

　로마 제정2기(69-192)는 안토니우스 왕조의 시대인데, 양자 황제 시대와 오현제 시대, 그리고 마르쿠스 아우렐리우스의 집권기에 해당한다. 이 시기는 로마 제국이 안정적인 기반을 다지며 평화가 정착되고 제국의 권위가 확대되던 시기였다. 도로망이 정비되고, 원격지 무역이 성행하여 스칸디나비아와 중국, 인도양 국가들과의 교역이 증대되면서 경제활동이 전성기를 맞이했다. 각 도시에 학교와 도서관이 설치되었고 그리스어와 라틴어 2개 언어를 공용어로 하는 제국의 문화적 통일이 달성된 시기이기도 하다. 그리스도교가 소아시아와 이탈리아, 아프리카, 갈리아 등지에 전파되었으나 제국은 이를 박해했다.

로마 제정3기(193-284)는 혼란과 분열의 시기였다. 셉티미우스 세베루스 (재위 193-211)는 군사정변을 제압하고 세루스 왕조를 설립하였는데, 그는 군사정권을 유지하며 원로원을 무시하고 절대적인 권력을 행사했다. 국경의 수비를 강화하고 속주를 세밀하고 엄격하게 통치하는 정책을 폈다. 그의 아들 카라칼라(재위 211-217)는 212년 로마제국의 전 자유민에게 로마시민권을 주는 칙령을 통해 이탈리아인과 속주인 사이의 지배-피지배 관계를 폐지하는 개혁을 단행하였다. 이후 군대에 의해 옹립된 황제들의 시기인 '군인황제시대'(235-284)가 개막하는데, 군인황제 18명 가운데 16명이 암살당할 정도로 혼란한 시기였다. 이 시대는 원로원이 제 역할을 하지 못하고, 번창하던 상공업은 쇠퇴했으며 화폐의 남발로 인한 인플레이션이 발생했다. 대토지(大土地) 독점이 심화되고, 도시의 쇠퇴, 생산의 감퇴, 유통의 마비, 통화의 혼란 등을 겪었으며, 밖으로는 동방의 페르시아와 북방의 게르만족의 침입에 시달렸다.

혼란스러웠던 군인황제시대를 종식시키고 디오클레티아누스(재위 284-305)가 집권하면서 제정4기(284-395)가 개막한다. 디오클레티아누스는 국가통치와 국토방위를 보다 효과적으로 하기 위해 제국을 넷으로 분할하여 통치하였다. 303년 디오클레티아누스는 고대 로마의 전통과 종교의식을 준수할 것을 강요하며 이를 따르지 않는 그리스도교도를 대대적으로 탄압하였다. 이후 발생한 내란을 평정하고 막센티우스를 퇴치한 콘스탄티누스 1세가 즉위(재위 306-337)한다.

콘스탄티누스 1세는 330년 비잔티움의 수도 콘스탄티노플(지금의 이스탄불)을 건설하여 제국의 중심을 동쪽으로 옮겼다. 자기 스스로 그리스도교로 개종한 콘스탄티누스 1세는 그리스도교를 공인하여 후에 그리스도교가 로마의 국교로 채택될 수 있는 기틀을 마련했다. 그는 황제의 신성을 강조하며 원로원은 명목적으로 유지되도록 했다. 콘스탄티누스 황제 시대에 로마의 속주는 116개로 증가했고 비대화된 관료 조직과 확대된 군대를 유지하기 위해 로마는 재정 파탄을 겪어야 했다. 화폐와 세제 개혁을 단행하였으나 국민 경제는 피폐화되고 교회는 대토지 소유자가 되었다. 이후 발렌티니아누스 왕조를 거쳐 테오도시우스 1세가 즉위한다.

3. 제국의 분열과 패망

테오도시우스 1세의 사망 이후 로마제국은 분열하여 제국의 동쪽은 장남 아르카디우스(재위 383-408)가, 서쪽은 차남 호노리우스(재위 393-423)가 분할통치하게 된다. 이후 서로마제국은 게르만 민족의 침입으로 세력이 크게 약화되는데, 401년 서고트족의 침략을 시작으로, 406-407년 반달족과 알라만족, 수에비족, 그리고 451년에는 아틸라 왕이 이끄는 훈족의 타격을 받았다. 455년 테오도시우스 왕조가 단절되고 서로마의 제위는 게르만 무장이 차지하거나 동로마 황제가 보낸 황제에 의해 계승되었다. 서로마제국은 476년 오도아케르가 어린 황제 로물루스 아우구스툴루스를 폐위시키고 제국의 통치권을 동로마 황제에게 반환함으로써 멸망에 이르고 만다. 이후 서로마제국의 거의 모든 지역이 게르만 여러 왕들의 지배를 받는다.

서로마제국의 패망에는 여러 가지 원인이 있었다. 인구와 세입 규모가 동로마제국의 3분의 2에 불과할 만큼 경제력이 열세였으며 국가의 부가 소수

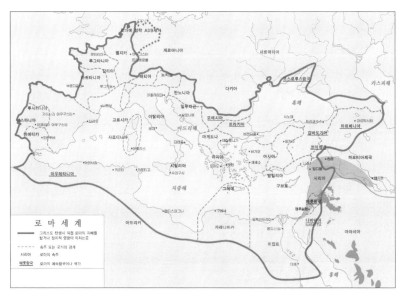

로마 제국의 경계

의 명문 귀족들에게 집중되어 있었다. 대토지를 소유한 귀족들이 고위관직을 독점했으며 중소 농민을 예속화했다. 25만 명의 군사력은 35만 명의 동로마에 미치지 못했다. 문화적인 측면에서는 4세기에 이르러 서로마의 지식인 가운데 그리스어를 해독하지 못하는 사람들이 크게 증가하였고, 그리스도교회 내에서도 서로마의 주교들은 황제의 권력과 교회와의 관계에 대하여 동로마보다 엄격한 태도를 견지했다.

제국의 멸망과 함께 원로원의 기능이 상실되었고, 겨우 교회가 질서를 유지하는 역할을 감당했다. 교황 그레고리우스 1세(재위 590-604) 시대에 교황의 위신이 한시적으로 회복되기도 했고, 교황 레오 3세(재위 795-816)는 프랑크 왕국과 제휴하여 제국의 재건을 도모하기도 했다. 962년 독일과 이탈리아를 통치하던 오토 1세(912-973)가 교황으로부터 신성로마제국 황제로 책봉되면서 신성로마제국이 성립되고 일시적으로 서로마제국의 영광이 재연되기도 했다. 콜론나가 출신의 마르티누스 5세(1417 즉위)는 교회국가의 재건을 기치로 로마를 재건축했으며, 16세기에 이르러 로마는 피렌체에 이어 르네상스 문화의 중심이 되었다. 동로마제국은 오스만 투르크에 의해 1453년 정복될 때까지 비잔틴제국으로 존속한다.

4. 로마 문화의 특질

로마 문화의 특징은 무엇인가? 로마는 그리스가 패망한 이후 그리스 문화를 흡수, 모방했다. 로마인들은 타민족을 점령하고 곧 그 민족의 문화적 유산과 장점 등을 능동적으로 흡수하는 특징을 보였다. 그리스와 로마 문화를 고전주의(Classicism)로 동일시하지만 실제는 대단히 이질적인 문화였다. 로마에 의해서 그리스의 헬레니즘 문화가 전 세계적으로 확산되고 보존되었다. 로마인들은 그리스인만큼 창조성이 풍부하지는 않았지만 실용성을 중시했다. 로마는 공화정 말기에서 제정 초기까지 문화적인 황금기를 구가했다.

로마 문화의 특성을 이해하는 척도는 바로 "도덕률"이다. 로마가 침략과 점령, 속주 통치를 통해 성장했고, 또 사치와 타락으로 인해 제국이 몰락하고 말았다는 지적이 있지만, 실제 로마는 근본적으로 헌신적인 국가(a dedicated nation)였다. 보다 더 높은 행위 규범과 인류의 영광을 위해 헌신하려는 정신이 강했다. "책임감"(Duty, 의무의 충실성과 규율을 지키는 일), "도덕적 진지성"(Discipline, 자신의 한계를 자각하고 자신보다 우월한 존재에 대해서는 복종해야 한다고 생각) 그리고 "성취"(Achievement, 의무나 규율에 대한 추상적인 각성은 무의미하고 구체적인 목표를 설정하고 달성하려는 노력)를 로마인의 3대 정신으로 꼽는다.

로마의 콜로세움

　로마인들은 타인의 의견을 존중하고 조직을 위해 헌신하는 태도를 견지했으며, 군, 행정, 법의 조직에 능하여 거대한 국가를 효율적으로 운영했다. 국가는 엄격한 부모와 같은 존재였고 공정하고 인내하는 모습을 보이는 한편 위법에는 가혹하게 대했다. 국가와 신, 그리고 가정의 권위를 중시했으며 대중의 의견을 최고의 가치로 존중하였다. 로마인들은 종교의 자유와 사상, 표현의 자유를 허용하였고, 그리스 문화를 수용하고 창조적으로 모방함으로써 서구 문화의 전통을 계승 발전시켰다.

　로마는 실용적인 분야에서 뛰어난 업적을 남겼는데, 건물과 교량, 수로와 도로, 공중목욕탕, 원형경기장 등 기능적인 면과 예술적인 면에서 뛰어난 기념비적인 건축물들을 유산으로 남겼다. 로마인들은 뛰어난 "조직력"(Organizer)을 발휘하여 군대와 정부, 사법부 등을 효율적으로 조직하고 운용하기도 했다. 그들은 의무나 규율에 대한 추상적인 각성은 무의미하다고 여기며 구체적인 목표를 설정하고 그것을 달성하는 것에 의미와 가치를 부여했다. 이들의 이러한 실용주의적 사상은 훗날 물질주의를 배양하고 도덕적인 타락과 사치를 만연케 하여 제국을 패망의 길로 이끄는 데 기여하기도 한다.

최초의 라틴어 작가인 노예 출신의 리비우스(Andronicus Livius, BC 272-207), 그리스적인 것을 로마적인 것으로 변용한 극작가 플라우투스(Plautus, BC 254-184), 웅변가이며, 정치가, 철학자, 시인으로서 서양 산문의 개척자로 불리는 키케로(Marcus Cicero, BC 106-43) 등이 활약했다. 아우구스투스 시대의 영광을 대서사시『아에네이드』(Aeneid)로 표현한 베르길리우스(Virgil, BC 70-19)와『시론』(Ars Poetica)을 저술한 호라티우스(Horace, BC 65-8),『변신』의 작가 오비디우스(Ovid, BC 43-AD 17) 등이 로마를 대표하는 시인들이다. 농민 출신이었던 베르길리우스는 아우구스투스 시대의 영화를 찬양하고 로마제국의 이상을 옹호하기 위해 호머를 모방하여 로마의 건국 신화를 다룬 대서사시『아에네이드』를 저술했다. 그리스 비극의 전통을 훌륭하게 계승한 세네카(Seneca, BC 3-AD 65)와『고백록』을 쓴 성 아우구스티누스(St. Aurelius Augustinus, 354-430), 그리고 역사가로서 게르만족의 특성을 기록한『게르마니아』의 작가 타키투스(Cornelius Tacitus, 55-117) 등도 로마 문화의 전성기를 장식했다.

제2장
헤브라이즘의 이해

●

제1절 히브리 민족과 유대 왕국

기원전 1000년경부터 수백 년 동안 아테네를 주축으로 한 헬레니즘 문화가 지중해를 중심으로 발전해 나가는 동안 지중해의 동쪽 팔레스타인 지역에서 또 다른 고급스러운 고대 문화가 잉태되고 있었다. 히브리인으로 알려진 소규모의 민족 집단은 독특한 종교사상을 중심으로 서쪽의 헬레니즘과는 전혀 다른 자신들의 고유한 문화를 발전시켰다. 이들은 초기 소박한 유목 생활을 하며 주변의 타민족들과 격리된 채 독립적인 민족국가로 발전되어 갔다. 히브리족은 인종적으로는 셈족(Semitic stock)에 속했는데, 셈족은 바빌론인, 앗시리아인, 페니카아인 등 다양한 아랍인종을 포함한 오늘날의 중동인종에 해당한다. 히브리족은 아라비아 사막의 언저리에서 다른 종족들과는 격리된 채 작은 민족 집단을 이루어 독자적인 문화와 전통을 이어갔다.

오늘날 인도의 서쪽, 아프가니스탄과 이란으로부터 아프리카의 북단 이집트에 이르는 광대한 중동 지역은 거칠고 메마른 사막과 황야 지대이다. 그 사막 지역의 한가운데, 오늘날 이스라엘과 레바논, 요르단이 위치한 지중해의 동쪽 해안지대는 상대적으로 비옥한 땅을 갖고 있었다. 히브리족이 자리잡은 팔레스타인 지역이 바로 이 비옥한 땅에 속해 있었다. 이 지역은 군사적 요충지였으며 동과 서의 문명이 교차하는 통로였다. 수천 년 동안 이 지역을 차지하기 위해 페르시아와 바빌론, 앗시리아, 마케도니아, 로마 등이 패권을 다퉜고, 그 틈바구니에서 히브리인들은 식민 지배와 민족적 수난의 역사를 간직한 채 명맥을 유지했다. 20세기 중엽에 이스라엘이 건국된 이후 이 지역은 유대인들과 아랍계 팔레스타인인들 사이에 처절한 분쟁의 지역이 되었다. 오늘날 아랍계 팔레스타인 사람들은 가자 지구와 여리고, 라말라 지역 등 일부 요르단강 서안 지역에 거주하고 있으며, 그 밖의 이스라엘 전 지역은 유대인들이 차지하고 있다. 아랍인들은 유대인들과 아랍계 팔레스타인 사람들이 살고 있는 지역을 모두 팔레스타인이라고 부르는 반면 이스라엘 사람들은 이 지역을 모두 이스라엘이라고 한다. 이 책에서는 지리적인 개념으로 팔레스타인 지역으로 부르기로 한다.

히브리인들이 자신들의 믿음의 조상으로 추앙하는 아브라함(Abraham)은 역사적인 인물은 아니었다. 아브라함은 기원전 2000년경, 신의 계시를 받아 동족을 이끌고 유프라테스강 유역의 칼데아우르를 떠나 가나안(Canaan, 팔레스타인)으로 이주했다. 이때 이 지역에 살고 있던 사람들(가나안 사람들)이 새로 유입된 이 민족을 히브리인(방랑자들)이라 불렀다. 초기 히브리인 공동체는 아브라함과 그의 아들 이삭(Isaac), 이삭의 아들 야곱(Jacob), 그리고 다시 야곱의 아들 요셉(Joseph)이 영도하는데, 유대의 역사는 이 시기를 4족장 시대로 기록한다. 이들 족장들은 세속적인 지도자와 군사적·종교적 지도자를 겸한 신분이었는데, 왕은 아니었기 때문에 유대인 공동체 또한 아직 왕국으로 발전하지는 않았다.

요셉의 시대에 가나안 지역에 가뭄이 계속되자 히브리인들은 보다 비옥한 땅을 찾아 이집트의 북동부 고센지역으로 이주한다. 이때가 기원전 1700년경이었다. 노예로 팔려갔던 요셉이 이집트 왕 파라오의 신임을 얻어 고위직에 재임하고 있었기 때문에 히브리인들은 비교적 우호적인 분위기 속에서 정착할 수 있었다. 하지만 시간이 지나면서 이집트 민족주의 성향이 강한 왕이 즉위하게 되고, 그때부터 히브리인들은 억압과 박해를 받기 시작하여 실제로 오랜 기간 동안 노예와 같은 신분으로 살았다. 히브리인들은 400년을 이집트에 머물게 되는데, 고난이 계속되었으나 유일신 사상과 선민의식 등의 특별한 종교적 공동체 의식에 의해 끈질긴 민족적 일체감을 유지했다.

기원전 1290년 최초의 역사적 민족 지도자인 모세(Moses)가 출현한다. 이집트 왕녀가 입양해서 기른 아들이었던 모세는 실제로는 이스라엘 민족의 후손으로 알려졌으며 출애굽(Exodus)을 지도하여 히브리인들은 40년의 힘든 여정 끝에 가나안에 복귀한다. 이때가 기원전 1200년경이다. 그런데 이들은 실제로는 400년 전에 떠났던 팔레스타인 지역 전체가 아니라 그 일부 지역을 차지하고, 이후 200년(기원전 1225-1025) 동안 이 지역 전체를 차지하기 위해 미디안(Midianites), 아말렉(Amelakites), 블레셋(Philistines) 종족 등과 전쟁을 수행한다.

이 시기가 유대인들에게 국가의 형태를 갖추지 못한 역사적 정체기에 해당하지만 '사사'(Judges)라고 불리는 지도자 계급을 중심으로 민족적 정체성을 유지하며 민족의 활로를 계속 모색해 갔다. 사사는 오늘날 어휘로는 재판관이란 뜻이지만 당시에는 제사장과 군사 지도자를 겸한 신분을 의미했다. 사사는 유대인 각 지파에서 한 명씩 선출했는데 구약성서에는 12명의 사사가 기록되어 있다. 옷니엘, 기드온, 삼손 등과 함께 여성 사사인 드보라가 이에 포함되고 최후의 사사인 사무엘을 거쳐, 사무엘이 사울을 왕으로 추대하면서 왕국이 시작된다.

사사의 통치기를 거쳐, 예언자 사무엘(Samuel)이 등장하는데, 그는 이스라엘 민중의 존경을 받는 강력한 종교 지도자였다. 이 시기에 이스라엘 민족에게 가장 막강한 적대 세력은 블레셋(Philistines) 민족이었다. 블레셋족은 지중해의 섬에서 발흥한 해양 민족으로서 아브라함보다 먼저 팔레스타인 지역에 이주해 있었던 세력이었다. 모세가 히브리 민족을 이끌고 출애굽을 할 때도 블레셋 지역을 피해 광야로 우회해야 할 만큼 강력한 군사력을 유지하고 있었다. 목동 출신의 이스라엘 소년 장수 다윗(David)이 블레셋의 맹장 골리앗(Goliath)을 퇴치하여 전설적인 인물이 되면서 '다윗과 골리앗'이라는 표현은 상대가 되지 않을 만큼 막강한 적을 격퇴시킨 일을 가리키는 말이 되었다.

사무엘은 유대의 역사가 신정정치에서 왕정정치로 넘어가는 과도기에 활약한 지도자였는데, 자신의 두 아들을 사사로 임명하여 권력을 승계하려고 했다. 그런데 그들이 뇌물을 취하고 불의를 행하여 백성들의 원망을 사게 되자 자신의 아들이 아닌 30세의 젊은 지도자 사울(Saul)을 왕으로 추대한다. 사울은 유대인의 역사에 등장하는 최초의 왕이었다. 사울은 훌륭한 군사전문가였으나 우울증과 정서 불안에 시달렸고 국민들의 인기가 높은 다윗을 질투했다. 사울에게 요나단(Jonathan)이라는 아들이 있었는데 요나단과 다윗은 우정을 유지했던 것으로 전해진다. 사울이 전쟁 중 사망하자 사무엘은 다시 다윗을 왕으로 지명하여 왕권을 이양한다. 초기 이스라엘 왕국에서 왕위가 세습되지 않았다는 사실을 알 수 있다.

흔히 이스라엘의 2대 왕으로 언급되는 다윗은 히브리 민족의 역사상 가장 위대한 군주였다. 신앙심이 투철하여 하나님으로부터 만복을 받은 인물이며 블레셋의 거인 장수 골리앗과의 싸움에서 돌팔매를 날려 이마 정중앙을 맞춘 다음 그의 칼을 빼앗아 목을 벨 정도의 뛰어난 전사였다. 다윗은 구약성서 「시편」에 수록된 대부분의 시를 쓴 시인이었으며 열정적인 음악가였고, 유능한 행정가였다. 다윗 왕 시대에 유대인들은 역사상 가장 넓은 국토(팔레스타인 전역)를 차지하고 시리아 등 이웃 나라들의 조공을 받는 지위를 누렸다. 통일된 이스라엘 왕국의 왕으로 등극한 다윗은 예루살렘을 수도로 정하고 수많은 전쟁에서 승리하여 영토를 확장하였다. 예루살렘은 시온(Zion)산 인근에 위치한 경치가 대단히 아름답고 난공불락의 요새와 같은 도시였다. 다윗은 유대 민족 부족 간의 오랜 갈등을 해소하고 왕국을 원래의 12개 지파에 해당하는 12개 지역으로 분할하였으며, 성궤(Ark of the Covenant)를 예루살렘으로 운반하여 수도가 정치와 종교의 중심지가 되도록 했다. 성궤는 십계명을 새긴 2장의 석판이 보관되어 있던 상자인데 길이가 1.2미터, 폭과 깊이가 각각 79센티미터로 안팎이 연판으로 쌓여 있고, 금장식이 되어 있었다. 유대인들이 신성시하는 성궤는 다윗이 예루살렘으로 옮기고 솔로몬 시대까지 전승되었으나 바빌론 유폐기에 상실되었다. 향후 예루살렘은 유대교와 그리스도교, 회교도의 성지가 되면서 끝없는 분쟁의 대상이 되기도 하였다.

신앙과 정의를 기반으로 이스라엘을 통치한 다윗은 존경과 경외의 대상이었고 하나님의 축복을 받은 인물이었지만 말년에 실족하기도 한다. 다윗 시대는 일부일처제 사회가 아니었기 때문에 다윗은 10여 명의 부인에게서 40여 명의 자손을 생산하였다. 그런데 다윗은 자신의 부하 우리아의 아내인 밧세바와 간음하고 우리아를 전쟁에 나가 사망하게 만드는 죄를 범한다. 이에 대해 당대의 위대한 선지자 나단(Nathan)은 '가난한 과부에게서 암양 한 마리를 빼앗은 부자'의 비유(parable)를 들어 다윗의 잘못을 신랄하게 질책했

미켈란젤로의 다비드상   다윗과 선지자 나단

고, 다윗 집안은 하나님의 분노를 사서 살인과 간음, 강간, 근친상간이 벌어
지는 형벌을 받게 된다.

다윗의 큰아들 암논은 배다른 여동생 다말을 강간하고, 다말의 친오빠인
압살롬은 동생의 복수를 위해 암논을 살해한다. 다윗이 밧세바에게서 낳은
아들은 사망하고 밧세바는 훗날 솔로몬을 다시 낳았다. 서자로 태어난 압살
롬은 암논을 살해하고 두려움 때문에 3년 동안 도피 생활을 한 뒤 반란을 일
으켰다. 압살롬의 반란은 한때 성공하여 예루살렘을 장악하고 다윗은 도피했
으며 압살롬은 다윗의 후궁들을 범하기도 한다. 압살롬의 군대를 제압하고
다시 왕위를 찾은 다윗은 솔로몬에게 왕위를 계승한다. 17세기 영국의 시인
존 드라이든(John Dryden, 1631-1700)은 이를 소재로 「압살롬과 아키토펠」
("Absalom and Achitophel", 1681)을 썼다.

다윗이 사망한 후 왕위를 계승한 솔로몬(Solomon)의 시대(기원전
970-930)는 히브리인 역사의 가장 위대하고 영광스러운 시대였다. 솔로몬은
블레셋인들을 지중해로 몰아내고 주변 국가들과 종속적 관계를 맺었으며, 이

지역을 통과하는 무역상들에게 통행료를 징수하여 국부가 증가하였다. 그는 왕궁과 사원을 짓고 왕비들과 첩들을 거느리며 지상의 영광과 권세를 누렸다. 솔로몬은 7년 공사를 통해 성전을 건축했고, 300명의 아내와 700명의 후궁을 거느렸던 것으로 알려졌다. 이집트 등 인근 국가의 왕녀들과도 결혼했고, 이방의 신을 예배하도록 허용하기도 했다. 그래서 지혜롭고 총명했으나 지나치게 사치했다는 평가를 받으며, 그의 통치하에서 국민들은 낮은 임금과 높은 세금의 고통을 감내해야 했다. 솔로몬은 왕권을 강화하여 왕이 대제사장을 지명함으로써 세속적 권력이 종교적 권력을 지배하는 시대를 열었다. 솔로몬은 40년 동안 통치했다.

고대 유대인의 왕국은 솔로몬 사후에 북쪽의 이스라엘(Israel) 왕국과 남쪽의 유대(Judah) 왕국으로 분열되었다. 이후 이스라엘 왕국은 시리아, 유대 왕국은 이집트와 전쟁을 수행하면서 두 왕국의 세력은 급속히 약화되었다. 분열된 남북조시대는 200년을 지속하다가 기원전 733년 앗시리아가 침공하여 이스라엘 왕국과 유대 왕국을 모두 점령하고 기원전 722년 북부 이스라엘 왕국을 패망시킨다. 남쪽의 유대 왕국은 강대국들 사이에서 균형 외교를 펼치며 명맥을 유지해 나갔다.

국가가 분열과 외세의 침입에 의해 위기를 겪고 패망의 길로 가는 이 시기에 아모스(Amos)와 호세아(Hosea), 미가(Micah), 이사야(Isaiah) 등 4명의 유력한 히브리 예언자들이 출현하여 이스라엘과 유대 백성들에게 신의 메시지를 전달했다. 이들은 유대 민족이 겪는 이러한 고난을 하느님이 믿음을 저버린 백성들에게 주는 경고라고 선언했다. 두 명의 위대한 선지자 가운데 아모스는 이스라엘 왕국에서 활동한 반면, 이사야는 주로 유대 왕국과 예루살렘을 대상으로 활동했다.

기원전 8세기부터 7세기까지 팔레스타인 지역의 패권을 다투던 두 나라는 이집트와 앗시리아였다. 이 무렵 근동지역에서 새로운 강자로 등장한 바빌로니아의 느브갓넷살(Nebuchadnezzsar)왕이 기원전 605년 이집트와 앗시리아 연합군을 패퇴시키고 이 지역을 장악하면서 유대는 바빌로니아의 지배하에 들어간다. 느브갓넷살왕은 기원전 597년 예루살렘을 침공하여 많은 유대 지도자들을 포로로 잡아가고 기원전 586년에는 유대 왕국을 붕괴시킨다. 이후 50년을 "바빌론 유폐"(Babylonian Exile/Captivity) 기간이라 부르며, 이때부터 히브리족을 유대인이라 부르게 되었다.

바빌론 유폐 기간 동안 유대인들에게는 선지자 예레미야(Jeremiah)가 출현하였고, 이 유폐 기간 동안 성전이 없어서 임시로 예배드리던 장소였던 시나고기(Synagoge)가 유대인들의 예배소로 정착하게 된다. 기원전 538년 페르시아가 바빌로니아를 정복하면서 유대인들은 해방되어 예루살렘으로 귀환하였고, 이를 기념하여 새로운 성전을 건축하였다. 기원전 333년에 마케도니아의 알렉산더 대왕에게 정복당하면서 최초로 헤브라이즘이 고대 문명(헬레니즘)에 노출되는 계기가 되고, 이후 헤브라이즘 문화는 세계화의 과정을 밟게 된다. 많은 새로운 고대 문화의 유입으로 유대민족 특유의 동질성을 상실하고 새로운 문화와 동화되기 시작하면서 교회의 부패와 세속화가 진행되기도 했다.

기원전 323년 알렉산더가 사망한 후 이스라엘은 일시적으로 그리스의 지배를 받다가 기원전 2세기경 유대인 지도자 유다스 마카베우스(Judas Maccabeus)가 부흥운동을 전개하여 교회와 민족 정화 운동을 펼쳤고, 종교적 지배세력인 바리새인(Pharisees)과 세속적인 권력을 장악한 사두개파(Sadducees)가 분열된 상태로 수십 년간 독립 국가를 형성하다 기원전 63년 로마 제국의 한 주로 편입되어 로마의 지배를 받게 된다.

예루살렘

　예수의 출생과 생애를 전후하여 유대 지역은 헤롯 왕가에 속한 4명의 왕
의 지배를 받았다. 헤롯 대왕으로 불리는 헤롯 1세는 유대인의 혈통으로 태
어나지는 않았지만 유대 마지막 왕조의 어린 공주와 결혼하여 유대교로 개종
한 다음 안토니우스와 옥타비아누스 등 로마 유력 정치인의 후원으로 유대의
꼭두각시 왕(Puppet king)이 되었다. 그는 헤롯 왕조를 세우고 기원전 37년
부터 34년 동안 유대 왕국을 통치했다. 그의 재임 기간 중 나사렛(Nazareth)
출신의 예수 그리스도(Jesus Christ)가 출현하였고, 유대의 왕이 태어났다는

소문에 두려움을 느낀 헤롯 1세는 갓난 사내아이들을 모두 학살하는 만행을 저지른다. 그는 도시를 건설하고 농업을 장려하여 유대의 경제적 기반 확충에 힘쓴 선견적인 통치자이기도 했고 기원전 25년 유대 지방의 대가뭄으로 기근이 만연하자 이집트로부터 곡물을 수입하고 세금을 감면해 주기도 했다. 예루살렘 성전을 화려하게 재건하여 솔로몬의 영광을 재현하려 했던 헤롯 1세는 정신분열을 일으키고 친족살인을 반복하여 폭군이라는 인상을 남겼다. 세례 요한을 참수하여 그 목을 자신의 딸 살로메에게 주었다는 헤롯 안티파스는 헤롯 1세의 아들이다.

예수는 기적을 행하고 복음을 전파하다가 로마의 행정관 본디오 빌라도(Pontius Pilate)의 재판을 받고 십자가에서 순교한 다음 부활의 기적을 이루어낸다. 예수가 사망한 후 유대인의 신앙은 예수를 메시아로 믿고 그의 가르침을 추종하는 그리스도교(Christianity)와 민족 고유의 유대교(Judaism)로 분열되면서, 유대교는 민족 종교로 남고 기독교는 세계종교로 확산되어 간다. 헤롯 1세가 죽은 뒤 유대 지역을 직접 통치한 로마가 유대인의 관습과 종교를 인정하지 않자, 이에 유대인들은 여러 차례 반란을 일으킨다. 이 반란들은 모두 진압되었으며 로마는 이스라엘 땅의 이름을 유대인이 싫어하는 팔레스티나족의 이름을 딴 팔레스타인으로 바꾸고 유대인들을 추방한다. 많은 유대인이 살해되거나 쫓겨나서 유랑을 시작하는데, 서기 70년을 공식적인 디아스포라(Diaspora)가 시작된 해로 본다. 유대인 민족공동체는 해체되었고 종교 지도자 계급인 바리새인들은 약화되었으며, 교사 혹은 율법해석사인 랍비(Rabbis) 계급이 세력을 형성하여 히브리 민족의 역사, 종교적 신념을 지키고 민족을 교육시키는 역할을 담당했다. 이들은 이방인들(Gentiles)과 교제하지 않는 전통을 수립하고 탈무드(Talmud)를 삶의 지침서로 삼았다.

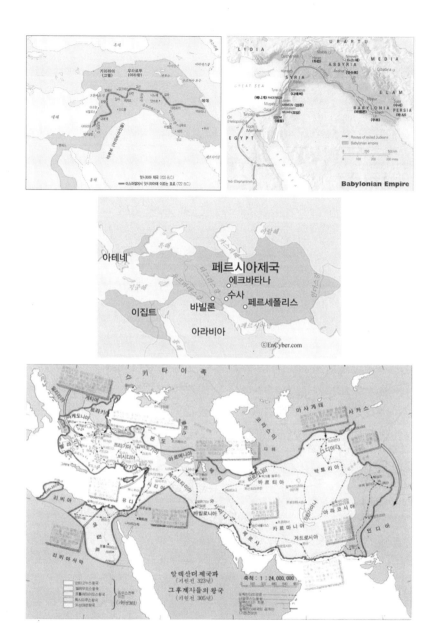

앗시리아와 바빌로니아, 페르시아와 마케도니아

유태인 회당

　이후 20세기에 이르기까지 유대인의 역사는 이주와 추방, 박해와 이산의
역사였다. 3세기경 바빌론이 이들을 수용하여 임시로 많은 유대인이 이주하
기도 하고, 서기 1000년경 이슬람교가 받아들였을 때는 스페인으로 집단 이
주하기도 한다. 1215년 교회는 '유태인 금지령'(Jew Badge Law)을 공포하여
유대인이 토지를 소유하는 것을 금지했는데, 이후 유대인은 상업에 종사하며
무역과 금융에서 세력을 형성하였다. 세계적으로 흩어져 살던 유대인들은 제
2차 세계대전 이후 유엔의 도움으로 팔레스타인 고토를 회복하고 1949년 이
스라엘로 독립한다.

제2절 유대교와 유대주의

　신정일치와 유일신 사상(Monotheistic)은 히브리 민족 종교의 가장 큰 특징이며, 바빌론, 그리스, 이집트 등 다른 고대문명의 종교관과 뚜렷한 차이를 보이는 지점이다. 유대인의 신인 야훼(Yahweh)는 보편적인 신이며, 정의의 신, 질투의 신, 성스러운 신, 복수의 신, 질투하는 신이기도 한데, 여호와(Jehovah)로 불리기도 한다. 그 신은 "나 이외에 다른 신을 섬기지 말라"고 요구한다. 유대인들은 다른 민족들과는 달리 신과 인간의 밀접한 관계를 중시했다. 그들의 신은 중요한 지도자들과 개인적이고 밀접한 관계를 맺었는데, 그는 인간을 "아담아", "아브라함아", "모세야"라고 직접 부른 것으로 기록되어 있다. 유대인의 신은 근본적으로는 약하고 가난한 사람들을 돕고 보호하라고 가르쳤다.

　유대인들의 유일신은 다양하고 융통성 있는 해석이 가능한 신이었다. 그들의 신은 여러 가지 서로 다른 많은 모습을 갖고 있었고 때로는 모순적인 모습으로 나타나기도 했다. 그래서 각 개인이 자신의 개인적인 문제를 해결하기 위해서 적용 가능한 신의 모습을 도출할 수 있었다. 예컨대 복수가 필요한 사람은 복수의 신을, 용서가 필요한 사람은 용서의 신을 찾을 수 있었던 것이다. 이처럼 초기에 다신론과 같은 특징을 보이던 유대인의 종교사상은 차츰 유일신 사상으로 변모해 가는데, 유대인들은 시나이산에 거주하는 자연신(Natural deity)을 야훼라 불렀다. 제임스 1세(King James I) 판본 성경에서 이를 여호와로 기록했다.

유대교와 그리스도교

　유대인의 신 야훼는 불(혹은 활화산)의 형태로 나타나 다른 신을 섬기는 인간을 응징하고 처벌하는 질투의 신의 면모를 보인다. 그 신은 홍수로 인간 세계를 멸절시키고 소돔과 고모라를 불로 태우며 고통과 질병, 기아, 그리고 군사적인 패배를 유대인들에게 안겨준다. 그 신은 인간의 제사를 받는데, 인간은 동물과 새, 곡물 등의 희생물을 태우는 번제를 드려야 했다. 한편으로 그 신은 인간적인 모습을 보이기도 하는데, 에덴동산에서 아담과 이브에게 말을 건네기도 하고 아브라함과 이삭의 출생을 놓고 흥정을 하기도 한다. 초기의 다소 미숙하고 불안하던 모습을 보이던 신은 차츰 권위 있는 우주의 창조자, 인류의 지배자, 선택된 이스라엘 민족의 유일한 신으로 발전해 간다.

　유대인의 종교는 국가적인 종교였다. 유대인들의 종교적 축제일은 국가적 기념일과 일치한다. 그 권위가 너무나 강해서 수천 년의 역사를 통해 변하지 않는 유일한 진리로 작용하고, 종교적인 의식과 율법이 국가의 형태, 윤리적 규범, 관습과 행위 규범, 경제 원리, 위생 관념 등 개인과 집단의 삶 전체를 지배함으로써 신정일치의 국가를 실현했다. 유대인의 종교는 직관적이며 신비적이고 정신적 존재와의 교감을 중시한다. 유대인들은 끊임없이 신을 배신하고 그들의 신이 금지한 우상숭배의 어리석은 행동을 되풀이했다. 또한 유대인의 율법은 대단히 복잡하고 엄격한 것이어서 그것을 모두 철저하게 지키는 일은 무척 어려운 일이기도 했다. 유대인들은 때때로 그 율법을 어기고 주변의 느슨한 타종교에 빠지기도 했지만 항상 다시 그들의 유일신 숭배로 돌아왔다.

천사는 야훼의 종이면서 인간에 대한 신의 메신저 역할을 한다. 천사들의 우두머리는 천사장(Archangel)인데 가브리엘(Gabriel)은 신의 은혜를 인간에게 전달하는 임무를 맡고, 미카엘(Michael)은 천군천사를 지도하고 인간을 응징하는 책임을 맡으며, 라파엘(Raphael)은 치유의 능력을 인간에게 베푸는 역할을 한다. 한편 빛의 천사장 루시퍼(Lucifer)는 하나님을 섬기지 않기로 반란을 일으킨 타락한 천사장인데 미카엘이 진압하여 지옥에 가두었다고 한다. 루시퍼는 곧 인간을 유혹하여 죄에 빠뜨리는 사탄(Satan)의 우두머리로 인식되는데, 에덴동산에서 이브를 유혹하는 뱀(serpent), 광야에서 기도하는 예수에게 세 가지 질문을 던진 사탄 등이 그 예에 속한다. 17세기 영국의 시인 존 밀턴의『실낙원』(*Paradise Lost*)의 소재가 되기도 하는 천사장 루시퍼 이야기는 정통 유대교에서는 인정하지 않고 있는 실정이다. 지옥과 천당의 개념은 후에 그리스도교에서 채택한 아이디어이다.

유대인 종교지도자의 계급은 사제 계급(제사장, The priests)과 선지자 계급(예언자, The prophets, 신의 대변인)으로 구분된다. 사제 계급은 아론(Aaron)의 후손들이며 엄격한 전통을 고수하는 종교 지도자 집단이었다. 선지자 계급은 아무 계층에서나 출생할 수 있었다. 이들은 예언의 능력을 갖고 실제 미래의 일을 예견하기도 했지만, 그보다는 순수한 신앙의 가치를 강조하고 율법을 지키지 않는 사람이 겪을 수 있는 불행을 경고하는 일을 담당했다. 솔로몬 사후 왕국이 분열되던 시기에 선지자의 수가 급증했고, 바빌론 유폐기 동안 전성기를 이룬다.

선지자들은 공통적으로 사회적 부정의를 고발하고 허례 의식과 위선적인 행위를 비난했으며 하나님과 인간의 영적인 교제를 강조했다. 최초의 선지자로 꼽히는 아모스는 기원전 8세기에 활약했는데, 도덕적 행위와 가난한 자들에 대한 보호를 강조했고, 호세아는 이스라엘을 하나님의 신부로 비유했으며, 메시아사상을 정립한 이사야는 최후의 심판을 통해 선한 자는 영원한 삶을, 악한 자는 영원한 처벌을 받는다는 사상을, 예레미야는 바빌론 유폐 기간 동안 신과 인간의 개별적인 관계를 강조하며 시나고기를 인정했고, 나단은 다윗왕의 악행을 고발했다.

율법을 고수하려는 제사장 계급과 신의 목소리를 전하는 선지자 계급은 늘 갈등 관계를 형성하며 유대인의 삶을 지배하는 역할을 담당했다. 제사장 계급은 기원전 4세기경부터 분열을 시작하여 바리새인들에 대해 저항하는 사두개파(제사장 계급의 일파, 후에 세속적인 권한을 독점함)와 에세네파 (Essenes, 금욕주의, 신비주의)로 분리되었다.

메시아(Messiah)사상과 종말론적 역사관(세계관)은 유대인의 종교 사상의 핵심어이다. 선지자 이사야가 확립하고 이후 많은 예언자들이 언급한 메시아사상은 유대 민족에게 구세주가 나타나 세상을 심판하고 새로운 왕국을 건설하며 모든 의로운 사람들을 구원한다는 믿음 체계이다. 유대 민족이 장구한 고난의 역사에도 불구하고 희망을 잃지 않았던 이유는 현세에서의 고난이 결국 그들을 천국으로 인도할 것이라는 메시아사상 때문이라는 설명이 가능하다. 유대인들은 예수를 메시아로 알고 환영했으나, 그가 정치적·군사적 봉기를 거부하자 배신감에 의해 그를 처형했다.

유대 민족은 자신들이 "하나님의 자녀"로 선택된 민족이라는 선민사상 (Chosen People)으로 무장하고 주변의 타민족에 대해 배타적인 태도를 유지하였다. 19세기 후반 러시아와 유럽을 휩쓸었던 반유대주의에 대한 반동으로 옛 시온(Zion) 땅에 유대민족국가를 건설하자는 움직임이 시오니즘(Zionism) 운동이다. 헝가리의 저널리스트 데오도르 헤르즐(T. Herzl)의 제안으로 1897년 첫 "시오니스트회의"가 소집되어 국가를 재건할 목표를 공개적으로 선포하였다. 1897년부터 1901년까지 5차례 "시오니스트회의"를 개최하였고, 1905년 러시아혁명 실패 이후 유대인에 대한 학살과 억압이 시작되자 러시아의 젊은 유대인들이 팔레스타인으로 이주하기 시작한다.

제1차 세계대전이 끝나면서 팔레스타인 지역을 영국이 점령함에 따라 유대인들의 꿈이 실현될 가능성이 보이기 시작한다. 1917년 영국의 국무상 발포어(Balfore)는 팔레스타인 지역에 유대 국가를 건설하도록 약속하는 성명서를 발표한다. 이 선언에 따라 수많은 유대인들이 전 세계에서 팔레스타인에 돌아와 정착하기 시작하는데, 실은 당시 팔레스타인은 영국의 식민지가 아니었다. 1914년에 팔레스타인에 이주한 유대인이 9만 명이었는데, 1925년에는 10만 8천 명, 1933년에는 23만 8천 명으로 증가하였다.

이 과정에서 아랍인들이 극렬하게 반대하고 긴장이 고조되자 1947년 국제연합이 개입하여 유럽에 거주하던 60만 명의 유대인들을 팔레스타인으로 들어오게 하기 위해 이 지역을 이스라엘과 팔레스타인 두 개의 국가로 분할하고 예루살렘을 국제화할 것을 제안했다. 이러한 제안을 아랍인들이 받아들이지 않았지만 1948년 5월 14일 이스라엘 국가가 정식으로 성립되었다. 이로써 유대인들은 서기 70년 공식적인 디아스포라가 시작된 후 거의 1,900년 만에 고토를 회복하고 그 땅에 국가를 재건하게 되었다. 우리 역사에서 고구려가 기원전 57년, 신라가 기원전 37년에 건국되었던 것을 감안하면 삼국시대 초기의 땅을 되찾은 셈이다. 이스라엘 건국 이후 오늘에 이르기까지 이 지역은 총성이 멎지 않는 분쟁의 도가니로 남게 되었다.

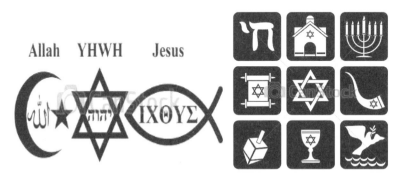

이슬람, 유태교, 기독교

제3절 구약성서와 신약성서

유대인의 경전(sacred book)인 성경(Bible)은 신과 인간의 언약이며 신을 중심으로 한 종교문학이고, 사상 최고의 베스트셀러이다. 성경은 영문학뿐 아니라 세계문학에 지대한 영향을 끼친 인류 문명사에서 가장 중요한 한 권의 책이다. 성경에 등장하는 많은 인물들과 일화들, 사상과 윤리, 상징과 비유, 그리고 문체 등은 역사 이래 수많은 작가들에게 영감을 주고 그들의 상상력을 자극했으며, 중요한 문학 작품의 소재로 끊임없이 채용되어 왔다.

성경은 39권의 책으로 구성된 『구약성서』(*Old Testament*)와 27권으로 이루어진 『신약성서』(*New Testament*)를 합쳐서 부르는 말이다. 구약성서는 애초에 히브리어로 쓰였고, 신약성서는 그리스어로 쓰였지만, 로마제국이 그리스도교를 국교로 채택한 이후, 유럽인들은 라틴어로 번역된 성경을 읽었다. 『구약성서』는 그리스도교뿐 아니라 유대교와 이슬람교의 경전이기도 한데, 예수 그리스도를 구세주로 받아들이지 않는 유대인들은 『신약성서』를 부정하기 때문에 이 책은 오직 그리스도교의 경전으로만 사용되고 있다. 『구약성서』와 『신약성서』 외에 외전에 속하는 그리스어로 쓰인 14권의 『경외서』(*Apocrypha*)가 있는데, 그리스도교(Christianity) 가운데 구교(Roman Catholic)는 39권의 구약성서와 몇 권의 그리스어로 쓰인 경외서, 그리고 신약성서를 경전으로 쓰며, 개신교(Protestantism)는 구약과 신약 66권을 경전으로 사용한다.

『구약성서』는 천지창조에서 시작하여 유대 민족의 유래, 역사, 율법, 예언자들의 행적과 가르침, 시와 교훈서 등으로 구성되어 있다. 창세기와 출애굽기에 등장하는 천지창조의 과정과 에덴동산, 아담과 이브, 원죄, 카인과 아벨, 노아의 홍수, 바벨탑, 모세와 이집트 탈출 그리고 가나안 입성 등의 스토리들은 수많은 문학 작품의 소재로 사용되었고, 시편과 잠언 그리고 전도서 등의 책은 문학적 가치가 아주 높은 것으로 평가된다.

『신약성서』는 예수의 행적을 기록한 네 권의 복음서, 즉 마태복음, 마가복음, 누가복음, 요한복음과 예수의 사후 초대교회 제자들의 선교 활동을 기록한 사도행전, 21권의 서간문들과 1권의 예언서로 구성되어 있다. 예수의 생애와 그의 가르침 자체도 훌륭한 문학적 자산이지만 특히 예수가 교훈을 전파할 때 사용한 비유는 매우 유용하고 효과적인 문학적 장치였다.

	구약성서	신약성서	경외서
권수	39권	27권	14권
언어	히브리어	그리스어	그리스어
시기	BC 1200–BC 100	AD 100–AD 200	BC 200–AD 100
유대교	♠		
이슬람교	♠		
그리스도교 (개신교)	♠	♠	
그리스도교 (구교)	♠	♠	♠

성경은 역사서, 예언서, 시가서, 전기, 드라마의 형식을 망라하고 있다. 기원전 750년경부터(혹은 1200년경부터) 서기 100년(혹은 200년) 사이에 쓰인 것으로 추정된다. 구약과 신약은 단절되어 있지 않고 연속되어 있는데, 신약성경의 주인공인 예수의 행적이 구약성서에 구체적으로 예언되어 있고, 예수는 끊임없이 구약의 교훈을 인용하여 설법한다. 예수는 생애 동안 유대교와 대립하고 유대교의 교리를 부정하는 것처럼 보이지만, 실은 그의 삶은 유대교의 경전인 구약성서가 예언한 많은 행적을 실천한 삶이었다.

1. 구약성서

구약성서를 유대인은 그냥 "성서"라고 부르고, 그리스도교에서는 "구약"이라고 부르는데 천지창조로부터 예수의 시대에 이르기까지의 이스라엘 민족의 역사, 율법, 시, 교훈집 등을 망라하고 있다. 구약의 구성은 다음과 같다.
① 율법서(The Law)는 유대인은 토라(Torah)라고 부르고 그리스도교에서는 모세오경(Pentateuch)이라 부르는 5권의 책으로 창세기(Genesis), 출애

굽기(Exodus), 레위기(Leviticus), 민수기(Numbers), 신명기(Deuteronomy)를 말한다. 모세가 집필했다고도 알려졌으나 여러 사람의 공동 집필로 간주한다. 「창세기」는 기원전 4,000년부터 기원전 1,800년까지의 기록이며, 창세기 1장부터 11장까지에 천지창조, 아담과 이브, 원죄, 카인과 아벨, 노아의 홍수, 바벨탑 등의 일화가 기록되어 있다. 창세기 12장 이후에는 아브라함과 이삭, 야곱, 요셉 등 4족장 이야기가 나온다.

「출애굽기」는 이집트에서 유대인이 박해받는 모습, 모세와 파라오 (Pharaoh)의 시험, 유월절(Passover) 이야기, 홍해의 기적, 시나이산과 십계명 (Ten Commandments) 이야기가 담겨있다. 「레위기」는 유대인의 율법에 대한 기록으로 성막에서 수행되는 각종 제사 제도를 비롯하여 일상사에서 지켜야 할 성결한 삶에 대한 율례가 기록되어 있다. 「민수기」는 출애굽기의 후속편으로 각 부족의 인구 조사, 광야에서 히브리인들의 체험, 만나와 메추라기, 가나안 입성 직전까지를 다룬다. 모세의 사망과 아론의 승계를 기록하고 있다. 「신명기」는 출애굽 이후 40년의 광야 여정을 마친 모세가 광야에서 태어난 신세대 이스라엘 백성들에게 약속의 땅 가나안 땅에서 지켜야 할 하나님의 율법을 3차례의 긴 설교로 상기시키는 내용으로 이루어져 있다.

② 역사서(Histories)는 유대인의 역사를 기록한 여호수아(Joshua), 사사기(Judges), 룻(Ruth), 사무엘 상·하서(I, II Samuel), 열왕기 상·하서(I, II Kings), 역대 상·하서(I and II Chronicles), 에스라(Ezra), 느헤미야 (Nehemiah), 에스더(Esther) 등 12권의 책이다.

③ 시가서(Writings)는 문학적 성격이 두드러진 욥기(Job)와 시편 (Psalms), 잠언(Proverbs), 전도서(Ecclesiastes), 그리고 아가서(Song of Songs) 등 5권의 책을 말한다. 이 중 시편을 제외한 4권을 지혜서, 혹은 지혜 문학이라고도 한다. 「욥기」는 그리스 비극의 영향을 받아 드라마의 형식으

로 쓰인 글이다. 악의 승리와 선이 고통받는 현상에 대한 철학적 주제를 다루고 있고 하나님과 사탄의 논쟁, 신앙이 확고한 의인 욥에 대한 사탄의 시험 등이 등장한다. "인간의 삶에서 고통은 신의 시험일 뿐이다"라는 교훈을 전한다.

「시편」은 150여 편의 시를 모은 책이다. 기원전 150년경 완성되었으며 모세 시대로부터 포로 시대 이후까지 폭넓은 시기를 다루고 있고, 대부분이 다윗 왕에 의해 쓰인 것으로 알려져 있다. 신에 대한 찬미, 왕의 영광에 대한 찬가, 축복과 환희, 괴로움의 탄식, 격정적인 울부짖음, 가난한 자의 설움, 업신여김을 받는 자의 치욕, 원수의 앞에서 조롱을 받는 자의 탄식 등을 뛰어난 시적 기교와 화려한 수사법을 동원하여 노래했다.

"솔로몬의 지혜서"로도 불리는 「잠언」은 지혜로운 사람이 어떻게 삶을 살아가야 하는지를 말해주는 책으로서 솔로몬의 충고를 담고 있다. 추상적인 삶의 방법이 아니라 구체적이고 실천적인 교훈들을 제시한다. "여호와를 경외하는 것이 지식의 근본이다"라는 교훈으로부터 물질에 대한 탐욕을 버릴 것, 시기와 사치, 방탕을 금할 것("탕녀에게 마음을 쏟지 말라"), 가난한 자를 돕고 형제를 정직하게 대하며 부모를 공경할 것 등을 가르친다. "가난해도 떳떳하게 살라", "저울을 속이지 말라" 등의 교훈도 등장한다.

「전도서」는 인간의 실존에 대한 위대한 철학 에세이집이다. "헛되고 헛되며 헛되고 헛되니 모든 것이 헛되도다. 해 아래에서 수고하는 모든 수고가 사람에게 무엇이 유익한가"로 시작되는 「전도서」는 '인생은 허무하다', '인간이 자신의 지혜로 추구하는 일들은 결국 괴로움만 더해 준다', '세상에서 얻은 재물은 허망하다', '사람이나 짐승이나 죽음 앞에서는 다를 바 없다', '해 아래서 하는 수고는 눈물과 고통만 가져다줄 뿐이다', '인간의 욕심은 끝이 없다', '인생이 아무리 많은 재물을 얻어도 그것을 다 누리지 못한다'는 등의 표현을 담고 있다. "인간 실존은 어떤 의미가 있는가"라는 화두를 갖고 삶의 의미를 추구하려는 노력은 결국 무자비한 현실과 악, 사망을 직시할 수밖에 없다는 철학을 담고 있다. 「전도서」는 허무주의와 회의주의, 운명론, 그리고 현대의 실존주의 철학에 사로잡혀 있는 무신론자의 독백과 같은 느낌을 받게 한다.

「아가서」는 「솔로몬의 노래」 혹은 「노래 중의 노래」로 불리는데, 한 아가씨와 목동, 그리고 솔로몬 왕이 등장하여 마치 드라마처럼 이야기가 전개되는 특성을 갖고 있다. 은유와 상징적인 표현, 때로 에로틱하고 아름답고 감각적인 시들의 모음집이며, 남녀 사이의 자연스러운 사랑, 남녀평등과 육체적 사랑을 찬미하는 내용 등을 담고 있다.

④ 예언서(The Prophets)는 17권의 책으로 이사야(Isaiah), 예레미야(Jeremiah), 예레미야애가(Lamentation), 에스겔(Ezekiel), 다니엘(Daniel), 호세아(Hosea), 요엘(Joel), 아모스(Amos), 오바댜(Obadiah), 요나(Jonah), 미가(Micah), 나훔(Nahum), 하박국(Habakkuk), 스바냐(Zephaniah), 학개(Haggai), 스가랴(Zechariah), 말라기(Malachi) 등을 말한다.

2. 신약성서

예수의 생애와 가르침을 기록한 신약성서 27권은 1세기 후반부와 2세기 초기에 그리스어로 기록되었다. 신약성서는 다음과 같이 구성되어 있다.

① 복음서(Gospels)는 예수의 생애를 다룬 마태복음(Matthew), 마가복음(Mark), 누가복음(Luke)과 요한복음(John) 등 4권의 책을 말한다. 이중 마태, 마가, 누가복음을 공관복음(Synoptical, Seen with the same eyes)이라 부른다. 마가복음이 제일 먼저 쓰였고 다른 두 책이 이를 기초로 작성되었다.

28장으로 구성된 「마태복음」은 예수의 생애를 가장 상세하고 심도 있게 기술한 책이다. "아브라함과 다윗의 자손 예수 그리스도의 계보라"로 시작되는 「마태복음」은 예수의 생애를 구약의 예언과의 관련성 속에서 고찰하고, 예수의 가계를 다윗 왕에게서 시작된 것으로 보았다. 가장 많은 비유와 예수의 중요한 설교들이 포함되어 있다.

「마가복음」은 16장으로 구성되어 있는데, 예수의 생애 가운데 중요한 사건들에 대한 간결하고 직접적이며 비문학적인 사료집이다. 대단히 생생하고 드라마틱한 특징을 갖는다. 예수의 출생 부분을 과감하게 생략하고 예수가 세례 요한에게 세례를 받는 장면부터 시작된다. 비유대인을 위한 책으로써 예수를 유대인을 구원할 메시아로 묘사하기보다 "하나님의 아들"로 설명하고 있다. 24장으로 구성된 「누가복음」은 공관복음 중에서 가장 아름답고 시적인 표현이 뛰어난 책으로 인정받고 있다.

「요한복음」은 21장으로 되어있으며 예수가 가장 사랑했던 제자 요한(Zebedee의 아들)이 집필하였다. 예수를 가장 위엄 있는 모습으로 묘사하고 있고, 유대인 작가로서 구약에 대한 많은 언급들, 그리고 상징적인 표현들을 포함하고 있다. 신플라톤주의의 영향을 받은 것으로 평가된다. 「요한복음」에서 예수는 자기 자신을 생명의 떡, 세상의 빛, 선한 목자, 길이요, 진리요, 생명이라고 비유하여 말한다.

예수께서 가라사대 내가 곧 생명의 떡이니 내게 오는 자는 결코 주리지 아니할 터이요 나를 믿는 자는 영원히 목마르지 아니하리라 (6:35)

예수께서 또 일러 가라사대 나는 세상의 빛이니 나를 따르는 자는 어두움에 다니지 아니하고 생명의 빛을 얻으리라 (8:12)

내가 문이니 누구든지 나로 말미암아 들어가면 구원을 얻고 또는 들어가
며 나오며 꼴을 얻으리라 (10:9)

나는 선한 목자라 선한 목자는 양들을 위하여 목숨을 버리거니와 (10:11)

예수께서 가라사대 나는 부활이요 생명이니 나를 믿는 자는 죽어도 살겠
고 무릇 살아서 나를 믿는 자는 영원히 죽지 아니하리니 이것을 네가 믿
느냐 (11:25)

예수께서 가라사대 내가 곧 길이요 진리요 생명이니 나로 말미암지 않고
는 아버지께로 올 자가 없느니라 (14:6)

내가 참 포도나무요 내 아버지는 그 농부라 (15:1)

② 역사서는 사도행전(Acts of the Apostles) 한 권인데, 예수가 사망한
후 제자들의 초기 선교 활동을 기록한 책이다. 누가가 집필한 것으로 알려져
있다. 예수가 부활하여 하늘나라로 승천한 다음 오순절 기간 중에 성령이 제
자들에게 나타난 것과 초기 그리스도교 공동체의 건설에 대한 상세한 기록을
담고 있다.

③ 서간문들(Letters/Epistles)은 모두 21권인데, 이 가운데 바울(Paul)이
쓴 서신이 13권이다. 로마서(Romans)와 고린도전·후서(1 & 2 Corinthians),
갈라디아서(Galatians), 에베소서(Ephesians), 빌립보서(Philippians), 골로새
서(Colossians), 데살로니가전·후서(1 & 2 Thessalonians), 디모데전·후서(1
& 2 Timothy), 디도서(Titus), 빌레몬서(Philemon) 등이 바울의 서신이다. 그
외 공동서신이 8권인데, 히브리서(Hebrews)와 야고보서(James), 베드로전·

후서(1 & 2 Peter), 요한 1·2· 3서(1, 2 & 3 John), 그리고 유다서(Jude)가 이에 속한다.

④ 예언서는 요한계시록(The Revelation of John) 한 권이다. 구약의 다니엘서처럼 묵시론적 예언을 담은 저술이며, 로마 제국의 박해 기간 중인 서기 96년경에 기록된 것으로 알려져 있다. 수많은 상징적 표현들과 알레고리 장치, 정교한 구성, 시각적이고 환상적인 시적 표현들을 담고 있으며, 최후의 심판에 대한 기술과 현세 속에서 고통 받고 최종적으로 승리하는 크리스천의 모습을 그리고 있다.

▪ 제4절 구약성서 이야기

1. 천지창조와 인류의 창조

『구약성서』의 첫 번째 책, 「창세기」는 조물주의 천지창조 과정을 다음과 같이 기록하고 있다.

> 태초에 하나님이 천지를 창조하시니라 땅이 혼돈하고 공허하며 흑암이
> 깊음 위에 있고 하나님의 신은 수면에 운행하시니라 하나님이 가라사대
> 빛이 있으라 하시매 빛이 있었고 그 빛이 하나님의 보시기에 좋았더라
> 하나님이 빛과 어두움을 나누사 빛을 낮이라 칭하시고 어두움을 밤이라
> 칭하시니라 저녁이 되며 아침이 되니 이는 첫째 날이니라 (창세기 1:1-5)

〈천지창조〉, 미켈란젤로, 바티칸

이상이 하루 동안의 창조행위이다. 구약의 신은 천지창조자이다. 다른 어떤 종교보다 히브리인들은 자신들의 신에게 창조자(The Creator)의 성격을 뚜렷이 부여하였다. 이 창조자는 말씀으로 천지를 창조하였다. 창조자가 "빛이 있으라" 하자 빛이 생겼다. 서양 사람들의 언어와 논리 중심 사고가 여기서 기원하는지 모른다.

구약성경의 창세기에는 어떤 신화, 전설보다 훨씬 상세하고 구체적인 창조 과정이 기술되어 있다. 그리고 그 과정은 대단히 체계적이고 논리적이다. 첫날 빛과 어둠을 나누어 낮과 밤을 만든 하나님은 둘째 날 하늘과 물을 분리하고, 셋째 날에는 천하의 물을 한곳에 모아 땅이 드러나게 하고 모인 물을 바다라 칭했다. 또한 땅 위에 풀과 씨 맺는 채소와 열매 맺는 과일나무를 생기게 했다.

다음 날에는 태양과 달을 만들어 태양이 낮을 비추고 달이 밤을 비추게 하였고, 별을 만들고 낮과 달, 연한을 구분하였다. 다섯째 날에는 물고기와 지상의 새를 만들었다. 성경은 "땅 위 하늘의 궁창에는 새가 날으라 하시고 하나님이 큰 물고기와 물에서 번성하여 움직이는 모든 생물을 그 종류대로, 날개 있는 모든 새를 그 종류대로 창조"하셨다고 기록하고 있다.

여섯째 날, 하나님은 동물을 창조한다. 성경은 "하나님이 가라사대 땅은 생물을 그 종류대로 내되 육축과 기는 것과 땅의 짐승을 종류대로 내라 하시고" 그대로 되었다고 기록한다. 조물주의 창조 과정의 절정은 인간의 창조였다.

> 하나님이 가라사대 우리의 형상을 따라 우리의 모양대로 우리가 사람을 만들고 그로 바다의 고기와 공중의 새와 육축과 온 땅과 땅에 기는 모든 것을 다스리게 하자 하시고 하나님이 자기 형상 곧 하나님의 형상대로 사람을 창조하시되 남자와 여자를 창조하시고 하나님이 그들에게 복을 주시며 그들에게 이르시되 생육하고 번성하여 땅에 충만하라, 땅을 정복하라, 바다의 고기와 공중의 새와 땅에 움직이는 모든 생물을 다스리라 하시니라 (창세기 1:26-28)

하나님은 인간을 제일 나중에 만들었다. 하나님은 이 천지만물을 다 창조하신 다음 마지막으로 인간을 만들고 인간에게 생육하고 번성하여 땅을 다스리라고 명령한다. 인간을 만물의 영장으로 삼은 것이다.

「창세기」가 기록하고 있는 천지창조의 과정은 밤과 낮, 하늘과 물, 바다와 땅이 분리되고 나서 식물이 생기고 어류와 조류, 양서류, 파충류, 포유류가 출현한 다음 인간이 탄생되는 순서로 진행되고 있다. 이 과정은 '존재의 대사슬'(Great Chain of Being)과 일치하고 진화론이 기록하고 있는 생명 발생의 순서와도 일치한다. 창조론과 진화론이 끊임없이 대립하는 양립 불가능한 이론 같지만 실은 일맥상통한 점도 있다는 것을 알 수 있다.

유대인들은 천지창조설을 철저하게 신앙과 결부시켰다. 다시 말해 인간과 자연은 피조물이기 때문에 창조자가 될 수 없고, 인간이 금이나 은으로 만든 우상 또한 피조물이기 때문에 배격의 대상이 된다. 눈에 보이는 모든 것은 한낱 티끌에 불과하다. 인간이 현세에서 쌓은 부와 영광도 무의미한 것이다. 그 대신 눈에 보이지 않는 것, 영원한 것, 무한한 것의 가치가 존중되었다.

2. 에덴동산과 원죄, 그리고 낙원추방

구약성경의 창조주는 에덴동산 한가운데 생명의 나무와 선악과를 두고 이를 인간에게 먹지 말라고 하였다. "하나님이 그 사람에게 명하여 가라사대 동산 각종 나무의 실과는 네가 임의로 먹되 선악을 알게 하는 나무의 실과는 먹지 말라 네가 먹는 날에는 정녕 죽으리라 하시니라"고 하였다. 이것이 '금단의 열매'(Forbidden Fruit)이다. 이후 해서는 안 될 일, 넘어서는 안 될 선, 금지된 어떤 행위를 지칭하는 말로 쓰이게 된다. 구약성경은 다음과 같이 여자의 출생을 기록한다.

여호와 하나님이 아담을 깊이 잠들게 하시니 잠들매 그가 그 갈빗대 하나를 취하고 살로 대신 채우시니 아담이 이르되 이는 내 뼈 중의 뼈요 살 중의 살이라 이것을 남자에게서 취하였은즉 여자라 칭하리라 하니라 이러므로 남자가 부모를 떠나 그 아내와 연합하여 둘이 한 몸을 이룰지로다 (창세기 2:21-24)

최초의 인류 아담과 이브는 사탄(뱀)의 유혹과 호기심의 발동으로 조물주의 금지를 어기고 선악과를 따먹게 되는데, 그로 인해 눈이 밝아져 그들이 벗은 채로 있는 것을 깨닫고 무화과나무 잎을 엮어 치마를 만들어 입었다. 여호와 하나님이 아담을 부르시며 "아담아, 네가 어디 있느냐" 하시니 그가 "내가 동산에서 하나님의 소리를 듣고 내가 벗었으므로 두려워하여 숨었나이다"라고 대답한다.

이 스토리가 유대교와 그리스도교의 핵심적인 종교 사상인 원죄(Original Sin) 의식이다. 이는 신에 대한 인간의 죄이며 신의 명령을 어긴 인간의 반역에 해당한다. 원죄의 대가는 "낙원 추방"이었다. 에덴동산에서 복락을 누리던 인간은 낙원에 대한 영원한 꿈을 간직한 채 "에덴의 동쪽"으로 추방되었다. 이 주제는 후에 문학에서 유토피아 사상의 유래가 된다.

또 여자에게 이르시되 내가 네게 잉태하는 고통을 크게 더하리니 네가 수고하고 자식을 낳을 것이며 너는 남편을 사모하고 남편은 너를 다스릴 것이니라 하시고 아담에게 이르시되 네가 네 아내의 말을 듣고 내가 너더러 먹지 말라 한 나무 실과를 먹었은즉 땅은 너로 인하여 저주를 받고 너는 종신토록 수고하여야 그 소산을 먹으리라 네가 얼굴에 땀이 흘러야 식물을 먹고 필경은 흙으로 돌아가리니 그 속에서 네가 취함을 입었음이라 너는 흙이니 흙으로 돌아갈 것이니라 하시니라 (창세기 3:16-19)

이것은 원죄를 저지른 인간에게 하나님이 내린 형벌의 내용이다. 죄를 지으면 벌을 받아야 하는데 그 벌이 벌임과 동시에 축복이 되는 놀라운 반전이 여기에 숨겨져 있다. 원죄를 저지른 대가로 여자가 받아야 하는 형벌은 생명을 잉태하고 출산하는 고통이다. 생명을 잉태하고 출산하는 일은 우리에게 형벌인가 축복인가? 여자의 말을 듣고 하나님의 명을 거역한 남자에게는 수고하고 땀을 흘려야 먹을 수 있다는 형벌을 내린다. 노동과 근로는 우리에게 형벌인가 축복인가? 낙원추방의 결과 인간은 죽음을 맞이하게 된다. 하나님은 아담에게 "너는 흙이니 흙으로 돌아갈 것이니라"고 말한다. 죽음은 우리에게 형벌인가 축복인가?

구약성서가 기록하고 있는 원죄와 낙원추방의 논리는 대단히 세련되고 고급스러운 것이다. 죄의 대가인 벌을 통해 구원과 축복의 단서를 제공하고 있기 때문이다. 원죄의 대가로 인간은 임신과 출산, 노동과 노역, 그리고 죽음이라는 형벌을 선고받았지만, 이 형벌은 인간이 저지른 원죄에 대한 단죄이면서, 이와 동시에 이율배반적으로 산고를 통한 생명의 탄생, 그리고 노동을 통한 구원의 가능성을 제시하고 있기 때문이다.

3. 카인과 아벨

아담과 이브가 저지른 원죄가 신과 인간 사이의 죄(sin)였다면, 아담과 이브의 두 아들인 카인과 아벨 사이에서 최초로 인간 사이의 범죄(crime)가 발생한다. 큰아들인 카인은 농사를, 작은 아들인 아벨은 목축을 하였는데, 성경에는 "그 후 그들이 들에 있을 때에 카인이 그 아우 아벨을 쳐 죽이니라"고 기록되어 있다. 원죄를 저지르고 몸을 감춘 아담에게 "아담아, 네가 어디 있느냐?"라고 물었던 하나님의 질문은 "카인아, 네 아우 아벨이 어디 있느냐?"

로 바뀐다. 존재본적 질문에서 사회적 관계에 대한 질문으로 바뀐 것이다. 이에 대해 카인은 "내가 알지 못하나이다 내가 내 아우를 지키는 자니이까"라고 응답한다.

카인이 아벨을 살해한 이유에 대해 몇 가지 해석이 가능하다. 아벨은 하나님께 감사하는 마음이 있었고 카인에게는 감사하는 마음이 없었기 때문에, 하나님이 아벨의 제사를 받아들이고 카인의 제사를 거부했다고 한다. 이를 질투한 카인이 아벨을 살해하게 되었다는 설명이다. 한편 목축 사회는 자유와 개인주의적 성향이 강하고 농경 사회는 집단의 이익을 존중하고 권력 집중적인 성격이 강하기 때문에 카인에 의해 아벨이 살해된 것은 권력집단에 의해 자유인이 살해된 것이라는 해석도 가능하다. 아벨이 죽고 카인은 추방된 후 아담과 이브는 3남 셋을 출산했다. 성경은 아담이 930세, 셋은 912세, 셋의 아들 에노스는 905세 향수를 누렸다고 기록한다.

4. 노아의 방주

노아는 아담의 10대손에 해당한다. 아담과 이브가 낙원에서 추방된 후 그의 자손들은 땅에 번성하게 되었지만 그와 함께 범죄와 죄악이 창궐하여 하나님은 세상을 심판하기로 결심한다.

> 여호와께서 사람의 죄악이 세상에 관영함과 그 마음의 생각의 모든 계획이 항상 악할 뿐임을 보시고 땅 위에 사람 지으셨음을 한탄하사 마음에 근심하시고 가라사대 나의 창조한 사람을 내가 지면에서 쓸어버리되 사람으로부터 육축과 기는 것과 공중의 새까지 그리하리니 이는 내가 그것을 지었음을 한탄함이니라 (창세기 6:5-7)

노아의 방주

세상을 물로 심판하고 인간을 전멸시킬 계획을 세운 하나님은 유일한 의인 노아에게 자비를 내리기로 하고 "모든 혈육 있는 자의 강포가 땅에 가득하므로 그 끝 날이 내 앞에 이르렀으니 내가 그들을 땅과 함께 멸하리라 너는 잣나무로 너를 위하여 방주를 짓되 그 안에 칸들을 막고 역청으로 그 안팎에 칠하라"고 지시한다.

신은 노아에게 방주를 만들 것을 명하고 자세한 순서와 치수에 대해서도 가르쳐주었다. 노아는 세 아들, 셈, 함, 야벳과 함께 긴 세월에 걸쳐 방주를 완성했다. 노아가 만든 방주는 길이가 300큐빗(약 135미터), 폭이 50큐빗(약 22.5미터), 높이가 30큐빗(13.5미터)에 달하고 3층 구조로 되어 있었다. 노아는 하나님의 지시에 따라 모든 생물의 암수 2쌍과 12개월분의 식량을 방주에 실었다.

노아와 가족이 방주에 오르고 7일이 지나 비가 오기 시작해서 40일간 대홍수가 지속되었고, 비가 그치고 나서 150일간 물이 빠졌다. 노아는 까마귀와 비둘기를 번갈아 날려 보았는데, 비둘기가 올리브 가지를 물고 왔을 때 물이 빠진 것을 알게 되었다고 한다. "하나님이 노아와 그 아들들에게 복을 주시며 그들에게 이르시되 생육하고 번성하여 땅에 충만하라"고 하시고 다시는 인간의 죄를 응징하여 모든 생명을 멸절시키는 일을 하지 않겠다는 표시로 하늘에 무지개가 걸리게 했다고 한다.

고대의 많은 민족 설화가 대홍수를 기록하고 있으나 노아의 스토리만큼 분명한 줄거리를 갖고 있는 경우는 드물다. 예를 들어 그리스의 데우칼리온 전설과 인도의 마누 신화가 대홍수를 기록하고 있다. 미국 원주민 사이에도 폭넓게 홍수 전설이 전해지며 이집트와 남미, 중국에도 유사한 전설이 존재한다. 이들 신화는 대부분 대홍수가 나서 인류가 전멸하고 한 가족이 재난을 피하여 인류의 조상이 되었다는 패턴을 보여준다.

노아의 시대에 신이 물로 세상을 심판했기 때문에 이제는 불의 심판이 예고되어 있다고 말하기도 한다. 실제로 많은 작가들과 미래학자들이 불의 심판을 다룬 가상의 이야기를 쓰기도 했다. 노아의 세 아들은 인류의 조상이 되었는데 셈의 자손은 히브리족, 아르메니아, 페니키아, 아라비아, 앗시리아인이 되었고, 야벳의 후손들은 인도·유럽어족의 조상이 되었다. 함의 자손들은 이집트에서 아라비아반도에 걸쳐 가나안인(팔레스타인)이 되었다.

5. 바벨의 탑

바벨탑 이야기는 구약성서 창세기 11장에 기록되어 있다. 인간은 도시를 만들고 발전을 거듭하다가 자신들의 지혜와 기술을 모아 하늘 끝까지 닿을 수 있는 탑을 쌓을 계획을 세운다. 그들은 "자 벽돌을 만들어 견고히 굽자 하고 이에 벽돌로 돌을 대신하며 역청으로 진흙을 대신하고 또 말하되 자 성과 대를 쌓아 대 꼭대기를 하늘에 닿게 하여 우리 이름을 내고 온 지면에 흩어짐을 면하자"고 의논하였다. 이 모습을 본 하나님은 이를 응징하기로 한다.

여호와께서 가라사대 이 무리가 한 족속이요 언어도 하나이므로 이같이 시작하였으니 이후로는 그 경영하는 일을 금지할 수 없으리로다 자 우리가 내려가서 거기서 그들의 언어를 혼잡게 하여 그들로 서로 알아듣지 못하게 하자 하시고 여호와께서 거기서 돌들을 온 지면에 흩으신 고로 그들이 성 쌓기를 그쳤더라 (창세기 11:6-8)

〈바벨탑〉. 브뢰겔

바벨의 탑을 쌓으려는 인간들의 시도는 기술 발전을 통해 업적을 이루려는 노력이다. 그들은 돌 대신 규격이 일정한 벽돌을 굽고 역청을 바른 다음 성과 대를 쌓아 하늘에 닿게 하려고 했다. 인간이 바벨의 탑을 쌓은 이유는 교만함 때문이다. 그들은 "우리 이름을 내고 온 지면에 흩어짐을 면하기" 위해 탑을 쌓자고 한다. 바벨탑은 절대자에게 도전하는 인간의 오만한 계획이다. 이에 대해 여호와는 인간의 언어가 하나여서 서로 소통하며 경영하는 것이 가능했다고 판단하고 온 땅의 언어를 혼잡게 만들기로 한다.

'바벨'은 히브리어로 '혼란'이라는 의미이다. 인간의 언어가 혼잡하게 되어 의사소통이 어려워지면서 신의 영역에까지 도전하려는 인간의 시도는 멈

추게 된다. 오늘날 생명공학이 발달하면서 줄기세포 배양과 유전자 복제, 인간 게놈, 인공 지능과 복제 인간을 둘러싼 논의가 활발하다. 유전공학의 발달이 인간을 이롭게 할 것이라는 전망과 함께, 생명을 제조하려는 인간의 노력은 또 하나의 새로운 바벨의 탑을 쌓는 행위라는 경고의 목소리도 들린다.

6. 소돔과 고모라

아브라함은 유대인의 역사에 등장하는 최초의 중요한 민족 지도자이며 종교 지도자였다. 유대인들은 그를 '믿음의 조상'이라 부른다. 그는 여호와의 뜻에 따라 자신의 고향 칼데아우르를 떠나 동족을 이끌고 비옥한 땅 가나안(팔레스타인)으로 이주했다. 이주를 마친 아브라함에게 여호와는 다음과 같이 말한다.

> 여호와께서 아브라함에게 이르시되 너는 눈을 들어 너 있는 곳에서 동서 남북을 바라보라 보이는 땅을 내가 너와 네 자손에게 주리니 영원히 이르리라 내가 네 자손으로 땅의 띠끌 같게 하리니 사람이 땅의 띠끌을 셀 수 있을진대 네 자손도 세리라 (창세기 13:14-16)

이때 여호와가 아브라함에게 한 약속이 유대인의 '선민의식'의 근거가 되었다. 이 선민의식은 훗날 시오니즘으로 발전하며 이스라엘 민족이 수천 년 동안 이산과 핍박의 역사를 겪고도 그 역경을 헤치고 민족 정체성을 유지할 수 있게 한 원동력이 된다.

아브라함과 함께 가나안으로 이주한 조카 롯은 요르단강 저지대 비옥한 땅을 차지하고 소돔에서 살게 되었다. 당시 소돔과 고모라는 음란함과 사악

〈소돔과 고모라의 파괴〉. 쥘 조셉 어거스탱 로랭

함이 만연되어 있는 악덕의 소굴이었다. 하나님이 이 두 도시를 유황과 불로 심판하려 할 때 아브라함은 의인 10명만 있어도 도시를 멸망시키지 않겠다는 약속을 하나님께 받아낸다. 하나님은 믿음이 투철한 롯과 그의 가족을 살리려 하였는데 롯의 아내는 도시를 빠져나오면서 뒤를 돌아보지 말라는 경고를 무시하고 뒤돌아보았다가 소금 기둥으로 변하고 만다. 영어로 'sodomy'는 남색(男色)을, 'sodomite'는 성도착자를 의미한다.

아브라함은 86세에 노예 하갈에게서 이스마엘을 낳았는데, 이스마엘은 아랍인의 조상으로 여겨지기 때문에 이슬람교도들 또한 아브라함을 자신들의 신앙의 선조로 섬긴다. 아브라함은 99세에 90세인 아내 사라에게서 이삭을 낳았다. 롯의 두 딸은 아버지와 동침하여 모압족과 암몬족의 시조를 낳았다.

7. 이집트로의 이주와 출애굽

아브라함 이후 4족장 시대를 마치고 요셉의 때에 유대인들은 이집트로 집단 이주한다. 아브라함이 뒤늦게 하나님과 거래하여 낳은 아들 이삭은 쌍둥이 아들 에서와 야곱을 낳았다. 야곱은 아내를 얻기 위해 외가로 가던 중 길에서 노숙을 하게 되었는데, 돌베개 위에서 자다가 꿈을 꾸었다. 꿈에서 깨어난 야곱은 그 자리에 제단을 쌓고 베델(신전)이라고 명명하였다. 야곱은 어머니인 리브가의 오빠 라반의 집에서 20년 동안 일하며 큰딸 레아와 작은딸 라헬을 아내로 얻었다.

야곱은 두 아내와 여종들로부터 모두 12명의 아들을 얻었는데, 그들 중 11번째가 요셉이었다.

> 야곱의 아들은 열둘이라 레아의 소생은 야곱의 장자 르우벤과 그다음 시므온과 레위와 유다와 잇사갈과 스블론이요 라헬의 소생은 요셉과 베냐민이며 라헬의 여종 빌하의 소생은 단과 납달리요 레아의 여종 실바의 소생은 갓과 아셀이니 이들은 야곱의 아들들이요 밧단아람에서 그에게 낳은 자더라 (창세기 35:22-26)

야곱의 열두 아들이 이스라엘 민족의 열두 지파를 만든다. 앞에서 아브라함의 아들 이스마엘이 아랍인의 조상이 되었다고 했는데, 같은 히브리 민족이면서 유대인의 혈통은 아브라함과 이삭, 야곱, 그리고 야곱의 열두 아들들을 통해 계승되었다.

야곱이 특별히 11번째 아들 요셉을 총애했기 때문에 이를 질투한 형들은 요셉이 17세일 때 사막의 대상들에게 은 20냥을 받고 팔아 버렸다. 이집트로 팔려간 요셉은 13년 동안 노예 생활을 하고 30세에 이집트의 왕 파라오의 꿈

을 잘 해몽하여 총리가 된다. 이때 팔레스타인 지방에 기근이 심해지자 히브리인들은 요셉의 초대를 받아 집단적으로 이집트로 이주하여 이집트 동북부 고센 지역에 정착하게 된다. 이때 이집트는 '힉소스'라는 이민족이 지배하고 있었다. 요셉은 37세에 형들과 다시 상봉하였고 유대인들은 향후 400년 동안 이집트에 체류하게 된다.

세월이 지나 이집트에 민족주의 성향이 강한 왕이 등장하면서 유대인들은 노예의 신분으로 전락하게 되었다. 이집트의 지배 세력들은 유대인들을 피라미드 건설 등 대형 공사에 동원하여 노동력을 착취하는 한편 유대인의 인구가 지나치게 많아지는 것을 경계하기도 했다. 이집트 왕은 유대인의 사내아이는 낳자마자 죽이고 여자아이는 살려두도록 하는데, 모세의 모친은 아들을 갈대바구니에 넣어 나일강에 띄우고 이를 이집트의 공주가 발견하여 자신의 아들로 입양하여 키운다.

모세는 장성하여 자신의 출생의 비밀을 알게 되고, 유대인을 학대하는 이집트 병사를 살해한 후 미디안으로 도주한다. 이후 40년 동안 모세는 미디안에서 도피생활을 하며 민족지도자로 변신하게 되는데, 이집트의 왕자로서 궁정에서 받았던 수준 높은 교육과 장인인 제사장 이드로(Jethro)로부터 받은 체계적인 신앙 교육이 밑거름이 되었다. 또한 미디안에서 목자로서의 삶을 통하여 민족의 수난과 자신의 수치, 신의 의지 등에 대한 깨달음을 얻고 자신의 소명을 각성한 지도자가 되었다. 여호와는 모세에게 이집트로 돌아가 동족을 이끌고 젖과 꿀이 흐르는 땅 가나안으로 돌아가라고 지시한다.

> 여호와께서 가라사대 내가 애굽에 있는 내 백성의 고통을 정녕히 보고 그들이 그 간역자로 인하여 부르짖음을 듣고 그 우고를 알고 내가 내려와서 그들을 애굽인의 손에서 건져내고 그들을 그 땅에서 인도하여 아름답고 광대한 땅, 젖과 꿀이 흐르는 땅 곧 가나안 족속, 헷 족속, 아모리 족속, 브리스 족속, 히위 족속, 여부스 족속의 지방에 이르려 하노라. (출애굽기 3:7-8)

이 당시 유대인들이 이집트에서 노동력을 제공하는 노예의 신분으로 살고 있었기 때문에 이집트 왕 파라오는 순순히 유대인들이 이집트를 떠나도록 허용하지 않았다. 이에 여호와는 모세를 통해 열 가지 초자연적인 현상이 이집트에 나타나게 하여 파라오를 억압하였다. 다음과 같은 이적이 일어났다. 1. 아론의 지팡이로 애굽의 강, 하천, 연못과 호수의 물을 피로 만들었다. 2. 개구리가 온 애굽 땅에 뒤덮이게 만들었다. 3. 아론의 지팡이로 땅을 쳐서 땅의 띠끌을 이로 만들었다. 4. 무수한 파리 떼가 땅에 해를 입히게 했다. 5. 애굽의 모든 생축을 죽게 만들었다. 6. 풀무의 재를 날려 독종을 퍼트렸다. 7.

애굽 전역에 우박을 내렸다. 8. 메뚜기가 온 땅에 덮이게 했다. 9. 전국에 3일 동안 칠흑 같은 암흑이 내리게 했다. 10. 애굽의 장자들을 모두 죽였다.

이때 모세의 나이는 80세였고, 그의 형 제사장 아론은 83세였다. 이스라엘 12지파의 지도자들은 모두 지팡이가 하나씩 있었는데, 아론의 지팡이에서만 싹이 트고 봉오리와 꽃이 피었다. 모세가 여호와의 기적을 행할 때마다 동원된 '아론의 지팡이'(Aaron's rod)는 후에 여호와의 명을 거역하는 사람들을 응징하는 수단으로 사용되었다.

이집트의 파라오는 결국 열 번째 이적, 즉 애굽의 모든 장자가 죽음을 맞이하는 피해를 당하고서야 유대인들을 방면하였다. 이때 유대인들에게는 양의 피를 문설주 위에 바르게 해서 죽음의 신이 그 집을 넘어가도록 하였는데, 여기서 유대인들의 명절 가운데 하나인 '유월절'(Passover)이 유래하였다.

> 내가 애굽 땅을 칠 때에 그 피가 너희의 거하는 집에 있어서 너희를 위
> 하여 표적이 될지라 내가 피를 볼 때에 너희를 넘어가리니 재앙이 너희
> 에게 내려 멸하지 아니하리라 (출애굽기 12:13)

이후 유대인들은 '홍해의 기적'을 통해 이집트 군사들의 추격을 따돌리고 시나이반도로 진입한다. 흔히 바닷물이 갈라지는 기적이라고 말하는 홍해의 기적에서 유대인들은 홍해 상단 서쪽 지류의 하나인 수에즈만 어귀에 있는 강을 건넜던 것으로 추정된다. 이후 유대인들은 40년 동안 광야를 헤매다가 마침내 가나안에 입성하게 된다.

이집트를 탈출한 유대인은 20세 이상의 남자만 60만 명이었다고 하니 전체 인원은 200만 명 정도로 추정된다. 이 인구와 당시의 이동수단 등을 고려할 때, 이집트를 출발한 유대인 행렬이 가나안에 도착할 때까지 대략 6개월

정도가 소요되었을 것으로 계산된다. 6개월에 갈 수 있는 거리를 40년 만에 갔다.

히브리 민족에게 가나안은 '젖과 꿀이 흐르는 땅'이었으며 '약속의 땅'(Promised Land)이었다. 그 땅은 그들의 조상이 400년 전에 떠나온 땅이었고 이제 이집트에서의 노예생활에서 벗어나 그들이 회복해야 할 고토였다. 이집트를 떠나 가나안에 입성할 때까지 히브리 민족은 인근 지역의 여러 민족들로부터 방해를 받으며 40년 동안 유랑의 세월을 보낸다. 히브리 민족은 광야를 헤매며 고난을 겪을 때마다 그들의 지도자 모세를 원망하고 금송아지 등 우상을 만들어 숭배하며 여호와를 배신하였다.

유대인들의 40년 광야 생활의 하이라이트는 모세가 시나이산에서 십계명을 받은 일이다. 가나안으로 돌아가는 여정이 교착 상태에 빠졌을 때 모세는 시나이산에 올라 40일 기도를 한다. 그리고 하나님이 유대인들에게 내리는 열 가지 계명(Ten Commandments)을 받아온다. 모세의 십계명은 "1. 너는 나 외에는 다른 신들을 네게 있게 말지니라. 2. 너를 위하여 새긴 우상을 만들지 말고... 그것들에 절하지 말고 그것들을 섬기지 말라. 3. 너는 너의 하나님 여호와의 이름을 망령되이 일컫지 말라. 4. 안식일을 기억하여 거룩히 지키라. 5. 네 부모를 공경하라. 그리하면 너의 하나님 나 여호와가 네게 준 땅에서 네 생명이 길리라. 6. 살인하지 말지니라. 7. 간음하지 말지니라. 8. 도둑질 하지 말지니라. 9. 네 이웃에 대하여 거짓 증거 하지 말지니라. 10. 네 이웃의 집을 탐내지 말지니라. 네 이웃의 아내나 그의 남종이나 그의 여종이나 그의 소나 그의 나귀나 무릇 네 이웃의 소유를 탐내지 말지니라." 등 열 가지이다. 제1계명부터 제4계명까지가 신에 대한 규율을 정하고 있고 제5계명부터는 인간이 인간에게 지켜야 할 규범을 정하고 있다.

홍해의 기적

　모세는 히브리 민족을 이집트에서 영도하고 나왔지만 가나안 땅에 들어 가지는 못한다. 모세가 죽고 난 다음 유대 민족의 지도자가 된 여호수아는 군사지도자의 면모가 강한 인물이었는데, 히브리 민족을 이끌고 가나안 입성 에 성공한다. 여호수아가 4만의 군대로 여리고(Jerico)성을 공격하여 함락시 키는 일화는 「여호수아서」에 기록되어 있다.

제5절 예수의 생애와 가르침

1. 예수의 탄생

성경은 예수의 출생을 다음과 같이 기록하고 있다.

예수 그리스도의 나심은 이러하니라 그 모친 마리아가 요셉과 정혼하고 동거하기 전에 성령으로 잉태된 것이 나타났더니 그 남편 요셉은 의로운 사람이라 저를 드러내지 아니하고 가만히 끊고자 하여 이 일을 생각할 때에 주의 사자가 현몽하여 가로되 다윗의 자손 요셉아 네 아내 마리아 데려오기를 무서워 말라 저에게 잉태된 자는 성령으로 된 것이라 아들을 낳으리니 이름을 예수라 하라 이는 그가 자기 백성을 저희 죄에서 구원할 자이심이라 하니라. (마태복음 1:18-21)

갈릴리 지방의 나사렛 마을에 요셉과 약혼녀 마리아는 정혼한 사이였다. 두 사람이 동침하지 않았는데 마리아가 잉태한 것을 알게 된 요셉은 소동을 부리지 않고 조용히 파혼하려고 했다. 이때 천사장 가브리엘은 마리아에게 나타나 그녀가 성령으로 잉태했음을 알린다. 이것이 '수태고지'(受胎告知, Annunciation)이다. 예수는 "구원은 하나님에게 있다"는 의미이며 그리스도는 "구세주", 임마누엘은 "하나님이 함께 하신다"는 의미이다.

예수가 출생하기 몇 개월 전에 세례 요한이 아버지인 제사장 사가랴와 어머니 엘리사벳 사이에서 태어났다. 세례 요한이 출생한 후 6개월 뒤에 로마의 아우구스투스 황제가 유태인 호적등록 칙령을 발표했다. 이에 따라 유태인들은 자신의 고향에서 호적등록을 해야 했는데, 요셉의 조상은 다윗 왕이었기 때문에 요셉은 약혼녀 마리아를 데리고 다윗의 출생지를 찾아갔다.

〈수태고지〉. 보티첼리.
우피치 미술관

〈수태고지〉. 프라 안젤리코.
산 마가 수도원. 피렌체

다윗의 출생지는 나사렛에서 남쪽으로 120km 정도 떨어진 작은 마을 베들 레헴이었는데, 당시 많은 여행객들로 인해 숙소를 구할 수 없었고, 마리아는 마구간에서 예수를 출산하게 된다. 세상의 가장 낮은 곳에서 구세주가 온다 는 구약의 예언이 충족되는 순간이다.

예수의 출생 후 들에서 양을 치던 목자들과 황금과 유황과 몰약을 가진 동방박사들, 그리고 시므온과 안나 등의 예언자들이 예수의 출생을 축하하기 위해 베들레헴을 방문한다.

> 헤롯왕 때에 예수께서 유대 베들레헴에서 나시매 동방으로부터 박사들
> 이 예루살렘에 이르러 말하되 유대인의 왕으로 나신 이가 어디 계시뇨
> 우리가 동방에서 그의 별을 보고 그에게 경배하러 왔노라 하니 헤롯왕과
> 온 예루살렘이 듣고 소동한지라 (마태복음 2:1-3)

유대인의 왕이 태어났다는 소문에 위협을 느낀 헤롯왕은 아기 예수를 죽이려 했고, 이에 요셉은 천사의 지시대로 가족을 이끌고 이집트로 피신한다. 헤롯

〈목동들의 경배〉. 엘 그레코. 프라도 미술관. 마드리드

은 베들레헴 주변의 2세 이하 사내아이를 다 살해하는 만행을 저지른다. 헤롯이 사망한 후 유대 지방은 로마의 총독과 헤롯 안티파스의 통치를 받게 되고 요셉 가족은 나사렛으로 귀향하여 정착한다.

유년 시절의 예수에 대한 기록은 별로 없으나 12세 때 유월절을 지키기 위해 가족이 예루살렘으로 갔을 때 성전에서 제사장들과 교리 토론을 벌인 일화가 전해진다. 예수의 시대에 종교지도자 가문에서 태어난 세례 요한은 검소한 생활을 하며 죄를 회개하고 가난한 사람을 도우며 정직하게 살도록 사람들을 가르쳤기 때문에 유대 민중은 그를 메시아로 여기고 따르게 된다. 요한은 이를 부인하며 자신에게 세례를 받으러 온 예수를 메시아로 지목한다.

예수께서 세례를 받으시고 곧 물에서 올라오실 새 하늘이 열리고 하나님의 성령이 비둘기같이 내려 자기 위에 임하심을 보시더니 하늘로서 소리가 있어 말씀하시되 이는 내 사랑하는 아들이요 내 기뻐하는 자라 하시니라 (마태복음 3:16-17)

요한에게 세례를 받고 예수는 광야에서 40일간 금식 기도하며 선교를 위한 준비를 하는데, 이때 사탄은 예수에게 첫째 '돌을 떡이 되게 하라', 둘째 '성전 꼭대기에서 뛰어내리라', 셋째 '내게 엎드려 경배하라'는 세 가지 요구를 하며 그를 시험한다. 예수는 사탄의 유혹에 대해 다음과 같이 응대한다.

> 사람이 떡으로만 살 것이 아니요 하나님의 입으로 나오는 모든 말씀으로 살 것이라.... 주 너의 하나님을 시험치 말라.... 사단아 물러가라 기록되었으되 주 너의 하나님께 경배하고 다만 그를 섬기라 하였느니라 (마태복음 4:4-10)

예수가 이처럼 사탄의 유혹을 물리친 것은 태초의 인류가 사탄의 유혹에 굴복하여 원죄를 저지른 것과 대조를 이룬다. 세례 요한이 헤롯 안티파스에 의해 투옥된 뒤, 예수는 갈릴리 호숫가 작은 마을 가버나움에서 12명의 제자를 선발하여 선교를 시작한다. 그는 갈릴리 해변에서 그물을 던지는 베드로 형제를 보고 '나를 따르라 내가 너희를 사람을 낚는 어부가 되게 하겠다'고 말한다.

> 갈릴리 해변에 다니시다가 두 형제 곧 베드로라 하는 시몬과 그 형제 안드레가 바다에 그물 던지는 것을 보시니 저희는 어부라 말씀하시되 나를 따라 오너라 내가 너희로 사람을 낚는 어부가 되게 하리라 하시니 저희가 곧 그물을 버려두고 예수를 좇으니라 (마태복음 4:18-20)

출생 이후 30년 동안 목수인 육신의 아버지 요셉을 도와 일하다가 공생 (public life)을 시작한 것이다. 예수는 3년 동안 민중을 가르치고 교리를 전파하다가 33세에 처형되고 만다.

'세례받는 예수' 〈천지창조〉의 일부. 미켈란젤로. 세스티나 성당. 바티칸

'예수의 모습' 〈천지창조〉의 일부. 미켈란젤로. 세스티나 성당. 바티칸

2. 비유로 가르침

공생을 시작한 예수가 제일 먼저 행한 일은 가나의 혼인 잔치에서 물로 포도주를 빚은 일이었다. 어머니 마리아와 함께 가나 지역의 한 혼인 잔치에 초대되어 간 예수는 예상보다 많은 손님들 때문에 포도주가 동이 나서 곤란을 겪는 주인을 보고 그 집의 종에게 빈 항아리에 물을 붓도록 시킨다. 종이 말을 듣지 않으려고 했지만 아들의 비범함을 잘 알고 있었던 마리아의 당부로 항아리에 물을 붓자 아주 향긋한 포도주가 만들어졌다는 일화이다. 이 일을 시작으로 예수는 아주 많은 기적을 행하며 사람들의 관심을 끌었다. 중풍과 나병, 소경 등 병자들을 고치고 악령을 퇴치하며 호수 위를 걷고, 고기를 많이 잡도록 인도하고 심지어 죽은 나사로를 다시 살리는 기적을 행한다.

> 예수께서 온 갈릴리에 두루 다니사 저희 회당에서 가르치시며 천국 복음을 전파하시며 백성 중에 모든 병과 모든 약한 것을 고치시니 그의 소문이 온 수리아에 퍼진지라 사람들이 모든 앓는 자 곧 각색 병과 고통에 걸린 자, 귀신들린 자, 간질하는 자, 중풍 병자들을 데려오니 저희를 고치시더라 (마태복음 4:23-24)

예수는 군중들을 몰고 다니며 회당에서 혹은 야외에서 복음을 전파했다. 예수의 교훈 가운데 가장 유명한 것은 '산상의 수훈'(Sermon on the Mount)으로 알려진 설교인데, 이 설교에는 여덟 가지 복(팔복)의 교훈 등 예수의 중요한 교훈이 다 포함되어 있다.

> 예수께서 무리를 보시고 산에 올라가 앉으시니 제자들이 나아온지라 입을 열어 가르쳐 가라사대 심령이 가난한 자는 복이 있나니 천국이 저희

것임이요 애통하는 자는 복이 있나니 저희가 위로를 받을 것이요 온유한 자는 복이 있나니 저희가 땅을 기업으로 받을 것임이요 의에 주리고 목마른 자는 복이 있나니 저희가 배부를 것임이요 긍휼히 여기는 자는 복이 있나니 저희가 긍휼히 여김을 받을 것임이요 마음이 청결한 자는 복이 있나니 저희가 하나님을 볼 것임이요 화평케 하는 자는 복이 있나니 저희가 하나님의 아들이라 일컬음을 받을 것임이요 의를 위하여 핍박을 받는 자는 복이 있나니 천국이 저희 것이라 나를 인하여 너희를 욕하고 핍박하고 거짓으로 너희를 다스려 모든 악한 말을 할 때에는 너희에게 복이 있나니 기뻐하고 즐거워하라 하늘에서 너희의 상이 큼이라 너희 전에 있던 선지자들을 이같이 핍박하였느니라 (마태복음 5:1-12)

산상의 수훈은 마태복음 5장과 6장, 7장에 기록되어 있는데, 예수가 한 자리에서 중요한 교훈을 모두 설파했다기보다는 기록자인 마태가 필요에 의해 모아서 쓴 것으로 여겨진다. 모세가 시나이산에서 계명을 전수한 이후 유대인들은 산을 신성한 장소로 생각했고, 이 자리에서 예수가 전한 교훈들은 누가복음 6장에도 중복되어 등장한다.

너희는 세상의 소금이니 소금이 만일 그 맛을 잃으면 무엇으로 짜게 하리요 후에는 아무 쓸데없어 다만 밖에 버려져 사람에게 밟힐 뿐이니라 너희는 세상의 빛이라 산 위에 있는 동네가 숨기우지 못할 것이요 사람이 등불을 켜서 말 아래 두지 아니하고 등경 위에 두나니 이러므로 집안 모든 사람에게 비치느니라 (5:13-15)

나는 너희에게 이르노니 악한 자를 대적지 말라 누구든지 네 오른편 뺨을 치거든 왼편도 돌려대며 (5:39)

또 네 이웃을 사랑하고 네 원수를 미워하라 하였다는 것을 너희가 들었
으나 나는 너희에게 이르노니 너희 원수를 사랑하며 너희를 핍박하는 자
를 위하여 기도하라 (5:43-44)

그러므로 내가 너희에게 이르노니 목숨을 위하여 무엇을 입을까 무엇을
마실까 몸을 위하여 무엇을 입을까 염려하지 말라 목숨이 음식보다 중하
지 아니하며 몸이 의복보다 중하지 아니하냐 공중의 새를 보라 심지도
않고 거두지도 않고 창고에 모아들이지도 아니하되 너희 천부께서 기르
시나니 너희는 이것들보다 귀하지 아니하냐 (6:25-26)

너희는 먼저 그의 나라와 그의 의를 구하라 그리하면 이 모든 것을 너희
에게 더하시리라 그러므로 내일 일을 위하여 염려하지 말라 내일 일은
내일 염려할 것이요 한 날 괴로움은 그 날에 족하니라 (6:33-34)

어찌하여 형제의 눈 속에 있는 티는 보고 네 눈 속에 있는 들보는 깨닫
지 못하느냐 (7:3)

구하라 그러면 너희에게 주실 것이요 찾으라 그러면 찾을 것이요 문을
두드리라 그러면 너희에게 열릴 것이니 구하는 이마다 얻을 것이요 찾는
이가 찾을 것이요 두드리는 이에게 열릴 것이니라 너희 중에 누가 아들
이 떡을 달라 하면 돌을 주며 생선을 달라 하면 뱀을 줄 사람이 있겠느
냐 너희가 악한 자라도 좋은 것으로 자식에게 줄줄 알거든 하물며 하늘
에 계신 너희 아버지께서 구하는 자에게 좋은 것으로 주시지 않겠느냐
그러므로 누구든지 남에게 대접을 받고자 하는 대로 너희도 남을 대접하
라 이것이 율법이요 선지자니라 좁은 문으로 들어가라 멸망으로 인도하
는 문은 크고 그 길이 넓어 그리로 들어가는 자가 많고 생명으로 인도하

는 문은 좁고 길이 협착하여 찾는 이가 적음이니라 (7:7-14)

예수는 대부분의 가르침을 비유(parable)의 형식으로 설파하였다. 비유는 우화(fable) 혹은 풍유(allegory)와 유사한 문학형식(genre)이다. 비유는 특히 구약성서와 신약성서에 많이 등장하는데, 짧은 이야기의 겉으로 드러난 스토리 구조를 통하여 다른 차원의 명제와 교훈을 유추하도록 하는 문학형식이다. 비유로 가르친 예수의 교훈은 "선한 사마리아인의 비유", "탕자의 비유", "포도원 주인과 일꾼의 비유", "씨 뿌리는 자의 비유", "달란트의 비유", "열 처녀의 비유", "빛과 소금의 비유", "좁은 문의 비유" 등이 대표적인 예이다.

예를 들어 예수는 "씨를 뿌리는 자가 뿌리러 나가서 뿌릴 새 더러는 길가에 떨어지매 새들이 와서 먹어 버렸고.. 더러는 좋은 땅에 떨어지매 혹 백 배, 혹 육십 배, 혹 삼십 배의 결실을 하느니라"(마태복음 13:3-8)고 가르친다. '씨 뿌리는 자의 비유'이다. 이때 좋은 땅에 떨어진 씨앗은 복음(예수의 교훈)을 받아들여 그것을 주변에 널리 전파하는 사람을 의미한다. 이와 비슷한 교훈으로는 '겨자씨의 비유'가 있다. 예수는 비유로 말씀하시며 "천국은 마치 사람이 자기 밭에 갖다 심은 겨자씨 한 알 같으니 이는 모든 씨보다 작은 것이로되 자란 후에는 나물보다 커서 나무가 되매 공중의 새들이 와서 그 가지에 깃들이느니라"(마태복음 13:31-32)고 가르쳤다.

'잃어버린 양의 비유'에서는 양 백 마리를 가진 주인이 한 마리를 잃어버리면 아흔아홉 마리 양을 우리에 두고 나가 길 잃은 한 마리 양을 찾지 않겠느냐고 가르치고, '탕자의 비유'에서는 아버지를 배신하고 집을 나간 탕자가 돌아왔을 때, 아버지 곁을 지키던 아들들보다 돌아온 탕자를 반기는 아버지의 심정을 설파하였다.

〈눈먼 자를 고치는 예수〉. 엘 그레코. 파르마 회관

　'포도원 주인과 일꾼의 비유'에서 포도원 주인은 아침 일찍 장에 나가 포도원에서 일할 일꾼을 구해다 일을 시키고, 정오 무렵에도 또 일꾼들을 데려오고, 해 질 무렵에도 일꾼들을 새로 데려왔다. 일과를 마치고 주인이 다 똑같은 임금을 지불하자 아침 일찍부터 일했던 일꾼들이 불평을 하기 시작했다. 불평을 들은 포도원 주인은 그들에게 "내가 너희에게 준다는 품삯을 주지 않았느냐? 이와 같이 나중 된 자가 먼저 되고 먼저 된 자로서 나중 되리라"라고 가르친다.

　'달란트의 비유'에서는 한 주인이 멀리 외국으로 나가며 종들을 불러 하나에게는 금 다섯 달란트를, 하나에게는 두 달란트를, 하나에게는 한 달란트를 주고 떠났다. 당시 일꾼의 하루 품삯이 1데나리온이고, 6,000데나리온이 1달란트였으니, 달란트는 일꾼의 6,000일 품삯에 해당하는 큰돈이었다. 주인이 돌아왔을 때 다섯 달란트 받은 종은 그것으로 장사하여 다섯 달란트를 남겼고, 두 달란트 받은 자도 그같이 하여 또 두 달란트를 남겼는데, 한 달란트 받은 종은 그것을 땅에 묻었다가 꺼내며 주인에게 "어찌하여 뿌리지 않은 곳에서 거두려 하시나이까?"라고 물었다. 그러자 주인은 그를 "악하고 게으른 종"이라고 부르며 그 한 달란트를 빼앗아 열 달란트 가진 종에게 주었다. 예수는 이 비유를 통해 "무릇 있는 자는 받아 풍족하게 되고 없는 자는 그 있는 것까지 빼앗기리라"는 교훈을 가르친다.

어느 날 예수가 군중들 앞에서 설교를 하는데, 식사 때가 되어 군중들을 해산해야 하게 되었다. 이때 예수는 제자들에게 군중들에게 먹을 것을 주라고 말한다.

> 예수께서 가라사대 갈 것 없다 너희가 먹을 것을 주어라 제자들이 가로되 여기 우리에게 있는 것은 떡 다섯 개와 물고기 두 마리 뿐이니이다 가라사대 그것을 내게로 가져 오라 하시고 무리를 명하여 잔디 위에 앉히시고 떡 다섯 개와 물고기 두 마리를 가지사 하늘을 우러러 축사하시고 떡을 떼어 제자들에게 주시매 제자들이 무리에게 주니 다 배불리 먹고 남은 조각을 열두 바구니에 차게 거두었으며 먹은 사람은 여자와 아이 외에 오천 명이나 되었더라 (마태복음 14:16-21)

성경은 이것을 '오병이어의 기적'으로 기록하고 있다. 떡 다섯 개와 물고기 두 마리를 가지고 수천 명이 배불리 먹고 남는 것을 열두 바구니에 모았다는 것이다. 교회는 이것을 기적으로 가르치지만, 어쩌면 예수가 군중들 앞에서 빵과 물고기를 이웃과 나누어 먹는 본을 보임으로써 그 자리에 모인 군중들이 각자 자기의 것을 이웃과 나누는 기적을 행했던 것으로 볼 수도 있을 것이다.

3. 예루살렘 입성과 예수의 수난

예수는 공생의 마지막 주간, 유월절 축제를 맞이하여 예루살렘에 입성한다. 3년 동안 지방을 다니며 기적을 행하고 말씀을 전파하다가 마침내 수도 예루살렘으로 들어온 것이다. 예수는 당나귀를 타고 도시로 들어왔으며 그를 추종하는 사람들은 종려나무 가지를 꺾어 들고 예수를 환영했다고 한다. 교회는 이날을 종려주일(Palm Sunday)로 지킨다. 종려주일에 예루살렘에 들어온 예수는 월요일에는 예루살렘 성전에 가서 상인들을 내쫓고, 화요일에는 성전에서 가르치고, 수요일에는 시몬의 집에서 식사를 하고, 목요일 제자들과 최후의 만찬을 나누고 체포되어 금요일에는 십자가에서 처형당하고 일요일 부활하게 된다.

> 예수께서 성전에 들어가사 성전 안에서 매매하는 모든 자를 내어 쫓으시며 돈 바꾸는 자들의 상과 비둘기 파는 자들의 의자를 둘러엎으시고 저희에게 이르시되 기록된바 내 집은 기도하는 집이라 일컬음을 받으리라 하였거늘 너희는 강도의 궁혈을 만드는도다 하시니라. (마태복음 21:12-13)

예루살렘에 입성한 예수가 수행한 단 하나의 공적인 임무는 예루살렘 성전에서 장사하는 사람들을 쫓아낸 일이다. 이 성전은 솔로몬이 쌓은 신성한 성전이었고, 당대 유대인들은 유월절을 맞이하여 전국 각지에서 예루살렘 성전을 찾아와 제물을 바치는 일이 전통이었다. 그리고 고위성직자들과 결탁된 상인들의 부정행위는 당대 가장 심각한 사회적 폐해였다. 예수는 끊임없이 교회 지도자들, 제사장 계급의 위선과 허위의식을 지적하고 고발했다. 유대인 사회 기득권층에 대한 예수의 이러한 도발은 결국 그가 유대인들에 의해 고발

〈환전상을 쫓아내는 예수〉. 엘 그레코. 미네아폴리스미술협회

당하고 십자가에서 처형당하는 결과로 나타난다.

예수는 제자들에게 자신의 죽음과 부활을 예고한 다음 목요일 저녁 제자들과 최후의 만찬을 나누고 밤 9시경 겟세마네에서 체포되어 가야바 대제사장의 심문을 받는다. 예수의 제자 베드로는 스승의 예언대로 예수와의 인연을 3번 부인하고 새벽닭의 울음소리를 듣고 자신의 허물을 깨닫게 된다. 아침 7시에 로마 총독 빌라도가 주관하는 재판이 진행되고 예수는 골고다 언덕에서 십자가에 못 박혀 처형당한다. 성경은 예수의 사망을 다음과 같이 기록하고 있다.

저희가 예수를 십자가에 못 박은 후에 그 옷을 제비 뽑아 나누고 거기 앉아 지키더라 그 머리 위에 유대인의 왕 예수라 쓴 죄패를 붙였더라 (마태복음 27:35-37)

가야바 대사제의 관저에 몰려든 유대인들이 "예수가 죽을 죄를 지었다"고 외치는 모습

예수께서 다시 크게 소리 지르시고 영혼이 떠나시다 이에 성소 휘장이 위로부터 아래까지 찢어져 둘이 되고 땅이 진동하며 바위가 터지며 무덤들이 열리며 자던 성도의 몸이 많이 일어나되 예수의 부활 후에 저희가 무덤에서 나와서 거룩한 성에 들어가 많은 사람에게 보이니라 (마태복음 27:50-53)

예수가 사망하자 군인들은 예수의 시신을 동굴 속에 두었는데, 나중에 예수의 제자들은 3일 만에 부활한 예수를 만난다. 예수가 사망한 날은 서기 30년 4월 7일 금요일로 추정된다. 당시 문헌이 예수가 "봄이 되고 난 다음 보름달이 지나고 첫 금요일에 사망했다가 일요일에 부활했다"고 기록하고 있기 때문이다. 춘분(3월 21일)을 봄이 시작되는 절기로 본다.

〈최후의 만찬〉. 레오나르도 다빈치. 산타마리아 델레 그라치에 성당. 밀라노

〈예수의 체포〉. 카라바조. 내셔널 갤러리. 더블린

〈십자가에 올려짐〉. 루벤스. 성모마리아 대성당. 엔트워프

제6절 그리스도교의 성립과 세계종교로의 도약

1. 그리스도교의 성립

그리스도교는 예수의 가르침을 추종하는 종교이다. 유대인들 사이에는 형식적인 종교적 의식보다 순수한 신앙의 열정을 중시하는 전통이 있었다. 기원전 8세기에 등장한 선지자 아모스는 성전에서의 예배와 유대교의 율법을 준수하는 것보다 영혼의 순수함과 가난하고 약한 자들을 돕는 자선행위의 중요성을 강조했다. 이후 많은 선지자들이 이 교훈을 되풀이해서 강조했고, 바빌론 유폐기 동안 성전의 붕괴를 경험함으로써 이런 사상이 유대교의 특성으로 자리 잡아 갔다. 나사렛 출신의 소박한 민중 지도자 예수 그리스도의 삶과 교훈은 이러한 유대인의 전통에 잘 어울리는 것이었다.

예수를 추종한 유대인들은 예수를 유대 민족을 구원하기 위해 세상에 온 메시아로 받아들였다. 유대 민족의 역사 속에는 메시아의 출현에 대한 선지자들의 예언이 계속되어 왔다. 메시아사상은 이사야가 최초로 주장했는데, 처음에는 메시아(기름부음을 받은 자)를 모세 혹은 다윗처럼 이스라엘 왕국의 영광을 재현할 위대한 정신적·세속적 지도자로 그렸다. 뒤에 지상의 왕국에 대한 심판, 죽은 자들의 부활 등의 사상이 더해지면서 제2의 심판과 연관되었고, 메시아를 신과 동일시하거나, 하나님의 아들이라고 부르기도 했다. 메시아사상은 기원전 2세기까지 완성되었다.

예수 출생 당시 유대는 로마의 꼭두각시 분봉왕 헤롯의 통치와 폭정으로 인해 유대 민중의 삶은 피폐했고, 그에 따라 구세주의 출현에 대한 열망이 대단히 높은 시기였다. 당시 유대인들은 사두개파와 바리새파, 그리고 에세네파로 분열되어 있었고, 무장 봉기를 통한 민족 해방을 기치로 내건 열혈당원(Zealots)들이 활약하고 있었다. 사두개파는 헤롯에 의해 임명되어 그에게 충성하는 사제 계급으로서 유대인 가운데 경제적·정치적·종교적 특권을 누리는 귀족 계급을 형성하고 있었다. 그들은 제사장 직위를 독점하며 백성을 지배하는 정치적 색채가 강하고 친로마적인 성향을 지녔다. 바리새파는 교회 권력 밖에서 율법과 예언을 해석하는 랍비를 배출하며 회당을 중심으로 세력을 모으고, 엄격한 종교적 제의와 영혼불멸 사상을 신봉하던 집단이었다. 에세네파는 금욕주의자들이었는데, 사치하는 사두개파와 극단적으로 대립하며 금욕적인 생활과 독신주의, 공동체 생활, 세례의식, 그리고 영혼불멸 사상 등 장차 초기 그리스도교의 여러 가지 특성을 실천한 계파였다. 한편 열혈당원들은 로마의 지배에 저항하며 메시아의 도래를 학수고대하고 헤롯의 폭정에 대한 활발한 반정부활동 및 '유대인의 왕'을 옹립하려는 조직화된 정치 결사체였다. 이처럼 세력화된 유대인 집단 이외에 대부분의 유대인들은 패배주의적 감상주의에 빠져 느슨하게 신앙을 유지하고 있었던 대중의 지위에 놓여 있었다.

이처럼 종교적, 민족적 갈등과 고난의 시기에 에세네파에 속한 세례 요한(John the Baptist)이 나타나 메시아의 출현을 예고하였고, 나사렛 출신의 예수(Jesus of Nazareth)를 메시아라고 지목했다. 예수의 생애(BC 4-AD 30)를 기록한 네 권의 복음서는 1세기 말까지 구전 등으로 전승되던 자료를 기록한 책으로 그의 출생과 선교, 죽음과 부활 등을 기술하였다.

예수의 삶은 구약 시대의 수많은 예언을 충족시킨 삶이었다. 구약성서에는 메시아가 출현하기 전에 "광야에서 외치는 소리"가 있다고 했는데 세례 요한이 이를 실천하였다. 예수에게 성령이 임재한 일, 예수가 행한 기적들, 예수의 교훈, 비유로 가르침, 예수의 금욕적인 삶, 그리고 현세에서의 가난을 축복하거나 성전에서 환전하는 사람들을 축출한 일 등은 모두 구약이 예언한 메시아의 삶을 충족시키는 것들이었다.

예수는 정통 유대교의 교리와 구별되는 새로운 교리를 확립하고 가르쳤다. 그는 신과 이웃에 대한 사랑을 강조하며 "원수를 네 몸같이 사랑하라"고 가르쳤다. 그는 또한 지상에서의 가난과 수치는 중요하지 않다고 하며 하나님의 나라는 이스라엘이라는 정치적 국가가 아니라 모든 사람의 마음속에 있다고 설파하였다.

예수는 당대 유대 민중의 열렬한 지지를 받았으나 지배계층에게는 배척되었다. 정치 지도자들은 예수가 군중 봉기의 도화선이 되지 않을까 경계했고, 사두개파와 바리새파 등 유대인 종교 지도자들은 예수가 그들의 위선과 허식적인 예배 행위를 공개적으로 비난했기 때문에 큰 반감을 갖고 있었다. 이들 종교 지도자들은 특히 예수가 스스로 '하나님의 아들'임을 자처한 것을 신성모독으로 받아들였다.

예수는 로마의 군경에 의해 검거된 것이 아니고, 유대인들 스스로가 예수를 붙잡아 로마의 사법당국에 넘기며 처벌해 줄 것을 강력히 요청하여 처형되었다. 예수의 재판을 맡은 로마 총독 본디오 빌라도는 예수를 극형에 처하는 것을 달갑게 여기지 않았다고 전해진다. 유월절의 관례가 죄수 한 사람을 방면하는 것이었기 때문에 빌라도는 유대 군중들을 향해 당시 악명 높은 살인자였던 바라바와 예수 가운데 한 사람을 풀어주겠다고 말한다. 이에 대해 유대 군중들은 바라바를 풀어줄 것을 요구했고 결국 예수는 십자가에 못 박혀 처형당하게 된다. 이날을 '성금요일'(Good Friday)이라고 부른다.

예수가 사망한 후 많은 추종자들은 실망하고 예수를 떠났다. 그들은 예수를 유대의 역사에 등장한 수많은 선지자 가운데 한 사람으로 평가 절하했다. 하지만 그의 제자들을 중심으로 예수의 가르침을 전파하려는 적극적인 선교 활동이 전개되었고 바울(Paul)에 의해 중요한 교리들이 정립되면서 유대교와 분리하여 그리스도교가 성립된다. 특히 그리스도교는 이방인에 대한 선교를 허용함으로써 세계종교로 확대되었고 유대교는 유대인 고유의 배타석인 민족종교로 남게 되었다.

예수는 유대인이었지만 유대인들에게 배척받은 위인이었다. 유대인들에게 예수에 대한 평가를 물으면 "그는 유대인이다", "그리고 그는 좋은 사람이다"고 대답한다는 우스개가 있다. 유대인은 예수에게 신의 아들, 메시아의 지위를 부여하지 않았기 때문이다. 예수의 생애로부터 현대에 이르기까지 예수와 유대인의 관계는 적대적이었으며 그리스도교와 유대 공동체 또한 결코 우호적인 관계가 아니었다고 할 수 있다.

2. 초대교회의 활약

예수가 처형된 후 예수를 배신한 제자 유다는 자살하고 나머지 열한 명의 제자들은 모두 도주하였다. 예수의 어머니 마리아와 막달라 마리아, 아리마대 사람 요셉과 예수를 추종하던 니고데모 등이 예수의 무덤을 지켰다. 성경은 예수가 십자가에서 처형된 지 사흘 만에 부활했다고 기록하고 있다. 아리마대 요셉이 예수의 시신을 수습하여 무덤에 매장했는데, 예수의 무덤을 찾은 여인들에게 천사가 나타나 예수가 부활했다는 소식을 전한다. 이후 예수는 여러 차례 제자들 앞에 모습을 나타냈고, 40일을 함께 지내기도 하면서 부활과 승천의 기적을 보임으로써 제자들을 죽음을 두려워하지 않는 용기 있는 사도로 훈련했다.

예수의 부활의 기적을 목격한 제자들은 '초대교회'를 결성한다. '예루살렘' 교회라고도 불리는 초대교회는 베드로의 영도로 예수의 제자들이 중심이 되어 결성되었는데, 이들은 공동생활을 하며 순수한 신앙의 가치를 강조했다. 베드로는 "예수 그리스도의 이름으로 회개하여 죄의 사함을 받고 세례를 받

〈성 베드로의 참수〉. 카라바조.
산타마리아 델 포폴로 성당. 로마

〈성 빌립의 순교〉. 리베라.
프라도 미술관. 마드리드

으시오. 그렇게 하면 성령을 받을 수 있소"라는 메시지를 전파하며 군중들에
게 부활과 구원의 복음을 전하였다. 유대교의 지도자들은 이들의 성장을 경
계하고 예수의 이름으로 선교하는 일을 금지하는 조치를 취했다.

초대교회의 중심인물 가운데 하나였던 스테판이 거리에서 돌에 맞아 순
교하는 사건이 생기고, 유대교의 박해가 점점 심해지자 예루살렘 교회의 중
심인물들은 유대와 사마리아, 다마스쿠스 등지로 피신하는데, 이는 역설적으
로 포교가 확산되는 결과를 가져왔다. 베드로와 요한, 야고보를 중심으로 한
제자들의 선교 활동은 교세를 확장하여 북쪽으로는 사마리아에서 시리아까
지, 남쪽은 아프리카, 서쪽은 소아시아까지 뻗어갔다. 사도 요한은 에페소에
정착해서 만년까지 초대교회의 지도자가 되었고, 마가는 알렉산드리아에 교
회를 세우고 아프리카 전도의 길을 개척했다. 이들은 수많은 고난 중에서도
공동생활을 영위하며 종교적 정체성을 유지해 갔고, 얼마 뒤 바울의 가세로
지중해 각지에 급속히 그리스도교의 뿌리가 내리게 된다.

'사울의 개종' 〈천지창조〉의 일부. 미켈란젤로. 세스티나 성당. 바티칸

사도 바울은 예수의 생전에 예수를 따르던 제자가 아니었다. 길리기아 출신의 바울은 로마시민권을 가진 바리새파 출신의 덕망 있는 젊은 신학자였다. 헬레니즘적 교양과 엄격한 유대교도로서의 교육을 받은 바울은 예수의 추종자들을 앞장서서 박해하던 인물이었다. 그리스도교도들을 적발하기 위해 다마스커스로 가던 중 그는 하나님의 소리를 듣고 개심하여 이름을 사울에서 바울로 개명한다. 이후 아라비아 사막에서 3년 동안 수도 생활을 하고 다시 10년을 고향에서 은둔한 다음 예루살렘으로 와서 활발한 선교 활동을 시작한다.

바르나바의 주선으로 베드로 등과 화해한 바울은 안티오크를 거점으로 소아시아와 유럽의 남안(南岸)으로 전도 여행을 하는데, 그의 전도 대상은

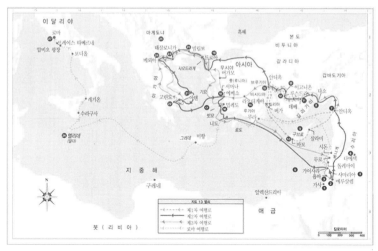

바울의 전도 여행

이들 지역에 흩어져 있는 디아스포라의 유대인뿐만 아니라 많은 이방인을 포함했다. 제1차 전도여행(서기 46년-48년)을 마치고 예루살렘으로 올라온 바울은 예수의 수제자들과 이방인 전도와 할례 문제에 관해 협의하고, 베드로 등 사도의 동의를 얻었다. 그 뒤에 그는 박해와 선교 방해, 투옥 등의 고난을 견뎌내면서, 제2차 전도여행(서기 49년-52년), 제3차 전도여행(서기 53년-57년)을 감행하였고, 키프로스, 소아시아, 터키 북부, 그리스 반도, 데살로니가, 아테네, 고린도, 에베소, 빌립보 등에 그리스도교 공동체를 구축하였다. 서기 60년부터 61년까지의 제4차 전도여행에서는 크레타섬을 거쳐 로마까지 진출하였다. 바울은 그리스도교를 유대교의 테두리에서 벗어나 인종적으로, 그리고 지리적으로 세계종교로 비약시키는 공로를 세웠다. 뛰어난 웅변가였던 바울은 설교를 통해 많은 사람들을 감동시키고, 가는 곳마다 크리스천 공동체를 만들고, 그 뒤로 그들과 서신을 주고받으며 초기 중요한 기독교의 교리들을 확립했다.

초대교회의 모습

정통 유대교가 구원의 조건으로 요구한 것은 "첫째 하나님을 믿는다, 둘째 할례를 받는다, 셋째 모세의 율법을 지킨다"였다. 바울이 여기에 "넷째 예수를 메시아로 인정한다"를 추가하였다. 이방인에 대한 선교가 선민사상이라는 정통 교리에 위배된다는 문제가 유대인 내부에서 제기되었지만, 이방인들이 그리스도교를 받아들이는 데 할례를 받지 않아도 된다는 교리가 확립되면서 이방인 포교가 활성화되어 갔다. 당대 사람들이 정치 및 현세에 대한 염증을 느끼고 있었으며, 이웃에 대한 사랑을 강조한 교리와 부활의 기적, 구원에 대한 보증, 유일 신앙 등 교리의 강점 등이 상승작용을 하면서 짧은 기간 동안 그리스도교는 많은 추종자들을 만들어 내며 세계종교로 비약해 갔다.

3. 세계종교로의 도약

(1) 헤브라이즘과 헬레니즘의 융합

기원전 4세기까지는 헬레니즘과 헤브라이즘이 서로 영향을 주고받지 않은 채 독자적으로 발전했다. 기원전 333년 마케도니아의 알렉산더 대왕이 동방원정에 성공하여 페르시아 제국을 정복하고 소아시아 지역을 장악하면서 헬레니즘문화(그리스의 고전문화)가 동방(히브리인들)에 알려졌다. 팔레스타인과 다른 지역에 살던 유대인들은 그리스의 뛰어난 학문 세계를 능동적으로 수용했고 알렉산드리아 등 대도시에 많이 이주하여 유대인 거주지역이 생겨나기도 했다. 유대인들 가운데 플라톤 사상에 정통한 철학자가 생기고, 구약성서가 그리스어로 번역되어 많은 사람들이 읽게 되었다. 많은 이방인들이 어떤 고대 문명의 종교보다 뛰어난 윤리적, 도덕적 교훈 체계를 갖고 있었던 유대교로 개종하는 일도 일어났다. 플라톤의 이상 철학은 유대인들로 하여금 자신들의 근본적인 신앙 체계를 보다 이성적으로 발전시키고 특히 유대인들이 "영혼불멸 사상"을 완성하는 데 기여하기도 했다.

헬레니즘과 헤브라이즘 모두 자연의 신비에 대한 해답을 구하고자 하였으나 헬레니즘은 근본적으로 객관적이고 외향적이며, 보편적인 원리를 추구한 반면, 헤브라이즘은 직관적이고 신비적이며 영적(정신적) 원리를 추구했다. 그리스인들은 우주의 신비에 대해 끊임없이 질문하고 해답을 구했지만, 히브리인들은 질문을 계속하면서 명확한 해답을 구하려 하지 않았다. 궁극적인 해답은 신의 섭리 속에 있으며 인간은 그 목소리에 귀를 기울여야 한다고 믿었기 때문이다. 그리스인들이 적용 가능한 객관적인 원리를 추출하려고 부단히 노력한 반면 히브리인들은 제의적 형식(ritualistic laws)을 확립하고 신의 뜻에 합당한 제사를 드리는 것이 인간의 본분이라고 믿었다.

그리스인들은 아테네의 지혜(wisdom)와 헤파이스토스의 기술(skill)을 숭상하며 민주적이고 질서 있는 국가를 건설하는 것을 공동체의 목표로 삼았다. 그에 비해 히브리인들은 시나이산에서 선민(Chosen People)에게 십계명을 게시한 우주의 창조자(The Creator of the Universe)를 찬미하며 신의 뜻을 대행하는 종교 지도자의 권위와 존엄성을 존중하고 유지하는 것을 공동체의 목표로 삼았다. 고전주의 문화는 형식적이고 체계적이며 세련된 예술로 상징되는데 헤브라이즘 문화는 단순하고 즉흥적이며 신비한 체험과 황홀경, 초자연적인 현상 등에 의미와 가치를 부여했다. 고전주의는 이성(head)에 어필하고 헤브라이즘은 감성(heart)에 호소한다.

그리스인들은 신화와 비극, 철학과 학문, 민주주의 정치체제 등을 인류에게 유산으로 남겼다. 로마인들이 정치와 법률, 도로와 도시 건설, 아우구스투스 시대 제국의 사회적·문화적 업적으로 인류 문화에 기여했다. 그리고 히브리 사람들은 신앙과 도덕, "신에 대한 사랑"(Love of God)과 "이웃에 대한 사랑"(Love of Neighbor)이라는 두 개의 원리를 제공함으로써 인류에게 공헌했던 것이다. 서구문화의 저변에 흐르고 있는 헬레니즘과 헤브라이즘의 두 물줄기가 서로 융합하고 상보하면서 서구문화의 전통을 확립해 왔다.

(2) 세계종교로의 도약

팔레스타인 지역에서 예수가 출현하고 그가 수난당하고 처형당했다가 부활하는 기적을 보이고 그의 사상을 추종하는 사람들에 의해 그리스도교가 성립하였다. 그리스도교는 비교적 짧은 시간에 세계종교로 도약하였다. 그리스도교가 짧은 시간 동안 세계종교로 도약하는 것을 가능케 한 몇 가지 조건이 있었다. 첫째, 로마제국에 의해 당대의 세계가 하나로 통합되었다. 둘째, 유대인 소거령에 의해 이산을 겪고 여러 지역에 흩어져 건설되었던 유대인 정착촌이 선교기지의 역할을 했다. 셋째, 로마제국의 정신적 황폐함으로 인해 통합된 제국의 신민들을 정신적으로 결합시킬 수 있는 우수하고 체계적인 종교의 출현이 기대되고 있었다. 이러한 요인들에 의해 그리스도교는 빠른 속도로 세계종교로 확장되어 갔다.

그리스도교가 성립된 후 초기에는 로마제국의 박해를 받았다. 네로 황제는 로마의 대화재 책임을 그리스도교도들에게 전가해서 박해했고 이후 레키우스(재위 249-251), 발레리아누스(재위 253-260), 디오클레티아누스(재위 284-305) 황제 등이 그리스도교를 소멸시키기 위해서 노력했으나 많은 순교자들과 함께 교세는 더욱 확장되었다.

콘스탄티누스 대제(재위 306-337)는 313년 <밀라노 칙령>을 발표하여 그리스도교를 승인했고, 325년 미케아 종교회의에서 이것을 공인종교로 인정하여 국가에서 보호해 주었다. 또한 테오도시우스 1세(재위 379-395)는 392년에 그리스도교를 로마의 국교로 채택하여 모든 이교와 이단을 금했다. 그 뒤 그리스도교는 중세 말에 이르기까지 서유럽사회의 정신적 지도권을 확보했다. 종교의 시대로 불리는 유럽의 중세는 그리스도교의 전성기에 해당한다. 교황의 교조적인 지위는 세속적인 왕 혹은 황제의 권위를 능가했고, 철학은 신학의 시녀로 전락했으며 신정일치의 국가 체계가 유지되었다. 르네상스 시대에 이르러 부패한 교회를 개혁하려는 종교개혁의 불길이 유럽을 휩싸면서 단일 대오를 유지하던 교회는 구교(Roman Catholic)와 개신교회(Protestantism)로 분열되어 오늘에 이르고 있다.

(3) 초기 그리스도교의 교리들

초기 그리스도교의 교리들은 예수가 지상에서 가르친 복음을 올바르게 해석하기 위한 진지한 노력에 의해 정립되었다. 초대교회의 주도 세력들은 수많은 토론과 종교회의에서의 논쟁을 통해 이견을 해소하고 그리스도교의 확산과 정착에 필요한 신학적 입장을 정리해 갔다. 초기 그리스도교의 중요한 교리와 용어들은 다음과 같다.

계약(Covenant): 하나님과 사람 사이의 약속. 그리스도교에서는 여호와 하나님이 모세를 통해서 이스라엘 백성과 맺은 약속인 '구약'과 비교하여 예수가 사람들과의 사이에 세운 새로운 구원의 약속을 '신약'으로 정리했다.

창조(Creation): 성서는 하나님이 천지를 비롯한 모든 생물의 창조주이며, 또한 만물을 무에서 창조했다는 것을 분명히 한다. 이것은 모든 존재와 그 의미가 궁극적으로는 하나님에게로 돌아간다는 것을 시사한다. 결국 창조라는 개념은 하나님의 유일성과 절대성에 대한 신앙고백이다.

삼위일체의 속성들(The Attributes of the Trinity): 삼위일체는 성부(Holy Father) 하나님과 성자(Holy Son) 예수 그리스도, 그리고 성령(Holy Spirit)이 3개의 위격(Persona)이면서 하나의 실체라는 이론이다. 성부는 권위(Power)를, 성자는 지혜(Wisdom)를, 성령은 사랑(Love)을 상징한다.

성사(Sacrament): 예수 그리스도가 제정한 전례(典禮). 그리스도교를 받아들인 신자들이 참여하는 성스러운 의식을 의미한다. 교회에 따라서 성사(聖事), 성례전(聖禮典) 등으로 번역된다. 7대 성사는 세례(Baptism)와 견진례(Confirmation), 고해성사(Penance), 성찬례(Holy Eucharist or Communion or Lord's Supper), 성직수여식(Holy Orders), 혼례성사(Holy Matrimony), 종부성사(Extreme Unction)이다.

성서(Holy Bible): 그리스도교회가 신앙과 생활의 규범으로 삼고 있는 경전이다. 『구약성서』와 『신약성서』 2부문으로 되어 있으며, 전자는 히브리어로 기원전에 쓰였고, 후자는 그리스어로 AD 1세기(일부는 2세기 전반)에 쓰인 것이다.

교부(教父): 교회의 아버지라는 뜻. 초기에는 주교(主教)를 가리켰으나, 4세기 말경부터 고대 교회의 저술가 중에서 특별히 교회가 사도적 신앙의 대변자로 인정했던 사람들에 대한 호칭이 되었다.

교회(教會): 그리스어 에클레시아(집회라는 뜻)에서 유래했으며, 그리스도교에서는 원래 예수를 그리스도(구세주)로 믿는 사람들의 집회 또는 하나님과 교제하는 공동체라는 뜻으로 쓰였다. 조직체로서는 오늘날 로마가톨릭교회와 프로테스탄트교회, 그리고 동방정교회 등으로 크게 나뉜다.

메시아(Messiah): '기름부음을 받은 자'라는 뜻의 히브리어이다. 후에 '구세주'라는 뜻으로 사용하게 되었다. '그리스도'는 메시아의 그리스어역이다.

성직자: 신도와 구별해서 교회의 특별한 임명을 받고 성무(聖務)에 전념하는 사람을 의미한다. 주교와 사제, 부제 또는 감독(監督), 장로(長老). 집사(執事) 등의 직분으로 나뉜다.

주일: 일요일. 예수가 주의 첫날인 일요일에 부활했다고 믿는 그리스도교들은 이 날을 주의 날, 즉 주일로 섬기며 매주 이를 기념해서 예배를 보게 됐다.

안식일(Sabbath): 유대인이 한 주일의 제7일에 붙인 명칭으로써, 금요일 일몰 때부터 1일간을 의미한다. 이날은 공적·사적 모든 업무를 정지하고 하나님을 생각하며 찬양하는 날로 삼았다.

복음(Good News): 예수가 가지고 온 하나님의 '기쁜 소식'이라는 뜻이다. 그리스도교에서는 예수야말로 인류의 불행인 하나님과의 불화를 제거하고, 인간의 원죄를 사면하며, 인생의 근본적 뜻을 구현하는 분으로서 그의 출생, 삶과 죽음, 존재 그 자체를 복음으로 보고 있다.

주의 기도(Lord's Prayer): 예수가 제자들에게 기도의 모범으로써 가르친 것이다. 「마태복음」 6장 9-13절, 「누가복음」 11장 2-4절에 기록돼 있다. "그러므로 너희는 이렇게 기도하라 하늘에 계신 우리 아버지여 이름이 거룩히 여김을 받으시오며 나라에 임하옵시며 뜻이 하늘에서 이룬 것같이 땅에서도 이루어지이다 오늘날 우리에게 일용할 양식을 주옵시고 우리가 우리에게 죄지은 자를 사하여 준 것 같이 우리 죄를 사하여 주옵시고 우리를 시험에 들게 하지 마옵시고 다만 악에서 구하옵소서 나라와 권세와 영광이 아버지께 영원히 있사옵나이다 아멘"

신경(The Apostles' Creed): 그리스도교의 주요한 교리를 간결하게 기술하여 교회 존립의 근본적인 신앙을 나타낸 것이다. 「사도신경」과 「니케아신경」 등이 유명하다. "전능하사 천지를 만드신 하나님 아버지를 내가 믿사오며, 그 외아들 우리 주 예수 그리스도를 믿사오니, 이는 성령으로 잉태하사 동정녀 마리아에게 나시고, 본디오 빌라도에게 고난을 받으사 십자가에 못 박혀 죽으시고 장사한 지 사흘 만에 죽은 자 가운데서 다시 살아나시며, 하늘에 오르사, 전능하신 하나님 우편에 앉아 계시다가, 저리로서 산 자와 죽은 자를 심판하러 오시리라. 성령을 믿사오며, 거룩한 공회와, 성도가 서로 교통하는 것과, 죄를 사하여 주시는 것과, 몸이 다시 사는 것과, 영원히 사는 것을 믿사옵나이다. 아멘."

아멘(Amen): '진정으로' '틀림없이' '그러하다' 등의 뜻을 지닌 히브리어이다. 일반적으로 기도와 신경, 찬송가의 끝에 사용한다.

아가페(Agape): '사랑'을 뜻하는 그리스어이다. 하나님의 사랑, 애타적·무상적(無償的) 사랑을 의미한다. 예수의 육화와 십자가와 부활 가운데서 그 사랑의 성취를 볼 수 있다고 한다. 널리 인간의 사랑을 뜻했던 그리스어의 '에로스'와 자주 비교된다.

수난(Passion of Christ): 예수가 박해로 인해서 고통받은 것을 의미한다. 특히 부활하기 전날까지의 1주간을 고난주간 또는 수난주간이라고 하며, 그중에서도 십자가에 못 박힌 날을 수난일 또는 성금요일(Good Friday)이라고 한다. 교회는 이날을 특별한 날로 지키고 있다.

십자가(The Cross): 예수의 사형에 사용되었던 도구이다. 그리스도교는 이 십자가 위의 수난 속에서 예수의 희생, 속죄, 하나님의 사랑 등을 발견했다. 따라서 십자가는 그리스도교 최대의 상징이 되었다.

십자가에 못 박힘(Crucifixion): 예수의 십자가에서의 죽음은 하나님에 대한 인류의 반역이었던 아담의 원죄를 속죄하는 것을 의미한다. 모든 사람들의 죄를 대속하여 예수가 십자가에 달려 죽임을 당한 것이다.

부활(Resurrection): 십자가 위에서 죽은 예수가 3일 만에 다시 살아난 것을 말한다. 이 신앙은 그리스도교의 가장 근본적인 교의이며, 하나님의 사랑으로 말미암은 구속사업(救贖事業)의 일환으로 보고 있다.

승천(Ascension): 그리스도가 부활한 뒤 40일 만에 제자들 앞에서 하늘로 올라간 것을 말한다. 그것은 이 세상에 보냄을 받은 하나님의 아들 예수가, 그의 지상에서의 사명을 마치고 하나님의 영광을 회복했음을 뜻한다고 한다.

사도(Apostles): 복음을 전 세계에 전파하기 위하여 예수 그리스도에 의해 '파견된 자'라는 뜻이다. 보통 예수의 12제자 외에 바울이나 예수의 형제 야고보 등을 사도라 부른다. 영국의 사도는 성 오거스틴, 아일랜드의 사도는 성 패트릭이다.

수도원: 일정한 규율 아래 수도사 또는 수녀가 같이 기거하는 장소를 말한다. 베네딕트회, 탁발수도회(托鉢修道會), 예수회 등 그 수도회의 성질에 따라 여러 호칭이 사용된다.

일곱 가지 미덕(Seven Virtues): 믿음(Faith), 소망(Hope), 사랑(Love), 신중함(Prudence), 인내(Temperance), 강인함(Fortitude), 정의(Justice)를 말한다.

일곱 가지 죄악(Seven Deadly Sins): 오만(Pride), 시기심(Envy), 탐욕(Avarice), 분노(Anger), 탐식(Gluttony), 나태(Sloth), 정욕(Lust)을 일곱 가지 치명적인 죄악으로 본다. 특히 죽음에 이르는 심각한 죄는 우상숭배(Idolatry)와 살인(Murder), 간음(Adultery)이다.

성일(Holy Days): 크리스마스(Christmas), 종려주일(Palm Sunday, 예루살렘 입성일), 성금요일(Good Friday, Crucifixion이 이루어진 날), 부활절(Easter), 오순절(Pentecost, 부활절 후 7번째 일요일), 사순절(Lent or the Lenten Season, 성회일(Ash Wednesday)에서 부활절까지의 40일) 등을 의미한다.

최후의 심판(Last Judgment): 세상의 종말이 도래하는 순간 그리스도에 의해 모든 산 자와 죽은 자가 심판받는 일을 말한다. 선한 자와 악한 자가 구별되며 악한 자에 대한 형벌(죽음과 지옥)과 선한 자의 구원(천국과 영원한 생명)이 이루어진다.

재림(Second Coming): 부활 승천한 예수 그리스도가 영광 속에서 다시 와, 산 자와 죽은 자를 심판하여 구원을 성취한다는 신앙이다.

구원(Salvation): 일반적으로는 불행과 죄악, 죽음 등으로부터 해방되고 싶은 인간의 욕망에 대해 종교가 약속하는 최고의 행복 또는 그러한 상태를 의미한다. 그리스도교에서는 하나님과의 화해의 행위가 그 요건으로 되어 있다.

천국(Heaven): 하나님의 거처이며 천사들과 구원받은 자들이 거하는 곳을 말한다.

지옥(Hell): 저주받은 자들과 사탄의 거처이며 불과 어둠, 고통이 있는 장소이다.

연옥(Purgatory): 죄의 대가로 사망 후 받게 되는 영원한 형벌이다.

제3장
유럽 중세 사회의 이해

●

제1절 중세의 성립과 게르만 정신

1. 중세의 성립

유럽의 중세(Middle Age)는 게르만 민족의 대이동이 시작된 5세기 중엽
부터 유럽을 근본적으로 변화시킨 르네상스가 시작되는 15세기까지의 천 년
을 의미한다. 중세는 교회와 교황의 권위가 압도하던 종교의 시대였고, 봉건
제도가 정치, 경제, 사회 구성체의 근간이 되었던 시기였으며 영주와 기사계
급의 전성기, 그리고 십자군 원정이 일어났던 때이다. 문화와 예술 활동이 억
압되던 암흑기(Dark Age)로 알려졌지만 대학과 수도원이 학문과 예술 활동
의 근거지가 되었고 영웅 서사시와 기사도 이야기가 크게 유행했던 시기였
다.

게르만은 인도유럽어족 중에 게르만어파 언어를 사용하는 민족을 총칭하

는 말이다. 북유럽 스칸디나비아반도에서 기원하여 중서부 유럽과 동부 유럽에 널리 흩어져 살던 여러 민족을 칭하는 용어이다. 영어로 'German'이라고 표기하는데 현대의 '독일'(Deutschland)과 구별하기 위해 우리말로는 '게르만'으로 쓰기로 한다. 분포 지역을 중심으로 동게르만족(반달족, 부르군트족, 동고트족, 서고트족, 랑고바르드족)과 서게르만족(앵글스족, 색슨족, 아라만족, 롬마르드족, 프랑크족, 바이에른족, 프리젠족), 북게르만족(노르드족, 데인족, 노르만족)으로 구분된다. 오늘날의 스웨덴인, 덴마크인, 노르웨이인, 아이슬란드인, 잉글랜드인, 네덜란드인, 독일인 등에 해당한다. 인류학상으로는 북방인종에 속하며, 남방인종에 비하여 키가 크고 금발에 푸른 눈을 가졌다. 영국과 아일랜드 원주민인 켈트족이나, 남부 유럽으로 이주하여 고대 로마를 건설한 라틴족, 그리고 동부 유럽과 러시아, 북아시아의 슬라브족은 게르만족에 속하지 않는다.

유럽의 북부에서 이주하여 중서부 유럽에 거주하던 게르만족의 일부가 기원전 2세기 말 남부 갈리아와 북이탈리아에 침입했다가 로마인에게 격퇴당했다. 이후 로마는 이들을 정복하기 위해 여러 차례 원정에 나섰으나 이들을 완전히 속국으로 편입시키지는 못했다. 오늘날의 프랑스에 해당하는 갈리아 지역을 평정한 줄리어스 시저의 『갈리아 원정기』와 타키투스의 『게르마니아』 등이 로마가 기록한 게르만족의 역사이다. 서기 3세기에 이르기까지 중부 유럽의 게르만족은 느슨하게 로마 제국의 경계 안에 위치한 채 일부는 로마의 시민권을 획득했고, 많은 게르만 용사들이 용병으로 로마군에 복무하고 있었다. 지중해를 중심으로 한 로마 문명권의 관점에서 게르만 세계는 문명의 변두리로 간주되었고 게르만인은 원시적이고 야만적인 족속으로 치부되었다.

서기 375년 중앙아시아의 유목민족인 훈(Hun)족이 게르만족 가운데 가

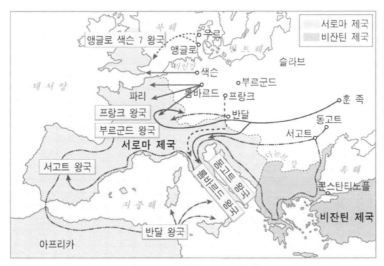

게르만 민족의 대이동(4-6세기)

장 동쪽에 거주하던 동고트족을 타격하는데, 동고트족은 게르만 족속 중에서 가장 호전적이고 역동적인 종족이었다. 훈족의 정체는 불명확한데, 혹자는 중국의 변방에서 발흥했던 흉노족으로 추정하기도 한다. 동고트족이 서쪽으로 밀려나면서 이것이 연쇄적으로 크고 작은 게르만족의 이동을 가져왔는데, 이것을 세계사는 '게르만 민족의 대이동'으로 기록한다. 6세기 말까지 약 200여 년 동안 일어난 이 이동을 '좁은 의미의 게르만족 이동' 혹은 '제1차 게르만족 이동'으로 부른다.

유럽의 동쪽에서 시작되어 중서부로 확대된 이 소동은 필연적으로 이 지역을 광범위하게 장악하고 있던 서로마제국의 붕괴를 가져왔다. 한때 효율적으로 조직되고 우수한 군장을 갖춘 로마의 군대에 속수무책으로 굴복했던 게르만족은 여전히 문화적으로 미개한 상태에서 야만성을 유지하고 있었다. 그에 비해 로마는 광대한 제국을 건설한 후 세련된 문화의 세례를 받아 고유의 저돌성을 상실하고 야성은 순화되었으며 사치와 쾌락을 탐닉하는 풍토에 빠지기도 했다. 제국은 서로마와 동로마제국으로 분열된 상태였다. 게르만족의 이동은 유럽 각 지역에서 로마의 전초기지를 붕괴시키고 476년 서로마제국은 멸망의 운명을 맞는다.

서로마제국이 멸망한 이후 유럽의 중서부에는 수많은 게르만 부족국가가 세워졌다. 북아프리카의 반달왕국, 에스파냐의 서고트왕국, 이탈리아의 동고트왕국, 남프랑스의 부르군트왕국, 북프랑스의 프랑크왕국 등이 그 예이다. 이들은 오랜 세월 동안 우수한 로마의 문물을 수용하면서 게르만과 로마라는 이질적인 두 문화를 융합해 갔다. 특히 프랑크 왕국은 중세 유럽의 구심점이 되었는데, 8세기 후반 카를로스(샤를마뉴) 대제는 유럽 대부분을 통치하면서 로마의 고전문화와 그리스도교, 그리고 게르만 전통을 융합한 서유럽 문화권을 형성했고, 교황에 의해 서로마제국 황제로 옹립되기도 했다.

한편 8세기부터 11세기까지 북게르만족이 이동하여 스웨덴과 노르웨이, 덴마크 지역에 새로운 왕국이 세워졌고, 프랑스 북쪽에 거주하던 노르만족은 정복왕 윌리엄의 영도로 앵글로색슨이 지배하던 영국을 침공하여 정복하게 된다. 북게르만족의 일부는 아이슬란드와 케예프(오늘날의 러시아)로 이동한다. 이것을 제2차 게르만족의 이동이라 부르고 게르만족의 이동이 11세기에 완료되었다는 시각도 존재한다.

게르만족의 이동과 로마제국의 멸망은 문명 세계 변두리에 있던 문화적으로 야만적인 소수 민족이 높은 수준의 문화를 향유하던 세계 제국을 파멸시킨 예이다. 4세기에 이르러 헬레니즘과 헤브라이즘이 융합되면서 인류는 사상 최초로 대단히 세련되고 우수한 문화를 갖게 되었는데, 그것은 바로 그리스도교 문화(Christian Civilization)였다. 그런데 이 혼성 문화의 발전이 5세기에 이르러 갑자기 중단되었고, 게르만 민족의 연쇄적인 이동이 그 원인

반달족의 로마 약탈(반달리즘의 유래: 문화유산, 예술품 파괴 행위)

이었던 것으로 간주되고 있는 것이다. 로마 제국이 구축한 모든 문화적 업적이 광범위하게 파괴되고 유럽의 문화는 훨씬 조잡하고 미개한 수준으로 퇴보되었다. 그리스 문화에 대한 지식은 점차 사라졌고, 라틴어를 해독하는 능력도 희귀한 것이 되었으며 책은 파괴되거나 방치되었고 학교도 폐지되었다.

그러나 겉으로 보이는 이러한 문화 파괴와 퇴보 현상은 실제로는 이질적인 두 문화가 충돌하고 적응하면서 융합되어 가는 과정으로 이해하는 것이 합당하다. 로마인의 관점에서 미개하고 야만적으로 보이는 게르만족에게도 우수한 문화적 기질이 존재했고, 그들이 그리스도교를 수용하면서부터는 교회와 종교의 권위에 종속되는 변화를 보이고 봉건제도를 사회제도의 근간으로 채택하면서 차츰 체계적인 봉건국가로 진화되어 갔기 때문이다. 중세가 마무리되는 14세기와 15세기 유럽의 대부분 지역은 여전히 중세적인 세계에 머물러 있었지만 특히 이탈리아를 중심으로 새로운 문명이 싹트기 시작했다. 문학적인 관점에서 보면 페트라르카(Petrarch)와 보카치오(Boccaccio) 등 르네상스의 시조와 같은 작가들이 활동하기 시작한 시기가 14세기였기 때문에 12세기부터 14세기까지를 르네상스 준비기, 혹은 중세의 문화적 절정기로 기록할 수 있다.

2. 게르만 정신

게르만족은 흔히 짐승의 가죽을 벗겨서 외투로 삼고 포획한 야생동물을 통구이로 요리하여 통째로 뜯어먹는 미개하고 야만적인 족속으로 치부된다. 그래서 그들은 고상한 로마 문화를 종식시키고 우수한 그리스도교 문화의 발전을 저해한 무지몽매한 세력으로 간주되어 왔다. 그러나 게르만 이전의 유럽과 게르만 이후의 중세 사회를 비교해 보면 뚜렷한 변화, 발전이나 진보로 해석할 수 있는 징표가 전혀 없는 것은 아니다. 우리는 그 변화의 원동력을 '게르만 정신'이라고 부른다.

로마는 제국의 말기에 이르렀을 때, 사치와 퇴폐의 풍조가 도를 넘는 지경이 되었다. 쾌락을 탐닉하는 인간의 본성은 계속적으로 더 강한 자극을 요구하게 되고 그것을 충족시키기 위해 로마인들은 비정상적인 행위를 스스럼없이 자행하기도 했다. 연극 무대에서 사람이 죽는 장면을 연출하면서 죽는 시늉에 만족하지 못하는 관객들을 만족시키기 위해 사형수를 무대에 세워 실제로 살인하는 행위를 했다. 성적으로 도착적인 취향을 만족시키기 위해 무대에서 실제 성행위를 했다는 기록도 전해진다. 이러한 로마인의 폐습과는 대조적으로 게르만족은 건강한 신체의 단련과 순결, 엄격한 도의심, 충성과 무용, 소박한 자연성, 넘치는 정열, 강한 공동체 의식 등과 같은 미덕을 갖고 있었다.

게르만 정신은 '행동'(Activity)을 중시했다. 어려서부터 사냥과 무예를 연마하고 사냥터와 전장에서 두려움 없이 앞장서서 싸우는 것을 미덕으로 여겼다. 게르만족이 연쇄적으로 원거리를 이동하는 중세 사회의 변화는 이러한 종족의 역동적인 기질을 반영하고 있는 것이다. 행동을 숭상하는 게르만족의 특성은 후에 기사들의 모험과 십자군원정의 원동력이 되기도 했다.

게르만족은 '독립정신'(Independence)을 강조했다. 게르만인들은 대단히 독립적인 종족이었다. 고대 그리스인들도 개인의 자유를 존중하고 독립적인 도시국가의 형태로 정착했지만 페르시아 전쟁의 예처럼 외부 세력의 침략에 대해서는 연대하여 저항하는 모습을 보였다. 게르만족들은 좀처럼 예속되거나 연대하지 않았다. 그들은 주거지를 인접해서 만들지 않았고 도시와 도시를 엮어 더 큰 공동체, 왕국 등을 지향하지도 않았다. 게르만인들은 모든 종류의 권위와 압박에 저항하고 중세의 압도적인 교회에도 순응하지 않았다. 중세사회의 가장 큰 특징인 봉건제도가 바로 이러한 게르만족의 독립정신을 잘 보여주는 예이다. 역사발전의 방향이 왕국의 출현으로 나타났을 때, 유럽의 왕국들은 명목적인 왕 밑에 독자적인 세력을 갖춘 여러 명의 영주들이 할거하는 지방분권적 봉건제도를 채택했던 것이다.

게르만인들은 기괴한 것(the Grotesque), 진기한 것(the Strange), 그리고 신비로운 것(the mysterious)에 관심이 많았다. 이것이 중세 문화의 중요한 특성인 '원시성'(the primitive)이다. 인위적인 세련됨보다 단순하고 투박하면서도 순수하고 자연스러운 것을 중시했다. 흔히 중세적 분위기로 쉽게 연상되는 고딕식 건축물의 특징인 어둡고 좁은 복도, 뾰쪽한 첨탑, 황량한 숲, 불길한 늪지, 폭풍우 등이 바로 이 원시성과 관련되어 있다. 순수하고 과도한 열정, 자유분방함, 생명력, 비정상적인 것, 정신이상, 귀신과 마녀 이야기 등의 중세적 기질은 중세에 대한 반작용으로 이해되는 르네상스 정신과 일맥상 통하는 요소들이 있다. 그리고 이러한 예술 정신은 18세기 말부터 19세기 초에 유럽에서 유행한 낭만주의 운동과도 통한다.

게르만족들은 인류 역사상 여성을 존중(Respect for Woman)하는 태도를 가진 최초의 종족이었다. 그리스 시대에 여성들이 가정 내에서 일정한 권리를 보장받는 지위를 누리기는 했지만 인류 사회가 가부장제 체제를 채택한 이후 여성은 줄곧 남성에게 예속된 열등한 존재로 여겨져 왔다. 게르만족들은 여성을 존중할 뿐 아니라 숭배하고 보호할 대상으로 삼았다. 게르만족 가운데는 여성을 신성시하거나 자연신으로 여신을 숭배하는 족속이 많았다. 이러한 정신은 중세 사회를 지탱하는 가장 중요한 계층이었던 기사 계급의 기사도정신에 구현되어 있다. 여성을 존중하는 게르만 정신은 중세에 유행하기 시작한 성모 마리아 숭배 사상의 영향을 받은 것으로 보인다.

게르만인들은 뛰어난 문학작품이나 특별한 예술 형식 등을 생산해서 인류에게 우수한 문화적 유산을 남기지는 못했다. 그러나 행동을 중시하고 자주적이고 독립적인 태도를 존중하는 정신, 건강한 원시적 생명력과 같은 그들의 독특한 기질과 태도는 서구인의 삶과 사상에 직접적이고 지속적인 영향을 행사했다고 할 수 있다.

▪ 제2절 봉건제도와 도시의 발달

1. 봉건제도의 성립

유럽의 중세 사회는 봉건사회였다. 봉건제도(feudalism)는 중세 유럽의 가장 중요한 사회 체제였는데, 그것은 신분제도였고, 정치체제였으며 장원을 중심으로 한 경제체제이기도 했다. 유럽의 봉건제도는 고대 게르만족의 '종사제도'와 로마제국 말기의 '은대지 제도'가 결합한 결과이다. 게르만의 종사제도는 자유민 출신으로 구성된 종사들이 수장과 계약을 맺고 약탈 원정에 참여하여 전투력을 제공한 다음, 그 서약의 대가로 약탈에서 얻은 전리품을 분배받았던 제도이다. 로마제국의 은대지 제도는 이민족 야만인 출신의 군인이 국경 수비에 봉직한 대가로 국가가 일정한 규모의 토지를 제공했던 제도이다. 전투력을 가진 사람은 신분이 높은 사람에게 종속되어 충성을 맹세하고 무력을 제공하는 대신, 그의 주인은 봉사의 대가로 토지를 할애하고 사회적 신분을 부여하여 보호한다는 주종관계가 봉건제도의 핵심이다. 일상생활에서 '봉건적'이라는 말은 권위적, 전통적, 비합리적, 전근대적이라는 의미를 갖는 경우가 많다.

9세기 들어 서유럽에 등자(말안장에 달린 발 받침대)가 보급되면서 중무장 기병들의 무력이 급상승하게 되었다. 이때 영주(주군)들이 신하(기사)들에게 중무장 기병을 부양하기 위한 영지를 분배하면서 봉건제도가 탄생했다. 이후 중부 유럽에서 주도권을 행사하던 프랑크왕국이 분열되고 제2차 게르만족의 이동이 시작되면서 사회적 혼란이 심화되었다. 이 과정에서 왕권이 크게 약화되자 지방의 영주들이 기사들을 거느리고 제후로 독립하면서 독자적인 자치권을 행사하는 성주가 되었다. 초기의 성주들은 주로 목책과 참호로 둘러싸인 망루로 이루어진 초보적인 성채를 건설했지만, 11세기부터 12세기 사이에 돌로 지어진 성채들이 널리 퍼지면서 봉건 제도는 전성기를 맞이했다.

중세의 성

중세의 공성전

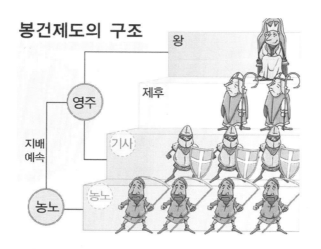

봉건제도의 구조

왕

제후

영주

기사

지배
예속

농노

농노

　봉건제도는 봉건영주-기사-농민(농노)으로 이어지는 피라미드형 신분 질
서였다. 이 신분제도에서 상층부 계층과 하위 계층 사이의 책임과 의무, 그리
고 권리는 쌍무적인 계약 관계를 구성했다. 주군은 신하를 부양하고 보호하
며, 신하는 주군에게 충성하며 군역을 포함하여 봉사와 조력을 제공하는 신
의와 성실의 의무를 준수하는 양방통행식 관계가 설정되었다. 군주제가 정착
되면서 왕이 있었지만 이 왕은 영주들을 압도하는 권력과 권한을 행사했다기
보다 다른 영주들보다 조금 더 넓은 영지를 가진 대표적인 영주의 위상을 갖
는 정도였다. 또한 영주 한 사람이 여러 개의 영지를 소유하는 경우도 있었
는데, 이때 각 영지마다 각기 다른 주군과 계약을 맺어 여러 주군을 동시에
섬기거나 혹은 영지마다 지위가 달라지는 경우도 있었다. 예를 들어 노르만
정복을 통해 영국을 통치하게 된 윌리엄 1세는 프랑스 노르망디 공작령과 잉
글랜드영지를 가지고 있었는데, 노르망디에서는 공작으로 프랑스 왕의 신하
였고 잉글랜드에서는 왕으로서 프랑스 왕과 대등한 군주였다.
　기사계급은 봉건제도를 지탱하는 핵심적인 계층이었다. '기사'(knight)는 좁은 의미로는 '말을 탄 전사'라는 뜻이었지만 넓은 의미로는 봉건사회 지배계급 전체를 지칭하는 말이었다. 중세 유럽의 사회적 신분 위계질서는 다음과 같다.

Royal Family(왕족)	King, Queen, Prince, Princess
Nobility(귀족계급)	Duke(공작)
	Marquess(후작)
	Earl(Count, 백작)
	Viscount(자작)
	Baron(남작)
	Baronet(준남작)
	Knight(기사): 여기까지 Sir를 붙였음
Gentry(신사계급)	Gentleman: Mr. & Mrs.
Yeoman(독립자유농민)	봉건사회 해체기에 등장한 gentry와 영세농의 중간 계층. 농민 상류층.
Petty Farmer(영세농)	농민 하류층, 농노
Servant(하인계급)	하인 계급

귀족이라는 개념은 고대 그리스에서 처음 형성되었다. 귀족을 '아리스토이'(aristoi)라고 불렀는데, 이는 가장 우수하고 가장 고귀한 사람이라는 뜻이었다. 플라톤은 귀족이 지배하는 정치가 가장 훌륭한 정치라며 이를 '귀족정치'(aristocracy)라 칭했다.

고대 로마시대 귀족은 출신성분을 의미하는 말이었다. 귀족을 '파트리키'(patricii)라고 불렀는데, 이 말은 아버지를 의미하는 'pater'에서 파생되었다. 파트리키는 평민인 '플레브스'(plebs)와 결혼할 수 없었고, 상급 관직과 사법권 등을 독점했다. 로마가 왕정에서 공화정으로 발전하면서 평민의 권리가 확대되고 기원전 4세기경에는 두 계층 사이의 신분의 차이가 모호해지게 되었다. 로마 공화정 후기에 이르러 유력한 파트리키와 부유한 플레브스가 결합하여 탄생한 개념이 향후 서양 신분제도의 근간이 되는 '귀족'(nobilitas) 계급이다.

로마제국이 붕괴하고 게르만 왕국이 할거한 이후에는 봉건제도에 의한 중세 귀족이 출현하게 된다. 이들 중세 유럽의 귀족은 원래 부족장 등 '혈통에 의한 귀족'과 국왕으로부터 영지를 받아 그 지배자가 된 '봉건귀족'으로 구분되었다. 중세가 끝나고 근대가 시작되면서 국왕의 중앙집권화가 가속되었고 국왕은 이들 봉건귀족의 분권적인 영지지배권을 축소하고 절대주의적인 지배체제를 확립하였다. 한편 신흥 부르주아 출신 가운데 국왕의 관료 계급으로 편입된 사람들은 왕으로부터 귀족의 칭호를 받았다. 이들 새로운 귀족계층은 봉건귀족과 달리 영지지배권을 갖지 않은 명칭상의 귀족에 지나지 않았다. 18세기 시민혁명을 통해 대부분의 유럽 사회에서 귀족 계급은 몰락했지만 현대에 이르기까지 명목적인 귀족 계급의 잔재가 남아 있다고 볼 수 있다.

봉건사회 신분 제도의 중추였던 기사 계급은 십자군 원정을 통해 크게 세력이 위축되면서 차츰 신사 계급(gentry)으로 대치되었다. 좁은 의미에서 젠트리 계급은 귀족 바로 아래 계층이었는데, 이들의 신분이 상승하면서 하층 귀족인 기사 계급과의 경계가 모호하게 된다. 르네상스 이후 기사 계급이 몰락한 다음에는 젠트리 계급은 시골에 장원을 소유하고 노동에 종사하지 않는 특권 계급을 광범위하게 지칭하는 용어가 되었다. 근대가 시작되면서 신사 계급은 지주농업 경영에 적극적으로 관여하고 상공업에 투자하는 등의 방식으로 경제적 이익을 확대해 갔으며 지역사회 명망가로서 지방자치의 실무를 담당하기도 했다.

중세 유럽의 기사는 그리스도교 기사(Christian knight)였다. 그들의 종교

중세 장원의 구조

적·윤리적·사회적 책무를 규정한 것이 '기사도정신'이다. 그들은 신에게 헌신하고 경건한 신앙을 유지하며 여성과 약자를 보호하고 명예와 용맹을 중시하였다. 기사도정신은 후에 '신사도정신'으로 이어져 현대에 이르기까지 유럽인의 생활 규범에 큰 영향을 미치게 된다.

봉건제도의 다른 이름은 장원경제이다. 중세 봉건사회는 영주가 다스리는 영지(estate)를 단위로 자급자족하는 것을 경제 원리로 삼았다. 장원(manor)은 영주의 토지로 자급자족하는 독립된 경제 단위를 의미한다. 각각의 영주들은 자신의 장원을 실질적으로 지배하는 독자적인 통치권을 행사했다. 농업생산이 주된 생산력이었던 중세 사회에서 토지 소유는 귀족 영주들의 독점적 특권이었고 자유농민이나 농노들은 토지를 소유할 수 없었다. 중세 초기에는 자유농민의 수가 아주 작았고 농노와 사회적 신분과 위상이 크게 다르지 않았다. 농노들은 토지에 예속되어 강제 노동과 납세의 의무를 감당하고, 거주 이전의 자유가 없었다. 영주의 법정에서 재판을 받아야 했고 촌

락공동체를 이루고 살면서 자기 가정과 토지, 가옥 등 약간의 사유재산 소유가 가능했다.

장원의 크기와 구조는 일정하지 않았으나 장원의 중심부에는 영주관과 교회가 위치했고 경작지는 영주의 직영지와 농민 보유지, 공동의 목초지, 임야, 혹은 황무지로 구분되었다. 장원의 농경지는 춘경지와 추경지, 그리고 휴경지 등 3포 제도로 나뉘어 운영되었다. 농민들은 영주로부터 '농민 보유지'를 할당받아 농사를 지었는데 그 대가로 영주의 직영지에서 영주를 위해 무상노동을 하였다. 이것이 '노동'지대이다. 그러나 점차 '영주 직영지'가 축소되고 모든 토지가 농민 보유지로 바뀌면서 농민들은 자신의 땅에서 수확한 생산물('생산물'지대)이나 그것을 시장에 판매한 대금의 화폐('화폐'지대)로 지대를 지불하였다. 농민들이 토지를 단순히 '보유'하던 단계에서 '소유'하는 단계로 발전하면서 농노는 신분적으로 자유롭게 된다. 영국에서는 농노의 신분에서 벗어난 독립자영농민을 요맨(yeoman)이라 불렀는데, 농노 계급은 이후 유럽의 역사에 나타난 농노해방운동이나 시민혁명 과정에서 최종적으로 폐지되었다.

2. 도시의 성장과 길드 조직

10세기 이후 시작된 십자군 원정은 유럽 사회를 크게 변화시키는 역할을 한다. 그 변화 가운데 하나는 동방 무역이 활발해지고 상공업 중심의 도시가 발달하기 시작했다는 것이다. 이탈리아에서 베네치아와 제노바 등의 항구도시, 밀라노와 피렌체 등의 상공업도시가 형성되었다. 독일에서는 뤼베크와 브레멘, 함부르크, 쾰른 등의 도시가 두각을 나타냈고 메디치 가문과 같은 금융업자들이 등장하게 되었다.

새로 형성된 도시에서 상공업에 종사하여 세력을 형성한 사람들은 넓은 장원을 소유하고 신분을 세습하는 영주 계급과 적대적인 관계였다. 이들 도시들은 영주의 지배로부터 독립하여 자치권을 획득하기 위해 국왕의 지원을 요청했고, 국왕이 이에 호응하여 도시의 이익을 보호하는 조치를 취하는데, 이는 곧 왕권의 신장으로 이어졌다. 봉건제도 초기에 많은 기사를 거느린 세력이 강한 영주들을 완전히 압도하지 못했던 국왕이 십자군 원정 이후 기사계급이 축소되고 영주의 세력이 위축되자 도시 상공업자들과 결탁하여 왕권을 강화해 나가게 된 것이다.

　　이들 도시에서는 직업조합인 '길드'(guild)가 결성되어 도시 경제주체들 사이의 협조와 이익 추구의 창구 역할을 했다. 역사적으로 보면 최초의 길드는 원격지 상인들인 호상(豪商) 등의 '상인길드'로 시작되었다. 12세기 초에 '수공업길드'가 발생하여 13세기 후반부터 확산되었으며 14세기에는 각 도시의 길드조직이 큰 세력을 형성하고 시정에 참여하기도 했다.

　　길드는 독점적이고 배타적인 동업 조합이며 이익집단이었고, 현대의 로비 단체와 같은 것이었다. 처음에는 직종이 유사한 사람들끼리 형성한 느슨한 동업자 조직체였는데, 차츰 상호 간의 기본 목적을 침해하지 않고 상호협조하며 이익을 도모하는 조직적 집단으로 발전하였다. 이들은 길드에 소속되지 않은 상공업자를 배제하면서 길드의 배타적 특권을 수호하려고 노력했다. 조합원의 경제적 공존과 보호를 목적으로 하였으나 사회적·종교적인 성격도 지니고 있었다.

　　수공업길드는 도제제도에 의해 운영되었다. 도제제도는 처음 일을 배우기 시작하는 도제(apprentice)와 숙련기술자(journeyman), 그리고 이들을 실질적으로 거느리고 지도하는 최고 수준의 기술자인 장인(master)으로 구성되었다. 이들 사이의 관계는 교육과 훈육을 통한 기술의 전수가 기반이었고, 도제제도는 수공업 기술자 양성제도로 기능하였다. 도제제도는 12세기 독일에서 시작되었는데, 도제 수업 연한 등을 제도화한 것은 14세기 후반부터이다.

도제가 되는 연령은 10세부터 16세까지였고 수업연한은 대륙에서는 2년부터 8년 사이, 영국에서는 7년이었다. 이 기간 동안 도제들은 장인의 집에서 침식을 같이하면서 기술을 연마하였다. 도제 기간을 마치면 다시 3년 정도의 장인 과정을 거치고, 장인 기간을 마치면 장인 시작품(試作品)을 동업조합에 제출하여 기능 심사에 합격한 다음에야 한 사람의 독립된 장인으로서 활동할 수 있었다. 중세 말기 이후에는 독립된 장인이 되는 일이 매우 어려워 후계자 양성이라는 도제제도 본래의 기능은 쇠퇴하였다. 그 후 공장제수공업이 발전함에 따라 도제제도는 해체되었으나, 동직조합의 자치와 긍지의 전통은 오늘날까지 유럽사회에 남아 있다. 도제제도의 특징은 첫째, 장인과 도제의 관계가 인격적 관계였고, 둘째, 기술교육과 인간교육이 병행하여 이루어졌으며, 셋째, 장래의 지위가 보장된 교육이었다는 점이다.

3. 장원의 해체

도시가 형성되어 발달하고 도시를 중심으로 상업과 수공업이 발전함에 따라 자급자족을 목표로 하는 장원도 근본적인 변화를 겪게 된다. 13세기는 중세의 사회·문화의 정점인 동시에 그 쇠퇴의 출발점이며, 한편 새로운 근대의 시발점이기도 했다. 11세기 이후 유럽 각지에 도시가 생기고 그 도시를 중심으로 상공업과 화폐경제가 발전함에 따라 12세기 초부터 봉건사회의 기초를 이룬 장원제도에 큰 변화가 나타나기 시작했다. 그 변화는 다름 아닌 봉건적 지대 형태의 변화였다.

농민들이 영주로부터 농지를 할당받아 농사를 짓고 무상노동의 형태로

'노동지대'를 지불하다가 이것이 차츰 '생산물지대'와 '화폐지대'로 바뀌었다고 앞에서 설명했다. 농민들이 화폐로 지대를 지불함에 따라 영주의 직영지를 경작할 노동력을 찾기 어렵게 되었고, 영주의 직영지가 크게 감소하면서 영주와 농민 사이의 봉건적인 지배 관계를 변화시켜 점차 지주와 소작인의 관계로 바뀌게 되었다. 이와 같이 농민들의 신분이 해방되면서 장원은 해체되어 갔다. 14세기 중엽 유럽에 흑사병이 창궐하여 인구가 격감하였고 이는 곧 노동력의 부족을 가져왔다. 그에 따라 노동자들의 임금 인상과 처우 개선을 요구하는 목소리가 커졌고, 여전히 장원의 의무를 강요하는 영주들에게 반발하는 농민반란이 유럽 각지에서 빈번하게 발생하기도 했다.

도시의 부흥과 화폐경제의 발전, 그리고 장원의 해체는 중세 사회의 경제적인 기초 구조를 변화시켰고, 이러한 변화는 자연히 중세 사회의 전면적인 해체를 가져왔다. 이제까지 교회와 수도원은 대토지 소유자인 귀족들의 지지를 받았고 교회 자신도 대토지 소유자였다. 그런데 부의 중심이 토지로부터 화폐로 옮겨지고, 토지 귀족이 점차로 몰락해 감에 따라 교회와 수도원의 위세도 점차 축소되어 갔다.

14세기와 15세기 동안 로마 교황청의 권위가 쇠퇴하고 교회의 지배조직이 분열되고 해체되는 현상이 나타났다. 이는 내부적으로는 성직자들의 세속화와 도덕적 타락이 요인으로 작용했지만 보다 근본적인 원인은 중세 사회 경제 구조의 변화에 있었다. 중세 말기 유럽 각지에서 발생한 반봉건, 반귀족적인 농민 해방운동은 사상적인 면에서 반로마교회적인 종교개혁운동과 결부되어 있었다. 중세 말에 이르러 기사 계급이 몰락하고 장원이 해체되고 봉건사회가 붕괴하면서, 세속적인 왕권은 새로 등장한 상공업자 시민 계층과 손을 잡고 점차로 절대왕정의 시대가 개막되기 시작했다.

제3절 중세 교회와 십자군운동

1. 중세 교회와 교황

유럽의 중세 천 년은 종교의 시대였다. 교회와 교황의 권위와 위세는 절대적이었고, 모든 학문의 기반이라는 철학은 신학의 시녀로 전락했다는 조롱을 받았다. 지나치게 자유분방한 정서와 격정적인 감정의 분출, 자극적인 예술적 표현 등을 모두 건강한 인간 정신을 병들게 하는 위험한 것으로 치부한 교회에 의해 문화와 예술 활동 전반은 위축되었고, 그래서 중세는 암흑시대라는 별명을 얻기도 했다.

476년 서로마제국이 멸망한 이후 교회는 중세 세계의 유일한 권력으로서의 지위를 강화해 갔다. '천국의 열쇠'를 가진 교황의 압도적인 권위가 확립되었으며 성직자들은 교황→ 대주교→ 주교→ 교구사제로 이어지는 성직 위계질서를 갖추고 귀족과 함께 중세 사회의 지배층을 형성했다. 중세 교회는 신의 계시만이 유일한 진리이고, 신부들이 주재하는 성사를 통하지 않고서는 천국에 갈 수 없다고 가르쳤으며, 이를 따르지 않는 자는 파문에 처했다.

중세 교회를 표현하는 많은 말들이 있다. "중세 교회는 막강한 권한을 가졌다." "교황은 속세의 왕이나 황제를 능가하는 권력을 장악했다." "교회는 많은 토지를 보유한 부패의 온상이었다." "중세 말에 이르러 면죄부를 판매하는 과오를 범하고 종교개혁의 대상이 되었다." 그런데 이와 같은 부정적인 설명들은 중세 교회의 극히 일부분을 지나치게 과장하고 확대한 표현들이다.

중세 교회는 많은 훌륭한 특질을 갖고 있었다. 첫째, 중세의 성직자들은 뜨거운 신앙적 열망을 갖고 있었다. 중세의 영적지도자들은 세속적인 욕망으로부터 자신을 격리하고 금욕적인 삶을 통해 신과 교통하기를 열망하는 사람

들이었다. 둘째, 중세의 종교지도자들은 높은 지성과 실행 능력을 갖춘 지식
인들이었다. 그들은 신을 더욱 체계적이고 조직적으로 이해하기 위해 자체적
으로 규율을 만들어 수도원을 설립했고, 묵상과 기도, 순종과 사랑의 실천에
힘썼다. 또한 수도원 안에 대학을 설립해 신학을 지식으로 더욱 체계화시키
는 일에 헌신했다. 현재 유럽의 많은 대학들은 바로 중세 시대에 만들어진
대학을 모체로 하고 있다. 셋째, 중세 교회는 열정적인 선교라는 긍정적인 결
과를 이끌어냈다. 유럽의 여러 지역에 복음이 전해졌고, 그 복음은 이웃에 대
한 사랑의 봉사와 헌신, 그리고 교육을 통해 미개했던 그 땅을 변화시켰다.

   게르만족 또한 로마 문명과의 만남을 통해 그리스도교를 수용하고 많은
인원이 그리스도교로 개종하였다. 게르만족들은 이를 매개로 로마 문화와 게
르만적 전통을 융합해 갔고, 교회는 지방 분권적이던 중세 유럽을 정신적으
로 통합하는 기능을 수행했다. 교회와 수도원은 학문과 문화 활동의 본거지
로 기능했다. 그리스도교의 교리를 바탕으로 인간과 자연, 인간과 신의 관계
에 대한 권위 있는 해석이 내려졌고, 모든 지식은 사제들이 생산하고 기록하
여 수도원에 보관했다.

   중세 교회의 발전과 변화를 크게 세 시대로 나누어 설명한다. 중세 교회
의 초기 시대는 교황 그레고리 1세가 즉위한 서기 590년부터 프랑크 왕국의
샤를마뉴 대제가 로마 교황을 롬바르드족의 공격으로부터 구출해준 대가로
황제로 책봉된 800년까지의 시기이다. 이 시기 동안 교회는 성 오거스틴의
신학을 정리하는 데 힘을 쏟았으며 중세 교회의 선교와 수도원제도를 확립하
였다.

   중세 교회 중기 시대는 교황권의 확립을 이루었다. 세계사가 '카노사의
굴욕'으로 기록하고 있는 사건은 주교를 임명하는 서임권을 둘러싸고 신성로
마제국 황제와 교황과의 싸움에서 교황이 승리한 사건이다. 1075년 교황 그

레고리오 7세는 세속 군주가 주교를 임명하는 황제의 주교직 서임을 금지시켰다. 이는 황제의 권한을 위협하는 것이었기 때문에 신성로마제국의 황제 하인리히 4세는 교회의회를 소집하여 그레고리오 7세를 더 이상 교황으로 인정할 수 없다는 폐위를 결의하였다. 이에 교황은 로마 회의에서 황제 하인리히 4세의 파문과 폐위를 선언함으로써 맞대결을 하였다.

시간이 지나면서 독일의 주교들과 공작들이 황제의 반대편에 섰고 교회회의 결과가 효력을 발휘하지 못하게 되었다. 파문을 당한 황제는 봉건 제후들의 충성을 받을 수 없게 된 것이다. 결국 하인리히 4세는 교황에게 굴복하여 항복 문서를 보냈지만 교황은 황제를 불신하였다. 황제는 자신의 입지가 급속히 불리해지자 북이탈리아의 카노사성에 체재 중인 교황을 방문하여 눈속에서 맨발로 3일간 서서 굴욕적으로 사면을 받았다. 교황권과 황제권은 줄곧 긴장과 갈등 관계 속에 있었는데, 이 사건은 교황의 권위가 세속 황제의 권위를 능가했던 사례를 보여준다.

그런데 교회지도자들이 교회 내부의 권력을 확실히 장악하게 되면서 필연적으로 교회의 부패가 만연하게 되었다. 고위 성직자들은 정치권력과 결탁하여 자신들의 경제적 이익을 극대화하기 위해 노력했고 교회 내부의 성적인 부패도 심각하였다. 오토 대제의 개혁 운동과 수도원 개혁 운동 등이 시도되었으나 제도권 내에서의 개혁 운동으로서 한계를 보였고, 이에 따라 제도권 교회에 대한 저항운동도 활발하게 전개되었다.

중세 후반에 이르게 되면서, 교권과 세속 권력의 대립, 성적 타락, 성직 매매, 무지와 미신, 그리고 면죄부 판매와 같은 교회의 여러 가지 부정적인 증상들이 나타나게 된다. 중세 후기의 교회 내 성적 타락은 매우 심각한 수준이었다. 일반 사제들은 물론이고, 주교와 추기경에 이르기까지 첩을 두는 일이 매우 흔했고, 그로 인해 수많은 추행이 교회 안에서 일어났다. 부를 축적하기 위해 돈을 주고 성직을 사고파는 일이 흔했고, 그 영향은 일반 성도들의 신앙에 크게 미쳤다. 당시 중세 교회 안에는 라틴어로 번역된 성경을 사용하고 라틴어 설교만 허용되었는데, 일반 성도들은 성경을 가질 수도 없었고 라틴어로 된 성경을 읽을 수도 없었다. 따라서 자연스럽게 영적 무지와 미신에 빠질 수밖에 없었다. 여기에 로마 교황이 교회의 건립비용과 교회의 부족한 재정을 해결하고자 금전이나 재물을 봉헌한 사람들에게 죄를 면해주는 면죄부 증서를 판매하게 되면서 그 타락은 극에 달하게 된다.

영적 타락이 두드러졌던 중세 말에 새로운 개혁의 바람이 사회 일각에서 준비되고 있었다. 사회적으로 르네상스 인문주의 운동이 태동하면서 사람들의 의식이 서서히 깨어나게 되었고, 신대륙 발견과 지동설로의 전환은 당시 사람들이 '패러다임의 변화'를 겪게 했다. 당시 인문주의자였던 에라스무스는 로마교회의 미신과 그릇된 신앙에 대항해 의식의 회복과 개혁에 힘썼고, 교황의 권위에 반기를 들었던 존 위클리프는 '성경이 모든 그리스도인을 위한 지고의 권위이고 신앙의 기준이며, 모든 인간적 완전함의 기준'이라고 주장하며 성경 번역에 힘썼다. 이러한 내부적인 개혁은 대부분 실패로 끝나고 말았지만, 개혁을 향한 이들의 몸부림은 사라지지 않았고, 고스란히 종교개혁의 씨앗으로 연결됐다. 특별히 중세 말, 인쇄술의 발달은 르네상스 인문주의 속에서 초대교회 교부들의 책들과 자국어 성경 번역을 활발하게 만들었고, 이를 통해 중세 어둠의 1000년이 서서히 걷히고 종교개혁의 준비를 하게 되었다.

2. 십자군 원정과 교황권의 쇠퇴

10세기 이후 서유럽 국가들은 농업 생산이 증대되고 도시와 상공업이 발달함에 따라 사회적·경제적 안정을 이룩하게 된다. 내부적인 안정과 번영의 기틀을 다진 서유럽 국가들이 대외진출을 통한 세력 확대를 도모하면서 이와 동시에 교황권을 신장하여 동서로 분리된 교회를 통합하려는 시도를 시작했다. 이런 명목으로 11세기부터 13세기까지 서유럽의 그리스도교 국가들이 '성지 회복'을 기치로 내걸고 대원정에 나선 것이 '십자군 원정'(Crusades)이다. 원정에 참가한 기사들이 가슴과 어깨에 십자가 표시를 했기 때문에 이들을 십자군이라 불렀다.

십자군은 그리스도교 문화와 이슬람 문화가 충돌한 결과이다. 이슬람교는 7세기 초 아라비아의 예언자 모하메드(무함마드)가 완성시킨 종교이다. 서기 570년 메카에서 출생한 모하메드는 부모를 잃고 삼촌의 손에서 자랐다. 622년 7월 15일 메카에서 메디나로 이동하였는데, 이날을 이슬람교에서는 '헤지라'라고 부르며 이슬람교의 기원 원년으로 삼는다. 알라(Allah)는 다신교 시대부터 아라비아 지역에서 최고신으로 숭배되어 왔는데, 모하메드는 한 걸음 더 나아가 다른 모든 신을 부정하고 오직 알라만을 유일신으로 내세웠다. 이슬람교에서는 전지전능한 알라의 가르침이 천사장 가브리엘을 통하여 모하메드에게 계시되었고, 알라의 계시를 모은 것이 『코란』이라고 말한다. "알라 이외에 신은 없다"는 이슬람교의 신조이다.

이렇게 출발한 이슬람교는 한 손에는 코란을, 다른 한 손에는 칼을 들고 아라비아 전역을 점령한 다음, 635년에는 다마스쿠스를, 638년에는 예루살렘을 각각 점령하였다. 또한 이집트를 침공해서 오늘날 카이로로 알려진 도시를 건설하고 642년에는 알렉산드리아를, 647년에는 아프리카 북부 해안 지역을, 그리고 651년에는 페르시아를 완전히 점령하였다. 북아프리카로 세력을 넓힌 이슬람교도들은 695년 카르타고를 점령하고, 지브롤터 해협을 건너서 스페인으로 진출했으며, 732년에는 피레네산맥을 넘어서 프랑스까지

침공하다가 투르에서 프랑스 왕에게 격퇴당한 뒤 스페인의 코르도바에 독립적인 칼리프제국을 건설하였다.

중세 시대 그리스도교도들은 오늘날의 이슬람교도들처럼 성지순례를 종교적인 의무사항으로 준수하고 있었다. 칼리프 오마르(Omar)가 팔레스타인 지역을 점령한 때는 637년이었지만 그 이후로도 그리스도교도들에게 제한된 조건 아래에서나마 성찬 전례의 거행과 예루살렘 성지 순례가 허용되었다. 한편 중앙아시아의 유목민족인 투르크족의 일파였던 셀주크투르크가 세력을 신장시켜 중동 지역의 강자로 부상하였다. 이들은 시리아와 아르메니아, 소아시아를 점령하고 콘스탄티노플을 위협했을 뿐 아니라 유럽의 그리스도교도 성지 순례자들을 억압하고 박해하였다. 1075년 셀주크족은 예루살렘을 정복하여 교회를 파괴하고 순례자들을 살해하였다. 이에 그 당시 교황 그레고리오 7세는 그리스도교도들에게 성지의 수호를 호소하였다. 하지만 성직 임명권을 둘러싼 논쟁이 이러한 호소의 실현을 방해하였다.

투르크족의 위협에 시달리던 비잔틴 황제 알렉시우스 1세는 로마의 교황 우르바노 2세에게 구원을 요청하였고, 우르바노 2세는 1095년 프랑스의 클레르몽(Clermont)에서 열린 공회에서 예루살렘을 되찾기 위한 성전을 벌일 것을 호소한다. 그는 이 전쟁에 참여하면 그동안 지은 죄를 용서받을 수 있다고 사람들을 설득했다. 이와 같은 교황의 호소에 공회 참석자들은 "신이 원하신다"고 화답하였다. 이에 따라 많은 영주들과 기사, 성직자, 농민들이 11세기 말부터 약 200년간에 걸쳐 8차례 원정에 나선다. 규모가 작은 원정대까지 포함하면 모두 15차례 십자군 원정이 시도되었다는 설명도 있다.

1096년은 제1차 십자군 원정이 실시된 해로 기록된다. 성지를 회복하려는 사명감과 그리스도교에 대한 자부심과 열정으로 원정에 나선 십자군은 3년 만에 예루살렘을 탈환하는 데 성공한다. 당시 팔레스타인 지역의 무슬림들은 시아파(파티마 왕조의 이집트인)와 수니파(투르크인)가 크게 대립하는 가운데 수많은 작은 공국과 도시들로 분열돼 반목하고 있었다. 고트프리트가 이끈 제1차 십자군은 1097년 니케아를 점령했고, 1098년에는 안티오키아에 도착했으며, 1099년 7월 5일 예루살렘을 공략하였다. 예루살렘에는 그리스도교 왕국이 건립되었고, 고트프리트는 첫 번째 왕으로 선출되었다. 예루살렘을 회복한 십자군은 군대를 정비하여 칼리프가 정주하고 있던 바그다드를 점령하기 위해 진군했지만 1101년 소아시아 지역에서 궤멸되고 말았다.

예루살렘이 다시 이슬람 세력의 위협을 받게 되자 교황 에우제니오 3세는 1147년에 제2차 십자군을 조직해 맞서게 된다. 프랑스 국왕 루이 7세와 독일의 국왕 콘라트 3세가 가담한 제2차 십자군은 타우루스(Taurus) 전투에서 터키족에게 참패를 당하고, 1184년 다마스쿠스와 아스칼론을 공격했지만 아무런 전과를 올리지 못했으며 1187년 7월 4일 이슬람 세계의 위대한 술탄 살라딘의 막강한 군대에 대패하고 만다. 살라딘은 1187년 10월 3일 예루살렘을 정복하였다. 살라딘은 오늘날 이라크 지역에서 태어나 1171년에 이집트의 파티마 왕조를 무너뜨리고 이집트의 왕이 되었다. 살라딘은 팔레스타인과 시리아까지 손에 넣어 이슬람 세계를 통일하고 아이유브 왕조를 세웠다. 살라딘은 예루살렘을 되찾기 위해 '지하드'를 선언했는데, 지하드란 아랍어로 '이슬람교의 성스러운 전쟁'이란 뜻이다.

미국의 시사주간지 『타임』지가 세기의 인물을 선정하면서 12세기의 인물로 살라딘(살라흐 앗 딘)을 지명할 만큼 위대한 이슬람 지도자로 알려져 있다. 『타임』지는 11세기 인물로는 영국의 윌리엄 1세를, 13세기는 징기스칸을, 14세기의 인물로는 이탈리아 피렌체 출신의 화가인 지오토 디 본도네를, 15세기의 인물이면서 동시에 천년기의 인물로는 금속활자를 발명한 요하네스 구텐베르크를, 16세기의 인물로는 영국의 엘리자베스 1세를, 17세기의

11-13세기 유럽의 판도와 십자군 원정

인물로는 물리학자 아이작 뉴턴을, 18세기는 미국의 정치인 토마스 제퍼슨을, 19세기의 인물로는 발명가 토마스 에디슨을, 그리고 20세기의 인물로는 상대성이론을 발견한 물리학자 알베르토 아인슈타인을 선정하였다.

1189년에 조직된 제3차 십자군은 유럽 최강의 원정대였다. 영국의 사자왕 리처드 1세, 프랑스의 필리프 2세, 그리고 신성로마제국의 프리드리히 1세가 직접 원정에 참가했지만 별다른 전과를 올리지는 못했다. 프리드리히 1세는 전장에서 사망했으며 필리프 2세는 1191년 돌연 귀국했고, 리차드 1세는 1192년 9월 살라딘과 휴전을 체결하고 퇴각하였다. 교회와 교황은 제3차 십자군 원정 뒤에도 1270년까지 십자군을 다섯 차례 더 파견했다. 이들은 예루살렘을 찾겠다는 본래의 목적을 잊고 가는 곳마다 파괴와 약탈을 일삼았다. 제4차 십자군 원정은 엉뚱하게 그리스도교 세계였던 콘스탄티노플을 장악하고 그곳에 라틴제국을 세우기도 했다.

200여 년에 걸친 십자군 원정은 제1차 원정만 빼고는 모두 실패했다. 제1

〈십자군의 콘스탄티노플 약탈〉. 드라크루아. 루브르 박물관

차 원정대가 예루살렘을 탈환했고 그 이후에 예루살렘 성안까지 진입했던 원
정대는 없었다. 원거리 이동에 따른 피로와 식량부족, 질병 등의 요인에 의해
십자군은 이슬람 군대를 상대로 변변한 전투를 수행하지도 못한 채 괴멸되어
버린 경우가 많았다. 계속된 원정의 실패는 유럽 사회를 근본적으로 변화시
키는데, 가장 두드러진 변화는 교회와 교황의 권위가 떨어지고 왕권이 강화
된 것이다.

십자군 원정은 종교적인 요인이 추동한 성전의 성격이 강하다. 그러나 이
전쟁을 단순히 종교전쟁이라고 치부할 수는 없다. 중세 유럽의 여러 계층들
이 서로 다른 욕망에 이끌리어 십자군에 참여했다. 봉건영주와 기사들은 새
로운 영지를 차지하려는 야망에서, 상인들은 경제적 이익을 획득하려는 욕망
에서, 그리고 농민들은 봉건사회의 중압으로부터 벗어나 신분 상승과 새로운
세계를 맞으려는 희망에서 원정에 가담하였다. 그밖에 호기심과 모험심, 그
리고 약탈욕 등 잡다한 동기가 신앙적 정열과 뒤섞여 있었다.

십자군 원정은 유럽에서 교황권의 후퇴, 국왕 권력의 강화와 중앙집권화, 도시와 상업의 발달, 이슬람 문화와의 접촉에 의한 새로운 문화의 형성 등의 변화를 가져왔다. 교황이 주창하고 선도한 종교전쟁의 실패는 곧장 교황의 권위를 약화시켰다. 영주와 제후들은 전쟁 준비에 많은 물자를 공급하느라 경제력이 약화되었고, 휘하의 기사들은 반복된 원정을 통해 그 수가 획기적으로 줄어들었다. 전장에서 사망한 귀족의 소유 영지는 왕에게 귀속되어 왕권의 기반을 강화하였다. 지방분권적인 봉건제도가 십자군 원정을 거치면서 봉건 제후와 기사 계급의 몰락을 가져왔고, 국가 통치 구조는 중앙집권적 절대왕정의 시대로 옮아가게 되었던 것이다.

십자군 원정을 통해 무역이 활발해지고 상공업 도시가 발달하게 되었다. 원정대의 원거리 이동은 상인들에게 안전한 교역로를 제공했고, 그 결과 지중해를 중심으로 하는 동서 무역이 촉진되었으며 이슬람 문화와의 교류가 활발해졌다. 십자군운동으로 최대의 경제적 이익을 본 것은 북이탈리아의 여러 도시였다. 이후 르네상스의 주역으로 활약하는 상공업 중심 도시들이 십자군 원정의 부산물로 생겨난다. 또한 유럽의 그리스도교 문화가 비잔틴 문화 및 이슬람의 선진 문화권과의 접촉함으로써 중세 유럽은 새로운 문화적 자극을 받게 된다.

■ 제4절 중세 사회의 변화: 비잔틴제국과 절대왕정의 출현

1. 비잔틴제국의 성립과 몰락

비잔틴제국은 천년 제국이었다. 로마제국은 395년에 테오도시우스 황제가 사망한 뒤 동로마와 서로마로 분열되었고, 제국의 동쪽을 차지한 동로마

제국이 비잔틴제국으로 발전하였다. 하지만 동로마제국의 역사는 콘스탄티누스 1세가 로마제국의 수도를 로마에서 콘스탄티노플로 옮긴 서기 330년에 시작되었다고 해도 좋을 것이다. 콘스탄티누스는 그리스의 식민지였던 비잔티움을 새 수도로 선택하고 제국의 새로운 중심지로 삼았다. 그는 또한 그리스도교를 공인하는 등 친그리스도교 정책을 채택하여 국가와 교회가 긴밀한 관계를 맺게 했는데, 이는 뒷날 비잔틴제국의 한 특징이 되기도 한다.

콘스탄티노플은 삼면이 바다로 둘러싸인 요새로서 교통과 상공업의 중심지였다. 비잔틴제국은 서로마제국이 476년 역사의 무대에서 사라진 뒤에도 콘스탄티노플을 중심으로 1000년 동안 지속되었다. 비잔틴제국은 1453년 5월 29일 오스만투르크 제국의 술탄 메흐메드 2세가 콘스탄티노플을 점령함으로써 멸망했다고 본다.

비잔틴은 정치적으로 로마의 이념과 제도를 이어받고, 종교적으로는 그리스도교를 국교로 삼았다. 서유럽과 달리 황제권이 강하여 황제가 교회를 지배하는 황제교황주의를 채택했다. 문화적으로는 헬레니즘을 기조로 했으며, 언어와 문화, 일상생활 면에서 그리스의 전통을 많이 따랐다. 따라서 그리스를 중심으로 아나톨리아와 동지중해안의 여러 섬들을 포함하여 강력한 중앙집권적 국가로 성장했으며, 유스티니아누스 1세(재위 527-565) 시대의 과도기를 거쳐 왕권이 안정기에 접어든 헤라클리우스 황제(재위 610-641) 때 전성기를 누렸다.

유스티니아누스 1세는 북아프리카와 이탈리아, 에스파냐 남부 등 옛 로마 제국의 영토를 회복하고 로마법을 집대성한 『로마법대전』을 편찬하여 로마의 영광을 재현하려 노력하였다. 양잠법을 들여와 견직업을 일으키고, 성 소피아 성당을 세우는 등 내치에 힘썼다. 8세기 말에는 이슬람 세력과 롬바르트족, 아바르족, 슬라브족 등의 잦은 침입으로 영토가 발칸 반도 남단과 소

성 소피아 성당. 이스탄불

아시아 서부로 축소되었다. 9세기 말에는 이슬람 세력의 분열을 틈타 시리아 북부와 크레타섬을 회복하였다. 내부적으로는 관료제를 정비하고 길드를 통해 경제 활동에 대한 국가의 통제력을 강화하기도 했다.

비잔틴 제국의 확장: 유스티니아누스 황제 즉위(527)부터 사망(565)까지

콘스탄티노플로 진격하는 오스만군(1453). 오른쪽에 거대한 대포가 보인다.

11세기에는 대토지의 사유화가 증가되고 인근 도시국가들과의 무역 경쟁으로 인해 상공업은 쇠퇴하였으며, 십자군 원정의 영향과 흑사병의 창궐로 인해 황제의 권한이 약화되었다. 12세기 이후 과도한 영토 확장 전쟁과 여러 민족 간의 갈등, 종교적 분열, 이민족의 침입 등으로 제국의 재정과 인력이 파탄에 이르렀으며, 행정 구조가 변화하는 현실을 따라가지 못하게 되어 결국 붕괴되었다. 13세기 초 셀주크투르크족의 침입을 받았으며, 제4차 십자군은 콘스탄티노플을 점령하고 라틴제국을 세웠고, 1453년 오스만투르크의 침입에 의해 멸망하였다.

2. 비잔틴 문화의 특성

로마제국의 분열은 정치적 분열일 뿐만 아니라 역사와 문화를 달리하는 두 세계로 로마제국이 환원된 것이라 할 수 있다. 제국의 분열 이후 동로마제국은 그리스 고전 문화를 토대로 독특한 문화를 창조했고, 라틴의 색채 대신 그리스의 색채가 점차 더 짙어지게 되었다. 비잔틴제국은 로마제국의 동쪽이었지만 로마 세계와는 다른 전통 위에서 그리스 문화를 발전시킨 동방의 제국이었다.

비잔틴제국에서는 처음부터 그리스의 색채가 농후했다. 비잔틴제국의 상류층들은 고대 그리스의 후손들이었고, 제국의 공용어가 초기에는 라틴어였지만 곧 그리스어로 바뀌어 갔다. 또한 점차 그리스인이 라틴 출신 황제를 대신해 제위를 차지하게 되었다. 그리하여 7세기에 이르면 동로마제국은 형식과 내용 모두에서 그리스적 색채를 완연히 띤 동방 제국이 되었다.

비잔틴 문화는 근본적으로 그리스도교 문화였다. 여기에 그리스의 고전주의와 이슬람 문화가 융합된 것으로 이해할 수 있다. 비잔티움 제국은 그 지정학적 위치상 로마 제국의 고전적 전통과 중세 가톨릭 유럽의 전통, 그리고 소아시아의 이교 문화의 교차 지점으로서의 특성을 갖는다. 비잔틴 예술은 동로마 제국 및 그 지배하에 있었던 국가에서 볼 수 있었던 예술 양식으로, 콘스탄티노플을 중심으로 퍼졌다. 우아하고 세련된 그리스·로마 문화와 동방의 문화가 융합된 것이며, 4세기부터 15세기까지 약 1000년 동안 지속되었다. 비잔틴 예술은 특히 사원 건축에서 뛰어난 업적을 남겼는데 비잔틴 건축은 페르시아의 돔 형식과 로마의 바실리카 양식을 결합하여 건물 내부에 화려한 대리석과 원형의 돔을 설치하고 모자이크 장식을 특징으로 했다. 이스탄불의 성 소피아 성당이 대표적인 건축물이다.

비잔틴은 그리스 고전 미술 전통과 오리엔트 미술을 결합하여 독특한 미술 양식을 확립하였는데, 모자이크와 프레스코화 등으로 대표되는 표면 장식과 색채 미술에 장기를 보였다. 화려함과 현학적인 장식성이 비잔틴 미술의 특징이었다. 이콘(성화상), 동방적인 견직물과 모직물, 금·은·상아의 세공, 유리 제품과 비단 등의 공예 기술, 필사본의 첫머리 글자를 문양이나 그림으로 장식하는 세밀화 등에서 뛰어난 수준을 보였다.

비잔틴 제국은 동지중해의 신학, 학문, 문화의 중심지였다. 비잔틴 제국에서는 고대 그리스와 로마의 학문이 활발하게 연구되고 보존되었다. 비잔틴의 학자들은 잊히고 사라질 위기에 놓인 고대 철학의 주요 저서들을 필사하고 연구하고 보존하는 일을 했다. 이들은 고대 그리스 학문과 문명의 계승자이면서 후세 유럽인들에게 고대의 학문적 성과를 전달해준 당사자였다. 중세 유럽이 학문적 정체기를 보내는 동안 비잔틴이 보존하고 계승한 고전주의 문명이 르네상스기를 맞아 서유럽인들에게 온전히 전수될 수 있었던 것이다. 9세기 콘스탄티노플의 총대주교 포티우스 1세는 고전 해설을 펴냈고, 콘스탄티누스 7세 황제는 백과사전을 편찬했으며, 콘스탄티노플 대학이 설립되었다.

비잔틴 건축. 모스크

비잔틴 미술. 모자이크

비잔틴 미술. 아라베스크

그리스정교

비잔틴의 종교는 그리스정교(The Greek Orthodox Church)였다. 그리스
정교는 구교(Roman Catholic)와 신교(Protestantism)와 함께 그리스도교의 3
대 종파였다. 8세기 중엽 비잔틴의 황제 레오 3세(재임 795-816)가 <성상 숭
배 금지령>을 내리고 서기 800년 로마 교황에 의해 카롤루스 대제가 서로마
제국의 황제 대관을 받음으로써 비잔틴 황제와 로마 교황의 대립이 격화되었
다. 콘스탄티노플 주교가 이끌던 비잔틴 교회는 1054년에 로마 가톨릭 교회
와 분리되어 그리스정교로 독립한다. 그 뒤 비잔티움 제국과 동유럽 문화의
중요한 바탕이 된 그리스정교는 로마 교황의 권위를 인정하지 않고, 제례 의
식을 보다 중시하며, 자치적인 성격이 강하여 지역마다 다르게 나타난다는
점 등에서 가톨릭이나 개신교와는 다른 성격을 지니고 있다.

비잔틴 문화는 그리스도교 세계에 대한 이슬람 세력의 침입을 막아 그리
스·로마의 고전주의 문화를 보존하는 방파제 역할을 수행했고, 헬레니즘과
결합된 그리스도교 문화가 르네상스로 꽃피울 수 있도록 중개자의 역할을 감
당했다. 비잔틴 제국이 북쪽으로부터 잇따라 침입한 유목민족과 슬라브족,
동방의 위협적 존재인 페르시아인 및 이슬람교도 아랍인들, 그리고 투르크인
에 대해 중세 그리스도교 세계의 동쪽 관문을 지켰던 것은 사실이다. 하지만
이들 외세와의 관계가 반드시 적대적인 것만은 아니었고 오히려 이들과 끊임

없이 접촉하며 사회적·문화적으로 다원화된, 수용력이 큰 제국으로 성장했으며, 실크로드와 지중해 상권을 이어주는 역할을 하며, 중세 유럽의 상업을 부활시키는 데도 기여했다고 할 수 있다.

3. 절대왕정의 출현

십자군 원정의 영향으로 교황권이 쇠퇴하고 봉건 영주들의 영향력이 약화되면서 왕권이 강화되는 경향이 나타난다. 화포의 사용 등으로 인해 기사 계급의 군사적 가치가 떨어지고, 기사들은 점차 궁정의 신하 계급으로 변모해 갔다. 특히 관료제의 발전과 용병을 주력으로 하는 상비군은 국왕에게 전국적인 행정력과 무력의 독점을 의미하는 것으로서, 왕권 강화의 첫걸음이었다. 여기에 조세 강화는 절대적인 왕권을 가능하게 한 또 하나의 필수 요건이었다. 대략 16세기부터 18세기까지를 중심 무대로 하는 절대왕정은 시기적으로 유럽 사회가 봉건 사회를 탈피하여 근대적 발전 단계로 접어든 시점에 위치한다. 절대왕정 국가는 중세의 지방 분권적 정치체제를 지양하고 왕권을 중심으로 국가를 통일해 행정·사법·군사 면에서 중앙 집권을 달성하고자 했다.

중세가 끝날 시점에 유럽 영주들의 위상이 몰락하게 되는데 그 원인은 상공업의 확대로 인한 화폐경제의 도입이었다. 봉건 영주들의 영지를 중심으로 한 장원경제가 소멸되면서 경제활동은 도시의 시장을 중심으로 운영되게 되었다. 시장은 재화가 유통되고 이윤이 창출되는 공간이었고, 도시 상공업자들이 증가함에 따라 시장에 대한 수요가 급증하였다. 그런데 이 시장을 승인하고 설치할 권한은 왕에게 있었기 때문에 상공업자들은 왕에게 일정한 세금을 내고 시장을 열었으며, 거래되는 상품에는 일정한 세금을 붙여 징수했기 때문에 시장 중심의 화폐 경제가 확대되어 갈수록 왕은 부유해지는 구도였다.

지역에 봉토를 가진 영주와 제후들은 영지를 팔아 자본을 마련했고, 상공업으로 돈을 번 평민들은 귀족들의 땅을 사들임으로써 유럽 사회의 신분 제도가 흔들리는 결과를 빚는다. 도시의 상공업 종사자들을 중심으로 중산계층이 형성되었는데, 이들은 국왕을 재정적으로 지원하거나, 국왕의 관리로 봉직하는 제휴 관계를 맺게 되었다. 이들의 정치적 지위가 높아지면서 귀족, 성직자와 함께 신분제 의회에 참여하고 발언권이 강화되어 갔다.

1066년 노르만 정복 이후 영국의 노르만 왕조는 강력한 왕권을 유지하여 12세기 헨리 2세 때는 프랑스의 서부지역까지 장악하였다. 이후 존 왕은 내정 실패와 외국과의 전쟁에서 패전하여 프랑스 내의 영국 영토를 상실하고 교황 인노켄티우스 3세에 굴복하게 된다. 이 시기에 영국의 왕실은 무거운 세금 부과로 민심을 상실하고 귀족과 대상인의 봉기로 1215년『대헌장』을 제정하면서 양원제 의회를 구성하게 된다. 의회를 통해서 귀족과 성직자 세력이 왕권을 제약할 수 있는 수단을 확보한다.

영국의 절대왕정은 헨리 7세가 세운 튜더왕조와 함께 시작되었다. 봉건 귀족 가문인 랭카스터가(붉은 장미)와 요크가(흰 장미) 사이의 왕위계승을 둘러싼 내란을 '장미전쟁'(1455-85) 혹은 '30년 전쟁'이라고 부른다. 이 내전에서 랭카스터 가문이 승리하면서 헨리 7세가 튜더왕조를 세운다. 튜더왕조는 영국 국교회를 창설한 헨리 7세의 아들, 헨리 8세와 영국의 르네상스를 선도한 엘리자베스 1세로 이어지며 1485년부터 1603년까지 강력한 절대주의 왕조의 시대를 구현했다.

프랑스의 국왕 필리프 2세는 영국의 존 왕에 대항하여 프랑스 내 영국령을 대부분 회복했고, 필리프 4세는 1302년 삼부회를 소집하여 그 지지를 바탕으로 교황을 굴복시키는 등 점차 왕권을 강화시켰다. 1338년부터 1453년까지 프랑스와 영국은 '백년전쟁'을 치르는데, 이 전쟁은 프랑스의 왕위 계승에 대한 영국의 간섭과 프랑스 내 영국령의 지배권을 둘러싼 갈등이 원인이었다. 백년전쟁의 초기 전세는 프랑스에게 대단히 불리했는데, 애국소녀 잔다르크의 활약으로 전세가 역전되어 프랑스가 영국군을 격퇴하였다. 이 전쟁의 결과 양국 간의 영토 분쟁이 종결되었고, 양국의 국민의식이 성장하였으며, 프랑스는 통일된 영토를 갖게 되어 왕권이 더욱 강화되었다.

중세 말기부터 통일국가로 발돋움하기 시작한 프랑스는 프랑수아 1세(1515-47) 이래로 인구와 군사 면에서 유럽의 강대국 지위를 넘보면서 합스부르크 왕조와 패권다툼을 벌여왔다. 프랑스의 절대왕정은 부르봉 왕가의 앙리 4세(1589-1610)가 즉위하면서 시작된 것으로 본다. 앙리 4세는 즉위와 함께 1598년 낭트칙령을 통해 신교도에게 예배의 자유를 허용하고 로만 가톨릭과 신교 사이의 종교전쟁에 종지부를 찍었다. 낭트칙령과 함께 앙리 4세는 대외적으로 종교전쟁기 프랑스 내정에 깊이 간섭했던 에스파냐의 펠리페 2세와 베르뱅 조약을 체결함으로써 국제적인 평화를 안착시켰고, 파리시를 재건하고 이를 영구적 수도로 변모시키면서 왕의 존재와 권력을 한 곳에 집중시켰다.

프랑스의 절대왕정은 앙리 4세의 치세로부터 태양왕으로 불리는 루이 14세의 통치 시기인 1715년까지의 '위대한 세기'를 통해 구현되었다. 루이 14세는 부르봉 왕조의 절대왕정 절정기를 구가한 왕이었다. 루이 14세는 1661년 국왕의 직접 통치를 선언하면서 파리를 떠나 베르사유에 새로운 거처를 마련했다. 이때 프랑스의 국가 행정기능은 완벽히 정비되어 있었고, 관리들은 왕에게 충성했다. 안정된 통치의 상징인 베르사유궁은 전 유럽을 대표하는 왕궁이면서 새로운 지상의 신으로 자처했던 절대군주의 샹젤리제가 되었다.

부르봉 왕조의 베르사유 궁전

합스부르크 왕조의 쉔브룬 궁전

유럽의 절대왕정을 대표하는 합스부르크 왕조는 유럽에서 가장 긴 역사와 전통을 지닌 명문 가문이다. 11세기 스위스 알프스에 위치한 평범한 가문의 수장이었던 백작 루돌프 1세가 신성로마독일의 왕으로 추대되면서 시작된 합스부르크 왕가는 1차 세계대전 직후 마지막 황제 카를 1세가 퇴위할 때까지 장장 650년 동안 제국의 품격을 지키며 독일과 오스트리아, 헝가리, 이탈리아, 폴란드, 터키, 체첸, 크로아티아, 세르비아 등을 포괄하는 다민족 제국의 영광을 구현하였다.

1452년에는 당시 신성로마독일의 왕이었던 프리드리히 3세가 로마의 황제로 등극했다. 그의 황제 대관식은 로마에서 교황 니콜라우스 5세가 직접 집전했는데, 그것은 합스부르크 가문으로서는 대단히 상징적인 의미를 갖는 사건이었다. 이로써 합스부르크 왕실은 이후 460년 동안 신성로마제국의 황제를 배출하는 어엿한 황실로 거듭나게 되었다. 18세기 중반에는 보수적인 성향이 강했지만 근대 개혁정치의 시발점으로 평가될 만한 여왕 마리아 테레지아가 제국의 통치자로 군림하였다.

중세 이탈리아에는 교황령과 베네치아, 피렌체 등의 도시 국가, 그리고 나폴리 왕국 등이 분립되어 있었다. 독일과 프랑스의 내정 간섭이 심한 편이었고 교황의 세력과 황제의 세력이 대립하는 분열 상태가 계속되었다. 에스파냐 왕국은 15세기 후반 카스티야 왕국과 아라곤 왕국이 합쳐져 성립되었다. 에스파냐 왕국의 국왕 페르디난드는 1492년 이슬람 최후의 근거지인 그라나다를 정복하고 에스파냐 왕국의 통일을 완성하였다. 이를 바탕으로 16세기 이후 활발한 해외 탐험과 식민지 개척에 나선다.

16세기부터 18세기까지 절정을 이루었던 유럽의 절대왕정은 18세기 후반 시민혁명이 발발하면서 종식된다. 절대왕정이 성립되던 초기 절대주의 권력과 타협하고 제휴했던 중산 계층은 차츰 산업자본을 형성하면서 절대주의 권력을 타도해야 할 필요성을 느끼게 되었다. 봉건제도 하에서 봉건 영주들에게 지대를 바쳤던 농민들이 도시의 상공업 종사자가 되었지만 지대 대신 국왕에게 조세를 바쳐야 하는 등 형편이 나아지지 않았던 것이다. 1776년 미국의 독립과 1789년 프랑스 대혁명은 새로이 형성된 시민 계급이 구체제의 절대왕정을 타도한 역사적 사건이다.

제5절 중세의 학문: 대학과 수도원

1. 교회와 수도원

중세 동안 유럽 사회가 정신적 불모 현상을 광범위하게 경험하고 있는 와중에도 학문의 가는 끈이 교회를 통해 계승되었다. 교회가 정치와 학문, 예술 활동의 중심지 역할을 수행했던 것이다. 교회는 견고한 과거의 전통을 유지하고 있는 유일한 조직이었고, 교회의 의식(Rituals)은 과거의 전통과의 유일한 연결고리였으며 잔재였다. 라틴어를 모르는 사제들은 의미를 알지 못한 채, 미사에 사용되는 표현들을 외워서 낭송하는 방식으로 전통을 이어나갔다. 중세 기간 동안 미신이 확대되고 그리스도교 사상이 왜곡되는 사례가 많기는 했지만 교회는 학문의 빈약한 토대를 보존해갔고 그 중심은 '수도원'(Monasteries)이었다.

수도원은 그리스도교의 수도사(monk)와 수녀(sister)가 일정한 계율에 의해서 청빈과 정결, 복종의 서약을 맺고 공동생활을 하는 장소를 말한다. '애비'(abbey)는 대수도원, '프라이어리'(priory)는 소수도원을 가리킨다. 그리스도교의 수도원은 3세기 후반 이집트의 테베에서 은자 바오로나 안토니오에 의해서 창설된 것으로 알려졌다. 공동생활을 목표로 하는 수도원은 각각

중세의 수도원

20-40명의 수도사가 1명의 감독 하에 공동생활을 영위하는 5-6개의 건물로 이루어지고, 부지 내에는 별도로 성당과 식당, 외빈용 숙사, 정원이 설치되었다. 수도사는 청빈, 정결, 복종의 덕목 외에 노동을 의무시하고, 농경이나 세공물에 의해서 자활을 모색하였다.

429년 이탈리아의 베네딕도가 설립한 몬테 카지노 수도원은 향후 서부 유럽 수도원의 모범이 되었다. 그가 집필한 <베네딕도 회칙>은 고래의 수많은 수도 규정을 참조하면서 중용의 정신으로 일관하며, 노동을 중시해서 경제적 자립을 확보하고, 수도원의 운영을 기능화하고, 당시의 농업사회에 그것을 적응시키는 등 수도원 운영의 모범적인 틀을 제공했다.

중세 동안 수도원은 학문의 전당으로서의 기능을 했다. 민간에서 구전되던 많은 문학 작품들이 수도사들에 의해 문자로 기록되었다. 성경 주해서 등

문헌들은 수도원에서 생산되어 수도원의 서고에 보관되었다. 신학은 중세 모든 학문의 중심이었다. 고전주의 시대 이래로 만학문의 기초로 여겨지던 철학은 "신학의 시녀"로 간주되었다. 13세기 이탈리아의 신학자 토마스 아퀴나스의 『신학대전』은 중세 스콜라 철학을 집대성한 저서이다. 초기의 스콜라 철학은 이성보다 신앙을 우월하게 생각했으나 아퀴나스는 신앙과 이성의 조화를 꾀하면서 그리스도교 신학을 이성적인 논리로 체계화하려고 노력했다. 그는 중세시대 몰락의 위기에 처한 그리스도교를 철학적으로 완성시켰다는 평가를 받는다.

2. 대학의 설립

중세 초기의 유일한 지식 계급은 교회에 속한 사제들과 수도사였고 교회는 신앙생활을 지도하는 기관인 동시에 학문을 연구하고 기록을 보존하는 연구기관이기도 했다. 중세의 대학은 길드 조직에서 유래하였다. '대학' (University)은 '전체' 혹은 '보편'이라는 의미의 '우니베르시타스' (Universitas)에서 유래하였다. 중세 전반기의 학문과 교육의 중심은 수도원이었는데 12세기 이후 수도원의 부속학교(Schola)로서 대학이 발전하였다. 이후 1500년까지 유럽 각지에 77개의 대학이 설립되었다. 이탈리아의 살레르노 대학(1231년)과 나폴리 대학(1224년), 프랑스의 몽펠리에 대학(1289년), 독일의 하이델베르크(1386년), 영국의 옥스퍼드(1096년)와 케임브리지 대학 (1284년) 등이 대표적이다.

1088년 이탈리아에서 볼로냐 대학이 교회의 관리로부터 독립된 기관의 위상을 갖게 되었는데 볼로냐 대학은 세계 최초의 대학 중 하나이며, 서유럽에서는 가장 오래된 대학이다. 1215년에는 파리 대학이 설립되었다. 볼로냐

중세의 대학

대학은 법학, 파리 대학은 신학, 살레르노 대학은 의학이 중심학문이었다. 중세의 대학은 교수와 학생으로 구성된 일종의 길드 조직이었는데, 초창기에는 교회와 제왕, 제후의 간섭을 받았으나 13세기에 접어들면서부터 제후의 간섭을 받지 않고 자치의 특권을 누리게 되었다. 파리 대학은 교수 조합에 의해, 볼로냐 대학은 학생 조합에 의해 운영되면서 대학 운영의 규범을 세웠다. 예컨대 볼로냐 대학은 학생조합이 교칙 및 학과목을 정하고 교사를 임명하였고 국적에 따라 여러 동향단을 만들고 그중에서 학생감과 학장을 선출하여 각자 행정을 맡게 하였다. 한편 파리 대학은 노트르담 성당의 부속학교에서 시작되어 신학을 중심으로 가르쳤으며 교수 조합을 중심으로 운영되는 대학이었다. 13세기에 제도가 완성되어 학장 밑에 독자적인 재판소를 갖고 완전한 자치제를 구사하였다.

학생들은 교양학부를 마치기 전에는 고등 학문 과정으로 들어올 수 없었다. 그리고 그들은 해당 학부를 졸업하지 않았다면 대학에서 가르치는 자격을 얻을 수 없었다. 12세기에는 대학에 신학과 의학, 법학, 철학 등 네 개의 고등 학부가 있었다. 대학생들은 교양 학부에서 문법과 수사학, 논리학과 산수, 천문학, 기하학, 그리고 음악 등 7과목의 교양과목과 전공과목을 배웠으며 관리나 사제(司祭)가 되기 위한 직업교육이 행해졌다.

　대학생들은 3년 동안 교양학부에서 공부를 했고, 성적이 좋다면 문학 학사학위(Bachelor of Arts Degree)를 받았다. 그런 다음에 다시 1년 혹은 2년 동안 연구를 계속하면 문학 석사학위(Masters of Arts Degree)를 받을 수 있었다. 그리고 몇 년 후에 고등 과정에 입학할 자격을 얻고, 과정을 이수한 후에는 철학 박사학위(Ph. D.)를 취득할 수 있었다.

　중세 대학의 교육 목표는 보다 수준 높은 진리탐구에 있었으며 대체로 그리스의 고전(古典)과 교부(敎父)들의 저작을 상세히 검토하는 문헌학이 주류를 이루었다. 과학과 기술에 대한 관심은 신학의 압도적인 영향에 의해 위축되었고, 아랍인들에 의해 연금술이 전파되었으며 약품과 화약 제품, 그리고 안경이 중세 유럽에 전파되었다.

▪ 제6절 중세의 문학과 예술

　중세의 문학과 예술 활동은 다른 시대에 비해 상대적으로 저조한 것으로 알려져 있다. 교회의 노골적인 간섭과 억압은 예술 활동 전반을 크게 위축시켰다. 로마 제국 말기 지나치게 쾌락을 탐닉하던 풍조가 제국 패망의 중요한 원인이었다고 생각했던 교회지도자들은 자유분방한 문예활동을 경계하고 억제했다. 대학과 수도원을 중심으로 학문을 연구하고 문헌을 기록·보존하는 일이 활발하게 이루어졌지만 일반인들 사이에서 시를 창작하고 연극을 공연하고 회화, 조각, 건축 등의 분야에 종사하는 일은 흔치 않았다.

　교회가 가장 위험하다고 생각했던 문학 형식은 드라마였다. 따라서 중세는 드라마의 침묵기에 해당하며, 드라마가 다시 유행하기까지는 교회의 승인과 많은 시간, 단계적인 세속화의 과정이 필요했다. 10세기경 유럽의 여러 지역에서 예배의 일부로 연극 공연 형식이 도입되기 시작했다. 미사를 집전하던 사제가 대화(dialogue)의 형식을 빌려 메시지를 전달했는데, 이때 언어는 라틴어를 사용했고 사제가 중요한 배역을 맡았다. 이를 '예배극'(liturgical plays)이라 한다.

부활절과 크리스마스, 성금요일, 산타크로스 축일 등 교회의 중요한 절기마다 예배극이 조금씩 확장되다가, 12세기에 이르러 마침내 예배와는 별개의 '기적극'(miracle plays)으로 발전한다. 기적극은 성서에 등장하는 인물들과 성자들이 행한 기적을 소재로 삼았고, 보다 정교한 무대장치 등이 필요하게 됨에 따라 교회 밖으로, 그리고 나중에는 마을로 장소를 옮겨 공연하게 된다. 종교적인 예배의 일부로 시작된 연극이 교회의 의식과 분리되어 오락적인 기능이 강화되면서 중세 종교극의 세속화가 시작된 것이다.

기적극은 13세기와 14세기를 지나며 '장인극'(mystery plays)으로 발전한다. 'mystery'라는 용어가 오늘날에는 '신비'라는 의미로 쓰이지만 불어 'metier', 이탈리아어 'mestiere'와 같은 의미로서 직업(trade) 혹은 기술(craft)이라는 뜻이었다. 'mystery plays'를 '신비극'으로 번역하기도 하는데, 이 미스테리극을 같은 직종에 종사하는 장인들의 이익집단인 길드조직이 주도해서 공연했던 것을 감안하면 장인극으로 번역하는 것이 타당하다고 판단된다.

장인극은 기적극이 진일보한 형식의 드라마인데 성서의 중요한 에피소드를 공연했기 때문에 '성서극'이라고도 불린다. 각 길드 조직은 천지창조에서부터 예수의 부활과 최후의 심판에 이르기까지 성경의 에피소드 하나를 선택하여 자신들 공연의 주제로 삼았다. 특정한 배역을 잘 연기한 사람이 그 역할을 다시 맡는 전문배우 시스템이 도입되었다. 장인극은 비록 드라마의 소재를 성서에서 가져오기는 했지만 교회의 감독을 거의 받지 않았고, 라틴어가 아닌 모국어(vernacular tongue)로 공연되었다.

기적극과 장인극으로 발전한 중세의 드라마는 15세기에 이르러 '도덕극'(morality plays)의 형식으로 진화한다. 도덕극은 길드 조직이 아닌 초기 단계의 전문 극단이 공연의 주체였고, 드라마의 소재를 성서에서 가져오지도 않았다. 성서의 일화 대신 추상적인 개념을 등장인물로 내세운 알레고리 형식으로 도덕적인 교훈을 가르치려 했다. 15세기 말 영국에서 쓰인 『만인』(Everyman)은 가장 뛰어난 도덕극이다. 도덕극은 중세 기간 동안 진행되어 온 종교극의 세속화가 완성된 형식이다. 그 내용이 종교적인 주제와 아주 무관하다고 할 수는 없지만 교회의 감독과 성경으로부터 탈피하여 인간의 보편적인 도덕적 주제를 다루었다.

도덕극의 세계가 여전히 죄악과 어리석음을 회개하고 선행을 강조하는 도덕적 목적의 차원에 머물고 있기는 하지만, 보다 일반적인 인간의 품성을 주제로 채택함으로써 머지않아 실현될 르네상스 시대의 다양하고 개성적인 드라마의 출현을 예비하고 있는 셈이다. 공연의 측면에서도 도덕극은 르네상스 연극의 전초 기지 역할을 한다. 도덕극을 공연하는 배우 집단은 마을과 마을을 순회하며 공연했는데, 이들은 마치 현대의 서커스단처럼 무대를 가설하고 입장료를 받는 공연을 했다. 르네상스 시대의 전문 극단(professional companies)의 출현이 예고되고 있는 것이다.

중세 초기의 시문학은 구전문학이었다. 작가가 알려진 경우는 거의 없었고 수 세기 동안 음유시인들에 의해 구전으로 계승되어 왔다. 게르만의 여러 민족들이 그리스도교를 받아들이면서 성서와 함께 라틴어가 보급되었고 이 라틴어를 통하여 구전문학들이 문자로 기록되기 시작했다. 그것을 기록한 사람들은 수도원의 사제들이었다.

중세의 문학은 내용에 따라 첫째 종교 문학, 둘째 영웅 서사시, 셋째 기사들의 모험담, 넷째 풍자 문학 등으로 나눌 수 있다. 종교 문학은 산문으로 쓰인 설교집과 교훈집, 성인들의 일대기, 그리고 성경 주해서 등과 시 형식으로 쓴 찬미가 등을 포함한 개념인데, 순수 문학이라기보다 신학 혹은 도덕적 에세이에 속하는 것들이었고 대부분 라틴어로 기록되었다.

유럽 각 민족의 전통적인 영웅 서사시는 전사들의 이야기(Warrior's Story)이다. 앵글로색슨족이 유럽에서부터 구전으로 부르다가 700년경에 문자로 기록한『베어울프』(*Beowulf*)는 가장 오래된 영웅 서사시로 알려져 있다. 이 시는 스웨덴의 전설적인 영웅 베어울프가 괴물에게 고통당하는 덴마크 왕을 돕기 위해 그렌델과 그 어미를 퇴치하는 모험을 다루고 있다. 11세기 말에서 12세기 초에 지어진 프랑스의 서사시『롤랑의 노래』(*La Chanson de Roland*)와 12세기 중엽에 쓰인 스페인의『엘 시드의 노래』(*El Cantar de mio Cid*)가 중세 영웅 서사시의 대표적인 작품들이다.

중세에는 기사들의 모험담(Romance)이 크게 유행하였다. '로맨스'라는 말은 오늘날에는 사랑이야기(Love Story)라는 뜻으로 흔히 쓰이지만, 중세까지는 꾸며낸 이야기, 특히 기사들의 모험을 그린 이야기라는 의미였다. 기사 모험담(Chivalric Romance)으로 불리거나 중세 기사도문학(Medieval Romance)으로 불렸다. 로맨스 문학은 이야기체(Narrative) 형식의 문학이며 12세기에 프랑스에서 시작되어 유럽의 여러 나라로 전파되었고 서사시나 영웅적 설화를 대신하여 크게 인기를 누렸다. 불어식 발음으로는 로망스라고 한다. 로맨스는 부족 간의 싸움이 잦았던 영웅의 시대를 그린 것이 아니라, 궁정과 기사의 시대, 세련된 예절과 의례, 그리고 기사도 정신을 그렸다는 점에서 서사시와 구별된다. 로맨스의 전형적인 플롯은 한 사람의 기사가 어느 여인의 사랑을 얻기 위해서, 혹은 그 여인의 명예를 높이기 위해서, 모험(quest)을 수행하는 구조를 갖는다. 기사도적 사랑(Courtly Love)과 마상 창시합(Tournament), 여인을 위해 살해하는 용이나 괴물의 등장 등이 작품의 흥미를 더한다. 또한 로맨스에서는 용기와 명예, 품위와 예의 등 기사도의 이상(Chivalric ideal)을 중요시하고, 초자연적인 신비나 기적이 자주 등장한다. 중세 로맨스의 대표적인 작품으로는 『가윈 경과 녹색의 기사』(Sir Gawain and Green Knight), 『아더왕과 원탁의 기사』(King Arthur and the Knights of the Round Table), 『니벨룽겐의 노래』(Das Nibelungenlied) 등이 있다. 로맨스는 처음에는 운문(verse)으로 쓰였으나 중세 말에 이르러 산문 로맨스(prose romance)가 등장하게 되었다. 영국의 작가 토마스 말로리(Thomas Marlory, 1415-71)가 아더왕 전설을 집대성해 쓴 『아더왕의 죽음』(Morte D'Arthur, 1485)은 중세 말에 쓰인 대표적인 산문 로맨스이다.

중세의 풍자 문학은 13세기에 들어서면서 꽃피게 되는데, 대표적인 작품으로는 『장미 이야기』(Le Roman de la rose)가 있다. 이 작품은 프랑스의 두 시인이 전·후반을 나누어 쓴 작품인데, 기욤 드 로리스(Guillaume de Lorris)가 쓴 전반 4천 행은 궁정을 무대로 한 사랑이야기이고, 장 드 묑(Jean de Meung)이 쓴 후반 1만 8천 행은 당시의 학문 지식을 백과사전식으로 나열해 놓은 것이다. 이 작품은 아름다운 여인을 장미로 의인화하여 그녀에게 사랑을 얻는 여러 과정을 알레고리적으로 묘사하고 있는 운문소설이라는 점에서 기사들의 모험담과 유사한 장르라고 할 수 있다. 『여우 이야기』(Roman de Renard)는 12세기 후반에서 13세기에 걸쳐, 고대 프랑스어로 쓴 운문 동물 설화집인데, 여우 르나르를 주인공으로 하여, 왕인 사자와 귀족인 곰과 기사인 늑대 등이 등장하여 당시의 세태를 익살스럽게 풍자하고 있다. 왕과 기사 계급, 성직자의 어리석음과 교만함 및 횡포를 통렬하게 비판하고 있기 때문에 중세 평민들의 반(反)봉건적 감정이 표출된 작품으로 볼 수 있다.

제4장
르네상스와 근대정신

●

제1절 르네상스의 발생과 근본정신

르네상스(Renaissance)의 어원은 재생(Rebirth)이다. 르네상스의 기본 정신은 중세 동안 위세를 떨치던 교회의 전제적 권위와 신 중심의 세계관에서 탈피하여 인간 중심적 사고를 바탕으로 인간성을 회복하고 고전에 대한 인식을 새롭게 하며 예술을 장려하는 것이었다. 일반적으로 '인본주의'와 '문예부흥', '고전의 재인식', '지구상의 발견', '민족주의의 대두', '근대의 발생', '종교개혁' 등과 동의어로 쓰인다. 14세기에 이탈리아에서 시작되어 15세기 중엽까지 이탈리아에서 전성기를 구가한 다음 프랑스와 독일, 영국 등 유럽의 다른 지역으로 전파되어 16세기에 절정을 맞이한 것으로 이해된다.

르네상스 운동은 교회의 권위가 약화되고 일반인들이 세속적인 즐거움을 향유할 기회가 확대되는 시기와 맞물려서 발생하였다. 12세기부터 14세기까지 진행된 중세 말의 문화운동의 연장으로 볼 수 있다. 르네상스가 재생하려고 했던 시대는 다름 아닌 그리스·로마의 고전주의 시대였다. 르네상스는 고대 그리스와 로마의 문화를 이상으로 삼고 그것을 부흥시킴으로써 새로운 문화를 창출하려는 문화운동이었다. 르네상스의 범위는 신학과 사상, 문학, 미술, 조각, 건축뿐 아니라 의상과 음식, 여가와 취미 활동 등 실로 인간의 삶과 사회 활동 전반에 걸쳐 있어서 단순히 예술의 새로운 유행이 아니라 하나의 시대정신과 같은 것이었다.

이후 '르네상스'라는 용어는 인간 정신이 자유롭고 활발하게 발휘되었던 시기, 문학과 예술 창작 활동이 눈부시게 왕성했던 문예부흥기를 지칭하는 표현으로 쓰이게 되었다. 대표적인 예가 미국의 저명한 문학평론가 매티슨(F. O. Matthiessen, 1902-50)이 그의 저서 『미국의 문예부흥기』(*American Renaissance*, 1941)에서 1850년대 미국 문학이 달성한 성과를 "미국의 르네상스"라고 명명한 사례이다. 매티슨은 에머슨(Ralph Waldo Emerson, 1803-82)의 『대표적 위인전』(*Representative Men*, 1850)과 소로우(Henry David Thoreau, 1817-62)의 『월든』(*Walden, or Life in the Woods*, 1854), 호손(Nathaniel Hawthorn, 1804-64)의 『주홍글자』(*The Scarlet Letter*, 1850), 멜빌(Herman Melville, 1819-91)의 『백경』(*Moby Dick*, 1851), 그리고 휘트먼(Walt Whitman, 1819-92)의 『풀잎』(*Leaves of Grass*, 1855) 등이 1850년부터 1855년 사이에 쏟아져 나왔던 것에 주목하면서 미국문학사에서 이 시기가 15-16세기 유럽의 르네상스를 방불케 한다고 보았다. 1920년대 뉴욕의 할렘을 중심으로 흑인 음악과 무대 예술이 전성기를 구가했던 시기를 '할렘 르네상스'(Harlem Renaissance)라고 부르는 것도 유사한 예이다.

제2절 고전주의의 재발견 – 인문주의의 발흥

많은 역사가들이 5세기 중엽 서로마제국이 멸망한 시점을 중세의 시작으로 보고, 이후 르네상스가 시작될 때까지의 시기를 암흑기 혹은 야만의 시대로 간주한다. 그리스와 로마의 우수한 문화적 유산에 대한 관심과 지식은 현저하게 감소하였고, 사제들 중에서도 라틴어를 해독하지 못하는 사람들은 필요한 구절들을 외워서 미사를 집전할 지경이었다. 한 사람의 자유분방한 개성이나 활발한 상상력을 표현하는 것은 위험한 일로 여겨져서 억압되었다. 울긋불긋한 옷이나 화려한 장식은 곧 악마 혹은 마녀의 속성으로 치부되었고, 미각을 충족시키기 위해 맛있는 음식을 먹는 행위도 탐식의 죄로 기피의 대상이었다. 암흑과 야만의 시기는 이처럼 자연스러운 인간의 본성이 억압되고, 그 대신에 신의 섭리를 이해하고 따르는 것이 세계관의 중심을 차지했던 시대였다.

'고전주의에 대한 새로운 관심'과 '인문주의', 그리고 '문예부흥'은 대단히 밀접한 개념이다. 중세 말에 이르러 지식인들을 중심으로 고전주의 (Classicism)에 대한 관심이 되살아났고, 이들은 고전주의 시대의 위대한 문화적 유산을 재생함으로써 야만의 시대를 극복하려 했다. 르네상스 문학 사상의 원조라 할 수 있는 페트라르카(Francesco Petrarca, 1304-74)는 고전주의 시대를 인류 문화의 절정기로 보는 반면, 중세를 인간의 창의성이 철저히 무시된 암흑기로 상정하고 고전문화의 부흥을 통해 인류 문명을 재생시켜야 한다고 주장하였다. 페트라르카는 젊었을 때부터 로마의 시인 베르길리우스와 호라티우스 등의 고서를 열심히 수집하여 읽고 그 정신을 이해함으로써 가장 완벽하고 이상적인 인간형을 찾아내려고 노력하였다. 이러한 경향을 인문주의(Humanism)라 부르고 이런 변화를 선도했던 학자들을 인문주의자

(Humanist)라 칭한다.

오늘날 휴머니스트라는 말은 인간애가 풍부하고 긍정적인 생각과 따뜻한 감수성을 가진 사람을 지칭하는 뜻으로 쓰이고 있지만, 원래 이 단어는 14-15세기 유럽에서 새로 등장한 고전연구자들을 가리키는 용어였다. 이들은 고대의 언어를 재발굴하여 정확하게 되살리기 위해 노력했고 고전주의 시대의 저술들을 찾아내어 다시 발간하는 일에 몰두했다. 이들은 단순히 그리스 로마 시대의 학문을 부흥하는 데 그치지 않고 인간의 지적, 창조적 능력을 다시금 극대화하려는 노력을 경주했다.

르네상스 초기에 신플라톤주의(Neo-Platonism)에 대한 관심은 메디치(Cosimo de' Medici, 1389-1464)의 후원으로 플로렌스에 '플라톤 학원'(Platonic Academy)의 설립을 가져왔고, 이 학원은 플라톤의 학문 세계를 확대하고 플라톤 사상과 그리스도교 사상의 융합을 목표로 활동했다. 아리스토텔레스의 학문적 업적에 대한 재평가는 르네상스기의 연구와 탐험 정신을 자극하는 원동력으로 작용했다. 왕성한 탐구정신으로 무장한 문헌사냥꾼들이 고전 문헌의 보고를 찾아 수도원의 서고와 창고를 뒤졌다.

보카치오(Giovanni Boccaccio, 1313-75)가 쓴 『신들의 계보』(*Genealogy of the Gods*)의 예처럼 학자 집단은 고전 신화와 전설을 편집하는 일에 열중했고, 창의력을 가진 작가들은 고전주의 주제와 형식을 모방한 작품들을 썼다. 교육의 차원에서도 그리스와 로마의 고전을 연구하고 가르침으로써 인간다움을 증진시키고 새 시대의 이상적인 인간상을 양성하는 것이 새로운 교육 이념으로 대두되었다. 인간에 대한 연구가 전통적인 종교 교과목에 더해져서 교육과정을 구성하였고 이것을 르네상스 휴머니즘이라 부른다.

고전주의를 모방하는 유행은 르네상스 시대의 사치와 호사에 대한 취향을 불러일으키기도 했다. 로마 제국 말기의 쾌락주의와 지나친 사치에 대한 교회의 경계가 느슨해진 틈을 타고 그리스 로마의 이교사상(paganism)이 다시 유행할 여건이 조성된 것이다. 십자군 원정의 결과 동방의 세련된 취향이 유럽인들에게 노출되었고 상공업 중심의 도시가 성장하면서 경제적 부를 축적한 중산계층이 형성되었다. 이들은 중세시대 농노들의 남루한 거처나 괴기스러운 고딕풍의 성채를 거부하고 도시의 안락한 주거형태를 선호했다. 르네상스 시대의 군주들은 화려한 벽걸이 장식과 다채로운 그림들, 그리고 호사스러운 가구들로 장식된 화려한 궁전 생활을 즐겼다. 뛰어난 기량을 가진 화가들, 시인들, 음악가들, 그리고 훌륭한 교양을 갖춘 재사들이 이 궁전에 모여들어 그 군주들을 예술 후원자(Patron)로 삼고 예술 활동의 대가를 받았다. 그들이 창작한 예술 작품들은 후원자들에게 헌정되었다.

제3절 문예부흥

르네상스기의 문예부흥은 앞에서 설명한 것처럼 고전주의의 재발견이나 르네상스 휴머니즘과 분리불가분의 관계에 있다. 중세 내내 자유로운 상상력을 표현하는 일이 극도로 억압되다가 신 중심 세계관이 인간 중심 세계관으로 바뀌면서, 자연스러운 인간의 본능과 개성, 그리고 상상력이 봇물 터지듯 분출되었다. 인간의 무한한 잠재력에 대한 굳은 신념이 생겨났고 거칠 것 없이 세상의 모든 것을 예술의 소재로 삼았으며 화풍은 다채롭고 화사해지고 문장은 활력과 생기가 넘치게 되었다. 중세 내내 금기시되었던 연극은 11세기에 예배 의식의 일부로 슬며시 부활한 이후 수 세기 동안 종교극 혹은 예배극의 형식으로 서서히 세속화의 과정을 겪었다. 르네상스 시대 연극은 고대 그리스 비극의 전성기로부터 꼬박 2,000년의 세월이 경과한 다음 화려하게 부활한다. 고대 그리스 비극이 엄숙함과 장엄함을 제1의 덕목으로 삼았다면, 르네상스 드라마는 관객들이 원하는 모든 것, 쾌락과 자극을 제공했다. 셰익스피어의 비극은 외설적인 대사가 넘쳐나고, 무대는 유혈이 낭자하고 주검이 즐비하도록 연출되었다.

플로렌스의 은행가 메디치와 그의 아들 로렌조(Lorenzo Medice)는 축적한 금융 자산을 기반으로 예술가들을 후원하고 문예부흥을 선도했다. 학자와 과학자들이 탐구의 정신으로 무장하고 신의 섭리나 다음 세계(next world)에 대한 관심을 고전 연구와 현실 세계(this world)에 대한 흥미로 전환시켰던 것처럼 시인과 극작가들, 화가들, 그리고 음악가들은 화려하면서도 우아한 오락거리를 거리낌 없이 제공했다.

르네상스기는 문학과 회화, 건축 등의 분야에서 인류 역사상 가장 찬란한 문예부흥의 시기로 기록된다. 최초의 르네상스인이라는 타이틀을 받기에 충분한 단테(Durante degli Alighieri, 1265-1321)는 14,233행에 달하는 장편 서사시 『신곡』(Divina commedia, 1304-21)을 썼다. 페트라르카는 '소네트'(sonnet)라는 14행 연시(戀詩)를 창안하고 『칸초니에레』(Canzoniere, 1350)를 통해 서정시의 교본을 만들었다. 보카치오의 『데카메론』(Decameron, 1353)은 단편 이야기 모음집으로서 17세기 이후 발생하는 근대 소설의 초석으로 평가받는다.

네덜란드의 사상가 에라스무스(Desiderius Erasmus, 1466-1536)의 『우신 예찬』(Encomium Moriae, 1511)은 중세 교회의 타락상을 통렬하게 풍자한 작품이다. '영시의 아버지'로 불리는 영국의 시인 초서(Geoffrey Chaucer, 1343-1400)의 『캔터베리 이야기』(The Canterbury Tales, 1393-1400)는 작가 고유의 사실적 묘사와 유머, 그리고 극적 수법 등을 구사하여 당대의 다양한 군상을 그려낸 중세 이야기 문학의 걸작이며 현대의 독자들에게도 호소

단테의 『신곡』

력 있는 작품으로 인정받는다. 위대한 사상가였고 학자, 법률가였던 토머스 모어(Thomas More, 1478-1535)의 『유토피아』(Utopia, 1561)는 이상적 평등 사회의 비전을 제시한 르네상스 휴머니즘의 결정판이라는 평가를 받는다.

영국의 르네상스는 유럽에 비해 100년 뒤늦게 개화하였다. 크리스토퍼 말로우(Christopher Marlowe, 1564-93)는 대담한 르네상스 상상력을 화려하게 분출했던 당대 문화계의 권력자이며 풍운아였는데, 『템벨레인 대왕』(Tamburlain the Great, 1590)과 『파우스트 박사』(Doctor Faustus, 1592)를 남겼다. 인류 역사상 가장 위대한 작가라는 독보적인 평가를 받는 셰익스피어(William Shakespeare, 1564-1616)는 37편의 드라마와 150여 편의 소네트를 남겼는데, 한 작가의 지력과 상상력으로 이만한 문학적 성과를 달성할 수 있는지에 대한 의문이 끊임없이 제기될 정도의 위업을 남겼다. 비극 작품은 『로미오와 줄리엣』(Romeo and Juliet, 1954)과 4대 비극으로 불리는 『햄릿』

윌리엄 셰익스피어

(*Hamlet*, 1600), 『오셀로』(*Othello*, 1605), 『리어왕』(*King Lear*, 1605), 『맥베스』(*Macbeth*, 1695) 등이 있는데, 셰익스피어가 다른 모든 문학적 업적이 하나도 없다 하더라도 일련의 비극 작품만으로 세기를 초월한 작가의 지위를 누릴 수 있다는 평가를 받는다. 『사랑의 헛수고』(*Love's Labour's Lost*, 1594), 『말괄량이 길들이기』(*The Taming of the Shrew*, 1594), 『한여름 밤의 꿈』(*A Midsummer Night's Dream*, 1595), 『십이야』(*Twelfth Night*, 1599) 등으로 구성된 그의 희극 리스트는 그를 어느 시대, 어느 희극전문작가보다 뛰어난 희극작가로 자리매김한다. 『헨리 4세』(*Henry IV*) 4부작과 『헨리 6세』(*Henry VI*) 4부작, 그리고 『줄리어스 시저』(*Julius Caesar*, 1599) 등의 셰익스피어 역사극은 비극과 희극의 업적에 미치지 못한다는 평가도 있지만 다른 역사극 작가들을 수월히 능가하는 성과로 평가받는다. 프랑스의 대문호 뒤마는 "하나님 다음으로 셰익스피어가 많은 것을 창조했다"라는 표현으로 그의 업적을 요약하였다.

스페인의 작가 세르반테스(Miguel de Cervantes, 1547-1616)는 1605년 『돈키호테』(*Don Quixote*)를 발표했다. 『재기발랄한 시골 향사, 라만차의 돈키호테』라는 원제를 가진 이 작품에서 중세 기사 모험담에 매료된 몰락한 시골 양반 알론소 키하노는 스스로 기사가 되어 낡고 녹슨 갑옷을 입고, 순박하고 우직한 산초 판사를 종자로 거느리고, 늙고 말라빠진 말 로시난테에 올라타 기사로서의 편력에 나선다. 광기와 망상에 사로잡혀 풍차를 향해 돌진

하는 등 기행과 실패를 거듭하는 돈키호테의 모험은 해학과 유머를 제공하는데, 실은 많은 학자들로부터 근대 소설의 효시라는 평가를 받는 중요한 작품이다. 기사 계급이 중추적인 역할을 담당하던 중세가 무너지고 르네상스를 거쳐 근대가 시작되는 시점에 기사 계급을 조롱하고 중세에 유행했던 기사도 문학을 풍자한 작품이 출현했다는 사실이 흥미롭다. 말로우와 셰익스피어는 같은 해에 태어났고, 셰익스피어와 세르반테스가 같은 해에 사망한 것도 이 야깃거리이다.

　회화와 조각, 건축 등 조형 예술 분야는 르네상스 문예부흥의 가장 찬란한 업적이다. 고전주의의 부활, 인본주의, 개인의 개성과 창의성의 자연스러운 발로 등을 특징으로 하는 르네상스 정신이 가장 두드러지게 표현된 것이 미술 분야였다. 당시 미술은 과학의 차원으로까지 간주되었고, 자연을 탐구하는 수단인 동시에 발견의 기록이었다. 고전주의 시대의 조형 예술에 대해 깊은 관심을 가졌던 브루넬레스키(Filippo Brunelleschi, 1377-1446)와 도나텔로(Donatello, 1382-1466)는 로마를 거점으로 고대 로마식 건축과 조각에 관한 연구에 몰두했다. 르네상스 회화의 창시자인 마사치오(Masaccio, 1401-28)는 인체해부학을 연구했고, 원근법에 의한 객관적 사실주의를 추구하였다. 그의 뒤를 이은 피에로 델라 프란체스카(Piero della Francesca, 1415-92)와 베로키오(Andrea del Verrocchio, 1435-88) 등은 선과 공간을 이용한 원근법과 해부학에 대한 과학적인 연구를 높은 수준으로 끌어올렸다.

　15세기에는 피렌체를 중심으로 보티첼리(Botticelli, 1445-1510), 만테냐(Mantegna, 1430-1506)가 활약했고, 16세기에는 로마, 밀라노, 베네치아 등지에서 레오나르도 다 빈치(Leonardo da Vinci, 1452-1519), 미켈란젤로(Michelangelo, 1475-1564), 라파엘로(Raffaello, 1483-1520)와 같은 거장들이 출현하여 1490년대 초반부터 1527년까지 대략 35년간 지속되었던 전성

〈모나리자〉. 레오나르도 다빈치

기 르네상스(high-renaissance) 회화 양식을 완성하였다. 레오나르도 다빈치는 르네상스 시대의 이탈리아를 대표하는 천재적 미술가이며, 과학자, 기술자, 사상가였고, 박물학자이며 만물박사였다. 그는 조각과 건축, 토목, 수학, 과학, 음악에 이르기까지 다양한 방면에 재능을 보였다. 다빈치는 오늘날 우리가 자연과학으로 분류하는 해부학, 기체역학, 동물학 등에도 깊은 관심을 가졌고, 르네상스 회화의 가장 훌륭한 업적으로 평가되는 원근법과 자연에의 과학적인 접근, 인간 신체의 해부학적 구조, 이에 따른 수학적 비율 등이 그에 의해 완성된다. 다빈치는 〈모나리자〉, 〈성 안나〉, 〈최후의 만찬〉 등의 걸작을 남겼다.

스스로를 조각가로 여겼던 미켈란젤로는 1508년에서 1512년까지 4년에 걸쳐 바티칸의 시스틴 성당 내부에 대규모 천장 프레스코화 〈천지창조〉를 제작하는 위업을 남겼다. 〈다비드상〉은 그의 대표적인 조각 작품이다. 〈성모상〉을 남긴 라파엘로는 고전적인 정신, 즉 조화와 미 등을 완벽하게 표현하여 고유의 우아한 화풍을 확립하였다.

르네상스 시대의 건축은 중세 고딕 건축처럼 추상적인 선의 형식이 아니라, 그리스와 로마 건축을 모델로 한 인본적이고 구성적인 형태미를 특징으로 한다. 당시 피렌체에는 부유한 상인 권력 가문들에 의해 많은 궁전과 교회, 수도원 등의 건축물이 제작되었고 그 내부는 미술 작품으로 장식되었다.

〈아테네 학당〉. 라파엘로. 바티칸 미술관

그중 가장 유명한 가문이었던 메디치가는 예술 활동에 호의적이었고 미술가들에 대한 지지와 후원을 아끼지 않았다. 이렇게 독특한 피렌체의 상황은 이탈리아 르네상스 미술이 발전하기 위한 토대를 제공하였다.

전성기 르네상스 건축에서 그 창시자는 브라만테(Donato Bramante, 1444-1514)였다. 교황 율리우스 2세는 그를 교황청 건축가로 임명하고 4세기에 세워진 성 베드로 대성당의 대대적인 개축안을 구상하게 했는데, 이때 브라만테가 설계한 성 베드로 대성당의 쿠폴라는 브루넬레스키의 피렌체 대성당 돔, 만토바에 있는 알베르티(Leone Battista Alberti, 1404-72)의 산토 안드레아 성당 등과 더불어 대표적인 르네상스 건축으로 손꼽힌다. 이 밖의 건축가로는 팔라디오(Andrea Palladio, 1508-80) 등이 있고, 조각에서는 도나텔로(Donatello, 1382-1466), 베로키오(Verrocchio, 1435-88), 기베르티(Lorenzo Ghiberti, 1378-1455)가 대표적이다.

제4절 종교개혁과 성서번역

르네상스에 이르러 교회의 권위가 추락한 근본적인 원인은 중세 동안 압도적인 지위를 누리던 교회가 점차 세속화되고 부패하기 시작했기 때문이었다. 교회 지도자들은 정치적인 권력을 추구했으며 부를 향유하고 사치스러운 쾌락을 탐닉했다. 단테가 『신곡』에서 이러한 현상을 비난했는데, 그때가 14세기 초였다. 심지어 교회의 영적 부흥을 목표로 설립된 도미니크 (Dominican) 교단과 프란체스코(Franciscan) 교단도 탐욕에 물들어 세속적인 유혹에 저항하지 못했다.

'카르페 디엠'(carpe diem)으로 상징되는 현실주의 철학은 로마 시대의 속성 가운데 하나이다. 개인의 개성과 욕망을 자연스럽게 표출하는 것을 중요하게 생각했던 르네상스는 세속주의의 복원이라는 특징을 갖는다. 내세에 대한 관심으로부터 현세를 중시하는 태도로, 헤브라이즘의 정신적 기반으로부터 세속적인 삶이 제공하는 즐거움을 솔직하게 수용하는 자세로의 변화가 르네상스의 기본 정신 가운데 하나였다.

그럼에도 불구하고 교회와 종교에 대한 개혁은 느리게 진행되었다. 일반인들 사이에서 교회에 대한 회의적인 태도가 증가하는 가운데서도 단테와 에라스무스 같은 인물들은 여전히 아주 강한 신앙심을 간직하고 있었다. 단테는 그리스도교 자체와 현실 속의 부패한 교회 지도자를 구별하여 후자를 공격했으며, 에라스무스는 교회를 내부로부터 개혁하는 길을 찾으려 노력했다. 다른 많은 진지한 사상가들은 교회 조직과 절연하고 초기 사도들의 순수한 정신으로 돌아가려는 영적인 신앙 회복 운동을 전개했다. 하지만 대부분의 일반인들은 교회 자체를 근본적으로 세속적인 권력으로 이해하기 시작했고 그리스도교를 입으로 찬양하고 예배에 형식적으로 참여하며 실제 삶 속에서는 교회의 교훈을 따르지 않는 냉소주의에 빠져있었다.

중세 말에 이르러 교회의 부가 급속히 증가한 것과 성당 건축 등을 이유로 교회가 대중들에게 더 많은 재정적인 기여를 요구하는 것에 대한 반감이 광범위하게 형성되었다. 정치적으로는 국가를 초월하여 작용하는 교회의 막강한 권력과 이 시기에 발원하기 시작한 민족주의가 충돌하였다. 그 결과 민중들이 주체가 된 많은 저항 운동들이 발생했는데 1381년 영국 남동부의 여러 주에서 발생한 사상 최대의 농민반란과 1542년의 독일 농민의 난, 1568년 스페인의 지배에 저항한 네덜란드의 반란, 그리고 16세기 후반 프랑스의 내전 등이 그 예이다. 이들은 대개 당시 지배 세력인 귀족들에 대해 반기를 들었지만 예외 없이 반종교적이고 반교회적인 주장을 구호로 내세웠다.

한편 자신들의 신앙심과 부패한 교회 사이에서 화해의 길을 찾을 수 없었던 종교인들에 의해 16세기의 종교개혁이 시작되었다. 마르틴 루터(Martin Luther, 1483-1546)는 1517년 자신이 봉직하던 비텐베르크(Wittenberg) 성당에 「95개조 반박문」(Theses)을 게시하여 독일 종교개혁의 횃불을 들어 올렸다. 비텐베르크 대학 종교문학과 교수였던 루터는 인간의 구원에 대해 오랫동안 연구하고 "믿음에 의한 구원"(Salvation by faith)을 이론화했다. 그는 그동안 "성사와 선행을 통한 구원"(Salvation by sacrament and good work)을 강조해 왔던 가톨릭교회가 성 베드로 성당의 건축비를 마련하기 위해 면죄부(Indulgence) 판매하는 행위를 맹비난했다.

수많은 종교 논쟁을 통해 루터는 자신의 종교 사상을 로마 가톨릭의 교리로부터 독립시켰고, 마침내 독자적인 개혁 교회를 설립하기에 이른다. 1525년에는 츠빙글리(Ulrich Zwingli, 1484-1531)가 스위스에서 개혁교회를 설립하고, 1536년에 캘빈(John Calvin, 1509-64)의 저서 『기독교 강요』(*The Institutes of Christian Religion*)가 출판되면서 개신교(Protestantism)가 독일과 스위스, 영국, 스코틀랜드, 헝가리, 폴란드, 네덜란드, 스칸디나비아 국가들, 그리고 프랑스로 확산되었다. 유럽의 국가 가운데 스페인과 아일랜드, 그리고 이탈리아 정도가 로마 가톨릭교회의 전통을 고수하고 있었다.

오늘날까지도 로마 가톨릭교회가 국제적인 조직체의 특성을 유지하고 있는 것에 비해, 개신교회는 출발부터 국가적 차원으로 분화되어 갔다. 루터는 독일의 교회를 개혁하고자 했고, 츠빙글리는 스위스의 교회 부패상을 공격했으며 청교도주의는 영국의 실정에 맞는 교리를 전파했다. 각각의 교회가 독자적인 강령과 교리를 갖고 있었지만 몇 가지 신학적 입장을 공유하였다. 먼저 그들은 권위주의와 로마 가톨릭교회의 부패와 그리고 미신적인 성격을 배격했다. 개신교회는 예수가 사망하는 순간 성전의 휘장이 두 폭으로 갈라진 사건에 근거하여 휘장 안의 성소의 권위를 부정했다. 그래서 사제가 중재하지 않아도 하나님과 인간이 직접 교통할 수 있다고 보았다. 사제 앞에 무릎을 꿇고 고해성사를 하는 대신 어디에서나 속죄의 기도를 올릴 수 있다고 생각한 것이다. 유물과 성상들(images), 성지순례, 그리고 가톨릭교회의 의식(rituals)이 갖는 권위를 부정하고 사제들의 교조적 입장 대신 성경의 궁극적인 권위를 인정했다. 개신교회는 성모 마리아의 신성을 인정하지 않았고 장식을 갖추지 않은 소박한 교회에서 예배드리는 전통을 수립했다. 가톨릭 성당 안에서 십자가에 매달린 예수를 거는 데 비해 개신교회 안에는 십자가 장식만 제단 위에 세웠다.

존 캘빈의 캘빈주의(Calvinism)는 인간의 죄에 대해 대단히 엄격한 태도를 견지한다. 캘빈주의는 인간의 구원은 신이 미리 정해 놓았다는 "예정조화설"(Doctrine of Predestination)을 주장하는데, 이렇게 선택된 사람들은 투철한 도덕의식으로 무장하고 세상의 모든 쾌락을 완강하게 거부하는 태도를 갖는다. 캘빈주의가 근검과 절약을 강조하고, 경제적 · 물질적 성공을 구원의 대상으로 수용한 것은 당대 급속히 성장한 중산계층의 이해와 맞아떨어졌다. 가톨릭교회는 이윤을 추구하는 경제적 동기를 죄악시했으나, 캘빈주의는 근면하게 일해서 부를 축적하는 행위를 축복으로 간주했던 것이다. 독일의 철학자 막스 베버(Max Weber, 1864-1920)는 『프로테스탄트 윤리와 자본주의 정신』(1904-05)에서 캘빈주의 사상이 기업 활동의 기본정신인 개인주의 강령을 옹호함으로써 자본주의의 발전에 기여했다고 주장한다.

캘빈주의는 영국 청교도주의(Puritanism)의 뿌리이다. 캘빈주의의 엄숙주의와 심미적 만족을 철저히 배격하는 태도를 고스란히 계승한 청교도사상은 예술과 문학 창작 활동에 적대적이었고 특히 드라마를 극단적으로 배척하는 풍토를 만들었다. 17세기 중엽 영국의 청교도 혁명을 이끌었던 올리버 크롬웰(Oliver Cromwell, 1599-1658)의 의회는 1642년 '극장 폐쇄령'을 내려 르네상스 드라마의 맥을 끊었고, 청교도주의자들이 세운 아메리카 식민지 초기 역사는 사소한 죄까지도 가혹하게 처벌하는 청교도 전통을 여실히 증명하고 있다. 대부분의 개신교 저술들은 종교적인 주제들에 머무르고, 성(Sex)은 부정한 것으로 여겨졌으며 성에 대해 금욕적인 자세는 미덕으로 여겨졌고, 부부의 성은 오직 자녀를 생산할 목적으로만 정당화되었다.

16세기에 불길이 타오른 종교개혁의 불씨는 그보다 훨씬 이전에 성서번역을 통해 마련되었다. 로마 제국 이후 보급된 성경이 라틴어 성경이었기 때문에 이것을 읽을 수 있는 계층은 극소수의 사제 계급과 귀족층에 국한되었다. 이 라틴어 성경을 누구나 읽을 수 있도록 모국어로 번역하는 일에 많은 학자들이 지대한 관심을 기울였지만, 일반인들이 성경을 자의적으로 해석할 가능성을 우려한 교회의 반대와 감시 때문에 매우 느리게 이행되었다. 교회의 승인을 받지 않은 성서 번역은 가혹하게 처벌되었다.

영국에서는 존 위클리프(John Wyclif, 1324-84)의 노력으로 1380년 구약과 신약 모두가 영어로 번역되었다. 이후 유럽 각 나라의 성서 번역은 종교 개혁의 주창자들에 의해 주도되어 1522년 마르틴 루터가 독일어 신약 성서를 펴냈고, 이에 자극을 받아 윌리엄 틴데일(William Tyndale, 1484-1536)은 1525년 신약성서를 현대영어로 번역했다. 이 번역은 뒷날 다른 많은 성서 번역의 기초가 되었다는 점에서 중요하다. 틴데일은 탁월한 고전 학자였을 뿐만 아니라 토속적인 영어를 사랑하는 사람이었기 때문에 그의 성서에는 라틴어 계통에서 들어온 어휘를 최소한도로 줄이고 순수한 영국 어휘를 무려 97퍼센트나 사용했다. 그의 문체는 딱딱한 학자풍이 아니라 일반 대중이 사용하는 순박한 것이었다. 틴데일은 곧 구약성서 번역에도 착수하여 1530년 모세5경 번역을 완성했고, 이듬해에는 요나서를 영어로 번역하지만 체포되어 종교재판을 받고 교수형을 당하고 만다. 틴데일의 성서 번역 사업은 그의 때 이른 순교로 인해 완성되지 못했지만, 그의 유지를 받들어 이 사업에 일생을 바친 사람이 커버데일(Miles Coverdale, 1488-1569)이었다. 커버데일은 캠브리지 대학에서 교육을 받고 독일에서 틴데일을 만나 그의 성서 번역 사업을 도왔다. 그는 틴데일의 번역과 외국판 성서들을 참조하여 마침내 영국 최초의 완역 신·구약성서를 1535년 발간하였다. 1604년 영국의 국왕이었던 제임스 1세는 47명의 학자를 소집하여 영어성경 번역의 임무를 부여하고 이들이 1611년 완성한 영어성경은 제임스왕 판본(*King James's Version*)으로 불리며 가장 아름다운 영어성경 결정판으로 평가되고 있다.

제5절 민족주의와 근대의 태동

르네상스는 민족주의가 대두되고 근대가 태동한 시기였다. 물론 '민족주의'와 '근대'를 다양하게 정의하기 때문에 이 표현은 절대적인 명제는 아니다. 민족주의는 민족이라는 개념을 중심으로 국가를 형성하려는 태도와 그것을 달성하려는 활동을 의미한다. 민족은 일정한 영토 안에서 동질적인 정체성을 갖고 역사적 체험을 공유한 집단을 지칭한다. 따라서 앵글로색슨족이 영국에 진입하여 독립된 왕국을 건설하려던 노력도 고대의 민족주의에 속한다.

민족주의가 성립하기 위해서는 두 가지 조건이 필요하다. 첫째는 세계는 하나라는 이념과 그 이념을 바탕으로 세워진 세계제국이 무너지고 각각의 독립적인 국가가 건설되어 새롭고 독자적인 문화와 역사를 창조해 나가야 한다는 것이다. 이런 차원에서 로마제국이 붕괴되고 유럽에 세워진 게르만 왕국들은 민족주의의 소산이라고 볼 수 있다. 20세기 말 구 소비에트 연방 체제가 해체되며 동부 유럽의 많은 국가들이 독립한 것도 민족주의의 결과로 해석할 수 있다. 두 번째 조건은 이렇게 이룩된 독립 국가를 그 구성원들이 '우리나라'로 받아들이고 애정과 긍지를 갖게 되어야 한다는 것이다. 이런 의미에서 진정한 민족주의는 명예혁명으로 입헌군주제의 민주적인 국가 형태를 갖추게 된 영국과 시민혁명 이후에 건립된 근대의 국가들에 의해 구현되었다고 할 수 있다.

르네상스는 종교와 교황이 절대적인 지위를 누리던 천 년 그리스도교 세계제국이 붕괴된 결과이기 때문에 민족주의의 첫 번째 조건을 충족한다. 물론 그 제국이 무너진 다음 세워진 국가들의 형태가 절대왕정이었기 때문에 두 번째 조건을 충족시킨다고 보기는 어렵다.

중세 말까지 봉건 제후에게 보였던 충성심은 르네상스가 개화되면서 민족적 애국주의(national patriotism)로 변형되었고, 영국과의 백년전쟁에서 프랑스의 미천한 농촌 소녀 잔다르크가 영국군을 패퇴시킨 동력은 영주나 주교에 대한 중성심이 아니라 자신의 조국에 대한 애정의 발로였다. 영국과 프랑스 그리고 스페인이 이렇게 새로운 애국심을 기반으로 국가를 설립한 중요한 사례들이다.

중세의 봉건제도는 도시의 형성과 상공업의 발달, 그리고 그 결과 부를 축적한 중산계층의 출현 등으로 몰락하였다. 다른 지역에 비해 일찍 도시가 발달하고, 그 도시에서 자본을 축적한 은행가들이 크게 성장한 이탈리아에서 봉건 질서는 제일 먼저 무너졌고 이후 유럽의 다른 지역으로 확대되었다. 이때 이탈리아는 고대 그리스의 도시국가(polis)와 대단히 유사한 로마, 나폴리, 베니스, 플로렌스(피렌체), 페라라, 페루지아 등의 도시국가(city-state)가 형성되었는데, 이들 도시국가는 상업 자본을 가진 특정 가문이나 귀족 집단의 영향권 아래 있었다.

이들 도시의 주민들은 시민혁명 이후 등장한 자유와 박애, 평등 정신을 숭상하는 시민 계급만큼은 아니지만 자신들의 국가에 대한 애국주의와 독립정신, 그리고 일정한 민주의식을 갖고 있었다. 그들은 외부의 강압적인 통제나 교황의 독재적인 권력 등에 대해 격렬하게 저항했다. 앞에서 설명한 종교개혁이 인터내셔널한 로마 가톨릭교회의 지배력에 반발하면서 내셔널한 개신교회로 분화되어 나갔던 것도 르네상스 민족주의의 한 단면이라고 할 수 있다.

서양사에서 근대는 시민혁명과 산업혁명을 거치고 자본주의가 형성된 17-18세기 이후를 의미하는 것이 일반적이다. 르네상스로부터 근대에 이르기까지를 '근세'로 구별해서 부르기도 한다. 근대를 넓게 해석하는 사람은 봉건시대가 끝난 다음 단계, 공동체와 나를 구분하는 개인의식이 성립되고 개성을 존중하기 시작한 시기가 근대라고 주장한다. 그러면 르네상스가 근대의 시발점이 된다.

우리는 어떤 사람의 말과 행동을 '전근대적'이라고 부른다. '봉건적인 사고방식', '봉건적인 태도'라는 말도 있다. 무엇이 전근대적이고 봉건적인가? 비합리적이고 부조리한 생각과 행동이 전근대적이다. 자기중심적이고 강압적인 태도가 봉건적이다. 중세 유럽의 세계관은 신 중심의 세계관이었고 르네상스는 그것을 인간 중심으로 전환시켰다. 인간이 인간 자신과 세계에 대해 보다 합리적이고 과학적으로 사고하고 인식하는 태도를 근대정신이라 부른다. 인간의 자유의지에 가치를 부여하고 자연과 인간, 사회의 본질을 인간의 이성에 입각하여 합리적이고 과학적으로 이해하려는 노력이 근대적 사고방식이다. 인간은 이성적 존재, 혹은 생각하는 주체의 지위를 획득하였고, 인간의 이성에 의한 자연 지배가 근대 과학의 토대가 되었다. 그리고 그것은 다름 아닌 르네상스 정신이다. 이때 르네상스는 인간성의 해방과 인간의 재발견, 그리고 합리적인 사유와 생활태도의 길을 열어 준 근대의 시작이었던 것이다.

제6절 지구상의 발견과 근대과학

르네상스는 모험의 시대였다. 많은 탐험가들이 새로운 항로를 개척하기 위해 미지의 세계를 향해 모험을 감행했고, 새로운 바닷길과 대륙을 발견했다. 세속주의의 재생과 우주의 신비, 그리고 지구와 지리에 대한 관심은 필연적으로 헬레니즘 문화의 특성이기도 한 탐험정신의 부활을 가져왔다. 동방무역을 통해 동방의 물산이 유럽에 유입되었고, 일단 동방의 산물에 익숙해진 유럽인들은 중동을 장악한 오스만투르크 제국이 동방무역의 장애로 등장했을 때 결사적으로 대체 항로를 찾으려 했다. 인도로 가는 항로를 개척하려던

〈콜럼버스의 귀환〉. 드라크루아

콜럼버스(Christopher Columbus, 1451-1506)가 아메리카 대륙을 발견했기 때문에 "인도의 향신료 때문에 신대륙이 발견되었다"는 말이 나오기도 했다.

이처럼 인간 자신과 현실 세계에 관한 탐험정신은 지구상의 발견으로 이어졌고 육로에서는 『동방견문록』을 쓴 마르코 폴로(Marco Polo, 1254-1324)를 위시한 무역상, 선교단, 순례자 집단이 동방으로 가는 루트를 발견했으며 해상에서는 콜럼부스와 베스푸치(Amerigo Vespucci, 1454-1512), 바스코 다 가마(Vasco da Gama, 1469-1524), 마젤란(Ferdinand Magellan, 1480-1521) 등이 크게 활약하였다.

새로운 항로의 개척과 모험의 시대를 향도했던 두 나라는 당시 대서양을 장악하고 있었던 스페인과 포르투갈이었다. 항해술이 발달하고 지리에 대한 지식이 진보했던 것도 지구상의 발견을 유인한 요인으로 작용했다. 실제로는 서인도제도의 몇 개 섬을 발견했다는 콜럼버스의 아메리카 대륙 발견은 1492년에 이루어졌다. 바스코 다 가마는 1498년 인도로 가는 길을 찾아 대

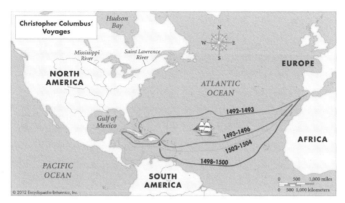

콜럼버스의 항해

마젤란과 바스코 다 가마의 신항로 개척

서양을 남진하여, 아프리카 대륙의 남단 희망봉을 돌아 마침내 인도 항로를 새롭게 개척했다. 1505년 아프리카의 남단을 돌아 인도양을 통해 필리핀에 당도했던 마젤란은 1519년 스페인의 세비야를 출발하여 서쪽 항로를 통해 남아메리카 대륙과 태평양을 가로질러 다시 필리핀에 도착했다. 이로써 마젤란은 최초로 세계 일주를 달성하는 위업을 세우고 지구가 둥글다는 설을 입증해냈다.

지구상의 발견에서 보여준 물리 세계에 대한 탐험정신은 과학에 대한 관심을 고조시켰고 르네상스는 근대과학의 초석이 놓인 시기로 평가받는다. 14세기 파리 대학은 물리학과 화학, 의학, 수학, 천문학의 중심지였고, 이때의 과학적 성과는 바로 다음 세대에 이르러 갈릴레오(Galileo Galilei, 1564-1642)와 뉴턴(Isaac Newton, 1642-1727)과 같은 위대한 과학자의 출현을 가능케 했다.

과학자들은 독립적인 연구를 진행하면서 자연법칙에 대한 보다 정확한 공식을 만들어내는 한편 수많은 발명과 순수 과학 연구를 위한 초석을 다졌다. 자연과학자이며 해부학자이고 공학자이며 예술가였던 레오나르도 다빈치의 공책은 교량과 기중기, 수문, 병장기, 심지어 비행기에 대한 스케치와 설계도가 가득하다. 이러한 과학적인 연구와 방법론이 이전 시대까지 영원한 진리라고 존중되었던 것들로부터 벗어나 개인주의 정신과 근대 사회의 개막을 가져왔다.

과학 지식과 기술의 발달은 수많은 새로운 기계의 발명으로 이어져 인류는 이제까지 육체의 한계에 구속되었던 굴레를 벗어나 새로운 세상을 만나게 된다. 그중에 가장 중요한 발명은 지난 천 년 동안 인류가 만든 최고의 업적으로 꼽히는 인쇄술의 발명이었다. 구텐베르크(Johannes Gutenberg, 1397-1468)는 1450년 금속활자를 발명했다. 이전에 인간이 손으로 책을 써야 했을 때는 한 사람이 2개월에 한 권의 책을 필사했다. 그러다가 금속활자가 나오고 나서는 일주일 만에 500권의 책을 인쇄하는 일이 가능해졌다. 1450년부터 1500년까지 50년 동안 유럽 각국에서 2,000만 권의 인쇄본이 간행되었다고 한다.

인쇄술은 고전과 당대의 문헌을 손쉽게 재생산하여 획기적인 속도로 지식을 보급시키는 역할을 했다. 인쇄술은 종교개혁을 가속화하는 데도 크게

구텐베르크의 인쇄술

기여한다. 당시 도시의 발달과 상업자본이 형성되었던 일, 그리고 토지를 기반으로 하지 않은 새로운 중산계층의 출현, 그에 따라 교육을 받고 문자해독 능력을 갖춘 유한계급이 새로운 독서대중을 형성한 일들이 시대적 배경으로 작용했다. 인쇄술이 발달하면서 신문·잡지의 원형이 되는 정기간행물(Periodicals)이 유행하였고 유럽 도처에 순회도서관(Circulating Libraries)이 확산되기도 했다. 우리가 구텐베르크보다 70여 년이나 빠른 1377년에 <직지심체요절>을 발명해 놓고도 세계적으로 이를 공인받지 못하고 있는 사실이 안타깝게 생각된다.

지구가 우주의 중심이라는 전통적인 천동설을 부정하고 지구가 태양의 둘레를 돈다는 지동설을 주창한 코페르니쿠스(Nicholas Copernicus, 1473-1543)는 새로운 천문지리의 문을 열었다. '코페르니쿠스적인 발상'이라는 표현은 기존의 관념 체제를 전복시키고 새롭고 창의적인 생각을 발동하는 것을 의미하는 말이다. 근대 과학 정신의 기초를 제공한 『신기관』(Novum Organum, 1622)을 쓴 베이컨(Sir Francis Bacon, 1561-1626)은 셰익스피어와 동시대 인물이었다. 영국은 1622년 '국립과학원'(Royal Society for the advancement of scientific knowledge)을 설립한다.

Assmann, Aleida. *Cultural Memory and Western Civilization: Functions, Media, Archives*. Cambridge UP, 2011.

Bulfinch, Thomas. *Bulfinch's Mythology*. Dell, 1967.

Burns, Edward McNall. *Western Civilization: Their History and Their Culture*. Norton, 1963.

Daly, Jonathan. *The Rise of Western Power: A Comparative History of Western Civilization*. Bloomsbury USA Academic, 2014.

Forsythe, Gary. *A Concise History of Western Civilization: From Prehistoric to Early-modern Times*. Kendall Hunt, 2011.

Homer. *The Iliad*. Penguin, 1981.

Homer. *The Odyssey*. Penguin, 1982.

Horton, Rod W. & Vincent F. Hopper. *Backgrounds of European Literature*. Prentice-Hall, 1975.

King, Margaret L. *Western Civilization: A Social And Cultural History*.

Prentice-Hall, 2005.

McNeill, William H. *History of Western Civilization: A Handbook*. U of Chicago P, 1986.

Osborne, Roger. *Civilization: A New History of the Western World*. Consortium, 2008.

Spielvogel, Jackson J. *Western Civilization*. Cengage Learning, 2014.

Teaque, Anthony. *Classical and Biblical Background to Western Literature*. Sogang UP, 1989.

Thomas, F. X. Noble. *Western Civilization*. Wadsworth Publishers, 2013.

『서양문화사』. 민석홍·나종일 지음. 서울대학교출판문화원, 2005.

『새롭게 보는 서양문화사』. 김현곤 지음. 선인, 2006.

『서양문화사 깊이 읽기-우리 시각으로 읽는 세계의 역사』. 서양사학자 13인 공저. 푸른역사, 2008.

『서양문화의 역사 I. 고대편』. 로버트 램 지음. 이희재 옮김. 사군자, 2004.

『서양문화의 역사 II. 중세·르네상스편』. 로버트 램 지음. 이희재 옮김. 사군자, 2004.

『서양문화의 역사 III. 근대편』. 로버트 램 지음. 이희재 옮김. 사군자, 2004.

『문학의 탄생-고대 그리스 로마 문학』. 시오니 나나미 외 지음. 이목 옮김. 웅진지식하우스, 2009.

『성서 문학과 영웅 서사시-예수, 베어울프, 아서 왕』. 도키 겐지 외 지음. 오근영 옮김. 웅진지식하우스, 2009.

『르네상스 문학의 세 얼굴-연애, 고백, 풍자』. 엔게쓰 가쓰히로 외 지음. 김경원 옮김. 웅진지식하우스, 2009.

『영국문화 길잡이』. 박종성 지음. 신아사, 2016.

『미국문화의 이해』. 김준호 지음. 형설출판사, 2014.

『그리스 로마 신화와 서양 문화』. 윤일권·김원익 지음. 문예출판사, 2012.

『천의 얼굴을 가진 영웅』. 조셉 캠벨 지음. 이윤기 옮김. 민음사, 1999.

『일리아스』. 호메로스 지음. 유영 옮김. 범우사, 2001.

『오디세이아』. 호메로스 지음. 유영 옮김. 범우사, 2001.

『모든 것은 일리아스로부터 시작되었다』. 리차드 아머 지음. 김선형 옮김. 시공사, 2001.

『신화 속으로 떠나는 언어 여행』. 아이작 아시모프 지음. 김대웅 옮김. 웅진출판, 1999.

『신화 속의 여성, 여성 속의 신화』. 장영란 지음. 문예출판사, 2001.

『변신이야기 1, 2』. 오비디우스 지음. 이윤기 옮김. 민음사, 1998.

『이윤기의 그리스 로마 신화 1-5』. 이윤기 지음. 웅진지식하우스, 2000-07.

『길 위에서 듣는 그리스 로마 신화』. 이윤기 지음. 생각의나무, 2002.

『거꾸로 읽는 그리스 로마 신화』. 유시주 지음. 푸른나무, 1999.

『그리스와 로마의 신화』. 토마스 벌핀치 지음. 이윤기 옮김. 대원사, 1992.

『제우스의 연인들』. 토마스 벌핀치 지음. 해피하우스, 2008.

『시지프 신화』. 알베르 카뮈 지음. 김화영 옮김. 민음사, 2016.

『로마인 이야기 1-15』. 시오노 나나미 지음. 김석희 옮김. 한길사, 2007.

『로마인의 삶―축복받은 제국의 역사』. 존 셰이드·로제르 아눈 지음. 손정훈 옮김. 시공사, 2001.

『로마 문명 한국에 오다』. 박찬운 지음. 나남, 2014.

『온 가족이 함께 읽는 신약성서 이야기』. 헨드릭 빌렘 반 룬 지음. 한은경 옮김. 생각의 나무, 2002.

『온 가족이 함께 읽는 구약성서 이야기』. 헨드릭 빌렘 반 룬 지음. 한은경 옮김. 생각의 나무, 2002.

『성서이야기 1-3』. 이누카이 미치코 지음. 이원두 옮김. 한길사, 2000.

『문학으로 성경을 어떻게 읽을 것인가?』. 리렌드 라이켄 지음. 곽철호 옮김. 은
    성, 1996.

『클라시커 50. 성서』. 크리스티안 에클 지음. 오화영 옮김. 해냄, 2001.

『사진과 그림으로 보는 기독교 역사』. 마이클 콜린스·매튜 A 프라이스 지음.
    김승철 옮김. 시공사, 2001.

『비잔티움 연대기 1-6』. 존 줄리어스 노리치 지음. 남경태 옮김. 바다출판사,
    2007.

『비잔틴 제국』. 미셸 카플란 지음. 노대명 옮김. 시공사, 1998.

『비잔틴 미술』. 토머스 F. 매튜스 지음. 김이순 옮김. 예경, 2006.

『이슬람문명』. 정수일 지음. 창작과비평사, 2002.

『르네상스를 만든 사람들』. 시오노 나나미 지음. 김석희 옮김. 한길사, 2001.

『이탈리아 르네상스의 문화』. 야코프 부르크하르트 지음. 이기숙 옮김. 한길사,
    2003.

『르네상스 미술: 신과 인간』. 스테파노 추피 지음. 하지은·최병진 옮김. 마로니
    에북스, 2011.

『르네상스 시대의 유럽』. 닐 그랜트 지음. 오정아 옮김. 기탄교육, 2012.

『르네상스』. 폴 존슨 지음. 한은경 옮김. 을유문화사, 2013.

『이탈리아 르네상스 이야기』. 부르크 하르트 지음. 지봉도 옮김. 동서문화사,
    2011.